곰탕
1

미래에서 온 살인자

곰탕

김 영 탁
장편소설

arte

차례

곰탕 제1권

10만 부 기념 에디션 서문 ·················· 6

1 ·················· 11

2

3

4

5

·
·
·
·
·
·

51

10만 부 기념 에디션 서문

 오토바이는 이십 대에 배달 알바를 할 때 꽤 탔습니다. 제법 달렸죠. 그 후로는 탈 일이 없었는데 언젠가 발리를 여행할 때 택시처럼 오토바이 뒷자리에 타보게 되었습니다. 쨍쨍한 하늘 아래로 구름은 낮고 달려드는 바람 때문에 눈물이 슬쩍 고이는데, 어쩐지 『곰탕』의 주인공인 '우환' 생각이 났더랬습니다.

 제 앞에 '강희'와 '순희'가 타고 있는 것도 아니고 그곳은 부산 바닷길도 아니었는데 말이지요. 닮은 거라곤 뜨거운 여름 해와 중년이라는 나이와 주책없이 고이는 눈물 정도였는데 말입니다.

 『곰탕』이 종이책으로 출간된 지도 7년이 되어갑니다. 이렇게 긴 시간 이토록 큰 사랑을 받게 될지 몰랐습니다. 마흔이 되는 해에 스스로에게 준 쉼표 같은 사십 일이 이렇게 긴 여정을 만들 줄 몰랐어요. 여전히 어리둥절합니다.

 독자분들에게 진심으로 감사하다는 말씀을 전합니다. 몰래 독자분들의 리뷰를 읽으며 속 깊이 기뻐하던 순간들이 얼마나 많은지 모릅니다. 좋아요를 눌렀다가 실명이 공개된다는 말에 난처했던 적도 있지요. 하지만 마음 같아서는 모든 독자분들을 따라다니면서 좋아요 스티커라도 붙여드리고 싶습니다. 물론, 무서우실 테니 그러지는 않을게요.

꽤 많은 독자분들이 소설 『곰탕』의 영상화에 대해 궁금해하셨는데요. 『곰탕』은 출간 직후부터 영상화 작업을 진행 중에 있습니다. 시리즈물로 준비 중인데요, 대본 작업이 거의 마무리되어 가고 있어요. 『곰탕』 영상화에 이토록 긴 시간이 걸리는 이유가 아무래도 '곰탕'이라는 제목 때문인 거 같다고들 합니다. 원래가 만드는 데 오래 걸리는 음식 아니었냐고. 오래 끓일수록 맛있어지는 음식 아니었냐고. 제목을 '3분 00' 등으로 했어야 했다고 말이죠. 오래 준비한 만큼 좋은 작품으로 찾아뵐 수 있도록 계속 애써보겠습니다.

『곰탕』 다음으로 써보겠다 했던 형사 양창근과 고등학생 김백구의 이야기는 방대했던 서사를 줄여보고 있습니다. 최근에는 그에 걸맞은 제목을 새로이 정했구요. 필요한 시간이 모두 쌓이면 독자분들을 만나뵙게 되겠지요. 그날을 고대하고 있습니다.

작가의 일이라는 게 오해받을 걸 알면서도 끊임없이 이해를 바라는 일이라고 생각합니다. 그럼에도, 저는 『곰탕』으로 제법 많은 이해의 순간을 마주했습니다. 모두 여러분들 덕분입니다. 다시 한번 감사합니다. 그리고 항상 애써주시는 카카오페이지와 북21 아르테 담당자분들께도 깊은 감사의 마음을 보냅니다.

여전히 어둠을 만나면 바라보게 됩니다. 쓸모를 찾지 못한 생각들에 빠져 있구요. 무용하다고 여기는 시선과 시간들이 언젠가는 문장들로, 이야기로 되돌아오기를 바라봅니다. 계속 쓰고 있겠습니다.

2025년 9월

김영탁

가까운 미래에 시간 여행이 가능해진다.
하지만, 목숨을 걸어야 할 만큼 위험했다.

1

 부산의 바다는 당신의 기억보다 먼 곳에 있다. 파도는 산보다 거대한 몸으로 도심을 삼키고 바다보다 멀리 물러났다. 그 많은 바닷물이 어디로 밀려났는지 어디로 사라졌는지 알 수 없었다. 바다가 밀려나간 곳에는 땅이 드러났다. 바다가 물러난 땅은 주인이 없었다.

 가진 자들은 더 높은 곳으로 집을 올렸다. 없는 자들은 바다가 내어준 땅에 집을 지었다. 법은 금했지만 돈이 없었고 살 곳이 없었다. 몇 년 만에 질척거리는 작은 구역이 만들어졌다. 편의상, 아랫동네라고 불렀다. 부유한 자들이 사는 구역은 윗동네가 되었다. 이 도시에 '부산'이 아닌 새로운 이름이 붙여지진 않았다. 10년 후, 또 한 번의 쓰나미가 아랫동네를 삼켰다. 많은 사람이 죽고 산 사람은 모든 걸 잃었다. 하지만 살아남은 사람들은 다시 그곳으로 몰려들었다. 수년이 지나고 그곳은 다시 아랫동네가 되었다. 수십 년 후에 또다시 바다가 이들을 삼킬지도 몰랐다.

아랫동네 사람들은 어떻게든 돈을 벌어야 하는 사람들이었다. 돈을 벌어 윗동네로 올라가야 다음 쓰나미에서 살아남을 확률이 높았다. 그러니 아랫동네 사람들에게 돈을 버는 건 목숨을 거는 일과 같았다. 그들이 돈을 벌기 위해 하는 짓거리들 중에는 윗동네 사람들을 흥미롭게 하는 것들도 있었다. 자극적인 것들, 불법적인 것들, 목숨을 걸어야 하는 것들이 그랬다.

아랫동네를 지나 바다가 밀려난 쪽으로 한참을 가면, 거기 새로운 해변이 있었다. 그 해변에서 멀지 않은 바다에 누군가의 말처럼 바닷물을 삼켰는지는 모르겠지만, 거대한 푸른 구멍이 있었다. 그 알 수 없는 깊이 때문에 푸른 구멍은 어둠만큼 짙었다.

쓰나미가 지나간 후로 매번 조류독감이 끊이지 않았다. 구제역이 잇달았다. 사람들은 살기 위해 가축을 죽였다. 죽여도 전염병은 사라지지 않았기에 사람들은 모든 가축을 죽여 멸종시켰다. 그리고 새로이 먹을 동물을 만들어냈다. 기이한 생김새였지만, 사람들은 배를 채울 수 있는 것에 만족했다.

쥐와 닮았다. 하지만 쥐보다 컸다. 태어난 지 며칠 만에 그 크기가 되었고 더 자라지 않았다. 소고기 맛을 내기 위해 소의 유전자에 돼지며 온갖 다른 가축들의 유전자를 조합해 만들었다는 이것에 분명 쥐의 유전자도 섞였을 것이다. 쥐의 유별난 번식력이 필요했는지도 모른다. 쥐의 얼굴에 돼지 같은 피부, 소를 닮은 거라곤 노린내밖에 없었다. 이름도 없었다. 이것, 이것들 혹은 그것, 그것들로 불렸다.

2

 처음부터 어른이었다. 어릴 적 기억이 없었다. 기억하고 싶지 않아선지 정말 기억이 사라진 건지 이우환은 처음부터 형편없고 돌이킬 수 없는 어른이었다는 생각만 들었다. 잠깐 시간이 나는 오후, 어느 그늘에 앉아 히죽거릴 수 있는 추억 같은 게 그에게는 없었다.
 이우환은 식당에서 일했다. 주방장은 아니고 보조였다. 좁고 덥고 냄새나는 주방에서 하루를 보내고, 창고 옆 좁고 덥고 냄새나는 쪽방에서 잤다. 매일 이른 새벽에 일어났다. 눈을 비비며 칼을 들었다. 그것들을 죽이는 일부터 했다. 죽여서 보내주면 좋겠지만 죽이는 데는 돈을 줘야 했다. 사장은 그 돈을 쓰기 싫어했다. 그것들은 언제나 산 채로 배달되어 왔다. 살아 있을 때는 시끄러웠다. 쥐도 돼지도 소도 아닌 소리를 냈다. 하나하나 목을 찔러 죽였다. 죽이고 나면 엉덩이 쪽부터 가죽을 벗겼다. 세 시간 정도를 죽이고 벗겼다. 그리고 토막 냈다. 주로 삼등분을, 큰 건 사등분을 했다. 내장을 따로 분리하진 않았다. 국물 맛을 낸다고 했다. 크고 깊은 들통에 그것들을 넣고 물을 부었다. 형태가 거의 사라질 때까지 오래 끓였다. 끓일수록 노린내가 진동했다. 사람들은 그걸 고깃국 냄새로 알았다.

이우환은 식당에서 파는 국을 먹지 않았다. 언젠가 딱 한 번 먹어본 적이 있었는데 기억에 없는 맛이었다. 좋았던 기억과 나빴던 기억 어디에도 없는 맛이었다. 주방장이 국 만드는 법을 가르쳐주겠다고 했을 때, 이우환은 거절했다. 이우환은 마흔 중반이었다. 해가 바뀌는 2064년에도 마흔 중반이고, 여전히 주방 보조를 할 생각이었다.

식당에는 사장과 주방장과 주방 보조 둘이 있었다. 식당 사장은 80대 후반의 노인이었다. 하지만 나이치고는 건장했다. 게다가 오른팔이 없었음에도 그렇게 보였다. 어떻게 팔을 잃었는지 예전에 무슨 일을 했는지 아무도 몰랐다. 여든 노인에겐 모두 무관심했다.

노인은 사람을 불러놓고 이야기하기를 좋아했다. 주로 주방장이 사장 앞에 앉아 그 이야기를 들어야 했다. 사장은 짬이 날 때마다 주방장에게 예전에 먹었던 고깃국에 대한 이야기를 했다. 오늘도 사장이 주방장을 앉혀놓고 이야기를 하고 있다.

국은, 소의 어느 부위를 넣고 오래 끓여 파와 함께 먹는 것이었다. '곰국'이라고 했다가, '곰탕'이라고도 했다. 국물 맛이 얼마나 좋았는지, 그 안에 든 고기는 얼마나 구수했는지, 그 맛을 떠올리고 있는 사장의 얼굴을 보고 있노라면, 이우환도 한번은 먹고 싶다는 생각이 들었다. 하지만 주방장은 사장이 곰탕에 대한 이야기를 할 때마다 난감해했다. 사실, 주방장도 곰탕을 먹어보긴 했지만 아주 어릴 적이라 기억이 잘 안 났고, 사장이 시키는 대로 한 게 지금 식당에서 파는 국이기도 했다. 더는 방법이 없었다. 방법을 몰랐다. 하지만 사장은 포기할 줄 몰랐다. 맛이란 건 좋은 기억 같은 건가 보다. 잊을 수 없는 맛은 잊을 수 없는 기억인가 보다. 이우환은 생각했다. 그렇지 않고서야 어떻게 매일 이야기할 수 있을까. 매번 저렇게 흥분해서 또 생생하게 말이다.

식당 문을 닫고 쪽방으로 들어가 자려는데, 주방장이 우환을 불러냈다. 사장의 이야기를 들을 때만큼 난감한 얼굴이었다.

"저…… 아롱사태, 아냐?"

"네? 무슨 사태요? 뭔 일 터졌어요?"

'사태'라는 말은, 주로 안 좋은 일이 벌어졌을 때 쓴다는 것 정도는 이우환도 알았다. 하지만 '아롱'사태라니. 분위기가 심상치 않았다. 우환은 직감적으로 심각한 일임을 느낄 수 있었다. 하지만 대체 무슨 상황인지, 우환은 큰일이 났다는 느낌만 분명할 뿐 종잡을 수 없었다. 주방장은 더 어렵게 입을 열었다.

"너…… 여행, 좋아하냐?"

"……"

이제 우환도 알아들었다. 사태가 터졌고 우환에게까지 영향이 미칠 수 있으니 떠나라는 이야기였다. 도대체 무슨 사태이기에? 신경 써주는 마음에 우환은 갑자기 고마워졌다. 하지만, 다시 생각해보니 주방장은 그럴 사람이 아니었다. 사태가 터졌다고 남을 챙겨줄 사람이 아니었다. 이건, 그냥 그만두라는 이야기인지도 모른다. 이 식당은 주방장보다 우환이 더 오래 일을 한 곳이다. 그렇지만 우환은 보조에 불과했다. 사실, 주방 보조가 한 명 더 있기는 했다. 봉수라고. 절대 봉수보다 일을 못하진 않았다. 하지만 봉수는 결혼도 했으니, 아무리 생각해도 우환 본인이 잘리는 게 맞긴 했다. 한데, 그런 것도 아니었다.

봉수는 화부터 냈다.

"그래서, 너, 너는 아롱사태가 어떻게 생긴지나 알아?"

"……그려주더라."

우환은 주방장이 그려준 여러 그림 중, 아롱사태를 봉수에게 보여줬다. 봉수는 진지하게 봤다. 그도 아롱사태는 처음이니까. 그 그림은 그냥, 둥글지만 아주 동그랗진 않은 찌그러진 원 같았다. 원을 그리는데 그리는 팔을 다른 누가 자꾸 잡아당겨 힘이 들어간 상태에서 억지로 그린 원 같았다. 봉수도 도저히 종잡을 수 없는 사태였다.

"염병, 이걸 보고 어떻게 그 사태를 찾냐?"

"……."

"씨발, 국물 맛 좀 내자고 사람을 사지로 몰아?"

"……."

"야! 너 그거 말이 시간 여행이지 갔다가 돌아온 사람이 없어.

다 죽는다고. 그 좋은 여행을 왜 우리같이 없는 사람들만 가겠냐. 왜 돈 필요한 놈만 가겠냐고. 위험하니까, 억수로 위험하니까 그런 거야. 사장이 가게 내주면 뭐 하냐. 너 주방장 생각 없다며? 막말로 니가 거기 가서 곰탕인가 뭔가 끓이는 법 제대로 배웠다 치자, 그 사태도 많이 샀다 치자, 못 돌아오고 죽으면 그만이야. 죽으면 다 그만이라고."

"……."

꼭 돈 때문은 아니다. 떠나기 전 반, 돌아와서 반을 받기로 했다. 하지만 대부분의 시간 여행자들에겐 둘 다 소용없었다. 떠나기 전에 받은 반은 어차피 그가 사는 현재가 아니면 쓸 수 없는 돈이었고, 나머지 반은 받는 사람이 드물었다. 사장이 약속한 가게 때문도 아니었다. 우환은 그냥, 죽는 게 그다지 두렵지 않았다. 더 정확히는 사는 게 그다지 흥미롭지 않았다.

처음부터 어른이었다. 처음부터 형편없고 돌이킬 수 없는 어른이었다는 생각만 들었다. 언제 죽어도 그만이었다.

"이렇게 사나, 그렇게 죽으나."

*

여행사를 처음 가본다. 멋진 문구들이 많다. 어디에도 죽는다는 말은 없다. 하지만 모두 우환처럼 죽어도 그만일 것 같은 하찮은 인생들이었다. 열셋이었다. 그게 '시간 여행선'에 탈 수 있는 정원이라고 했다. 몇몇 사람이 더 찾아와 꼭 가야 한다고 보챘지만 직원은 돌려보냈다. 정원을 넘길 수 없다고 했다. 우환은 눈으로 다시 한번 세어봤다. 자신과 함께 나란히 서 있는 사람은 모두 열셋이 맞았다.

직원은 모두에게 시계를 나눠줬다. 아무 때나 켜는 게 아니라고 했다. 의뢰인이 부탁한 일을 끝냈을 때, 그때 켜는 것이라 했다. 시계를 켜면 이곳으로 다시 돌아오는 배의 시간이 나타난다, 그 시간에 맞춰 내렸던 곳으로 돌아가면 된다, 처음 배를 놓치면 다음 배를 타면 되지만 언제가 될지는 모른다……. 기억해야 하는 것들은 더 있었다. 우선, 그곳 사람들에게 시간 여행자라는 사실을 절대 들켜서는 안 된다. 그곳 경찰들에게는 말할 것도 없다. 그러니 되도록 빨리 돌아오는 게 좋다. 그리고 꼭 돌아와야 한다. 신분이 없는 것이나 마찬가지인 그곳에 오래 있을 수도 없겠지만, 돌아오지 않으면 여행사도 잔금을 받을 수 없다. 그리고 살아서 돌아오면 더 좋다. 살아서 돌아올 경우, 여행사는 돈을 더 번다고 했다.

여행사를 가본 적도, 여행을 떠나본 적도 없지만, 적어도 이런 분위기는 아닐 거라고 우환은 생각했다. 이곳 어디에도 여행을 떠나는 사람의 들뜸 같은 건 없었다. 왜 죽는지는 말해주지 않았다. '블루 홀'이라는 구멍이 이쪽과 저쪽을 연결한다는 짧은 설명뿐 어떻게 시간 여행을 할 수 있는지도 설명해주지 않았다. 직원은 말을 아끼는 것 같았다. 그게, 원래 말이 짧은 사람인지,

아니면 어차피 죽을 사람들과 오래 어울리기가 싫어서인지 알 수 없었다.

우환은 아무래도 좋았다. 그나마 우환이 관심을 갖는 건, 함께 배를 탈 열두 명의 사람들이었다. 이 사람들은 왜 이 배에 타는지, 무슨 사연들이 있는지, 일일이 물어보고 싶었다. 하지만 그럴 분위기가 아니었다. 그중에는 젊은 친구도 하나 있었다. 스물이나 되었을까.

여행사가 준비한 차에 탔다. 아랫동네를 가로질러 바다가 물러난 쪽으로 달렸다. 아랫동네가 더 이상 보이지 않게 되었다. 그러고도 한참을 더 물이 없는 바다 위를 달렸다. 밤이었다.

차가 멈췄다. 엔진 소리가 사라지자 다른 소리가 들려왔다. 물이 땅을 밀어내는 소리. 직원이 불을 밝혔다. 바다가 있었다. 온통 검었다. 그리고 배가 보였다. 사람들은 배에 올랐다. 배는 바다로 향했다. 머지않아 유독 검은 곳이 나타났다. 그 구멍이라고 했다. 배는 검은 바다를 지나 더 검은 원 안에서 멈췄다. 거기에 또 다른 배가 있었다. 한쪽으로 긴 사각형이었다. 양끝은 모서리들이 닳은 것처럼 둥그스름했다. 배는 출렁이고 있었다. 흰색으로 보였지만 투명해지기도 했다.

배에 타기 전에 알약을 하나씩 줬다. 파란색이었다. 수면제 같은 거라고 했다. 자연스럽게 깨어나게 될 거라고 했다. 안전벨트는 수동으로 채울 수 있지만, 저 캐노피 같은 문이 닫히면 자동으로 잠긴다고 했다. 문은 비상시에만 수동으로 열 수 있으며, 도착시에는 또한 자동으로 열린다고 했다. 문을 수동으로 열 경우는 없으니, 여행자가 수동으로 해야 하는 건 눈을 뜨는 일뿐이라고 직원이 농담을 했다. 아무도 웃지 않았다. 눈이 떠지면 산 것이고, 머리 위로 밤하늘이 보이면 도착한 것이라 보면 되었다. 직원은 처음이자 마지막으로 물었다.

"다들, 수영은 하시죠?"

열셋이 모두 자리에 앉자 하늘을 향해 열려 있던 문이 내려와 닫혔다. 그리고 벨트가 잠겼다. 배가 수면 아래로 들어가기 시작했다. 정확히는 빠져든다는 느낌이었다. 밑에서 누군가 잡아당기는 것처럼 서서히 가라앉았다. 사람들은 서둘러 약을 삼켰다. 우환은 좀더 보고 싶었다. 블루 홀 안은 어떤지, 어떻게 그곳을 통과하게 되는지 보고 싶었다. 살면서 처음으로 호기심이라는 게 생겼다. 배는 점점 더 빨리, 깊이, 바다 아래로 빠져들어 갔다. 곧 두통이 시작되었다. 사방의 모든 것이 우환의 머리를 짓누르는 것 같았다. 이러다 머리가 부서질 것 같았다. 사람들은 이미 모두 잠들어 있었다. 우환도 알약을 삼켰다.

3

 그 두통이 우환을 깨웠다. 눈을 떴다. 위로 밤하늘이 보인다.

"……."

 안전벨트는 풀려 있다. 우환은 일어났다. 배가 흔들리고 있었다. 겨우 중심을 잡고 주변을 살폈다. 사람들은 눈을 감고 있었다. 눈을 뜬 건 우환, 한 사람뿐이었다. 사람들은 대신 모두 입을 벌리고 있었다. 그 입가에 똑같이 파란 액체가 흘러나와 있었다. 그들의 입안도 파랬다. 떠나기 전 삼켰던 알약이 녹아 저렇게 된 듯했다. 우환은 처음으로 파란 구멍을 지나온 걸 실감했다. 우환은 그들을 한동안 봤다. 자꾸 넘어졌다. 충격 때문인지 배가 출렁거려서인지 자꾸 넘어졌다. 그들은 죽어 있다. 열셋이 함께 여행을 떠나왔다. 여행지에 도착했을 뿐인데 열둘이 죽었다. 이런 여행도 있었다. 모두 첫 여행이었을 것이다.
 물어볼 걸 그랬다. 왜 가는지, 돈은 왜 필요한지 몇 마디라도 나눌 걸 그랬다. 이렇게 쉽게 죽는다는 걸 알았어도 왔을지 지금이라도 물어보고 싶었다. 속이 울렁거렸다. 우환은 바다에 토했다. 출발할 때와 똑같이 온통 어두웠다. 이곳이 어느 바다인지 알 수 없었다. 제대로 도착한 것은 맞는지 알 수 없었다. 불안과 혼란 때문에 몸은 더욱 흔들렸다. 흔들리는 눈빛으로 가까운 곳을 또 먼 곳을 둘러봤다. 그때, 불빛이 보였다. 멀리, 불빛이 있었다. 불빛은 어딘가 생기가 있다. 그 불빛으로 우환은 '다른 곳'에 온 걸 알았다. 아랫동네라면, 불빛은 훨씬 더 먼 곳에 있다. 그 불빛은 훨씬 보잘것없다.

우환은 기다렸다. 하지만 데리러 오는 배는 없었다. 왜 직원이 수영을 할 줄 아냐고 물었는지 알 것 같았다. 파도는 계속 배를 밀어냈지만 불빛에 가까워지는 것 같지는 않았다. 우환은 손목에 찬 시계를 확인했다. 주방장이 그려준 약도도 꺼내서 확인했다. 몇 번 토해냈을 뿐인데 온몸에 힘이 없었다. 저기, 불빛이 있는 곳까지 헤엄칠 자신이 없다. 결국 자신도 죽겠구나 싶다. 그래도 신발을 벗어서 허리에 묶었다. 바다로 뛰어들기만 하면 됐다. 한데, 그때 인기척을 느꼈다. 우환은 돌아봤다. 하지만 모두 그대로다. 죽은 채로 그대로다. 다시 고개를 돌리려 할 때, 우환은 봤다. 경련이 일듯 손가락 하나가 움직였다.

우환은 그 사람에게 다가갔다. 혼었다. 하지만 눈을 뜨지 않았다. 뺨을 때렸다. 여러 번 때렸다. 그제야 그는 눈을 떴다. 그리고 토했다. 스물이나 되었을까. 파란 물이 입 주변에 묻었는데도, 눈이 퀭했는데도, 맑아 보였다. 우환은 그 맑은 눈과 마주했다. 자신과 함께 살아남은 유일한 생존자를 본다. 그들이 떠나온 곳을 알고 있는 유일한 사람. 그들의 현재가 여기에 있지 않음을 아는 유일한 사람. 우환은 몸을 일으키려 애쓰는 소년에게 손을 내밀었다. 소년은 망설인다. 우환은, 너와 나 둘뿐이다, 아직 건너야 할 바다가 있다, 함께해야 한다, 내민 손이 어색해지지 않도록, 눈으로 말했다. 그 속을 들여다본 건지, 소년은 우환의 손을 잡았다. 그 순간, 우환도 소년의 마음을 느꼈다고, 고마워하는 소년의 마음을 읽었다고 생각한다. 소년을 잡아 일으키는 손에 힘이 실렸다.

우환은 오래전 이곳에 도착한 사람처럼 소년에게 신발을 벗어 허리에 묶게 했다. 둘은 함께 바다로 뛰어들었다. 바다는 차가웠다. 가라앉지 않기를 바라며 빛을 향해서 온 힘으로 몸을 움직였다.

누가 누구를 끌었는지, 아니면 파도가 밀어준 것인지 정신을 차렸을 때 둘은 불빛의 아주 가까운 곳까지 와 있었다. 밤의 도시였고 그래서 빛의 도시였다. 우환은 그 빛에 빠져 말을 잃었다. 밤이 깊은 해변엔 인적이 드물었다. 사람이 있었지만 그 둘을 눈여겨보지 않았다. 먼 곳에서 목숨을 걸고 왔지만 사람들은 관심이 없었다. 그 무관심에 안심했다. 우환이 빛을 살피는 동안 함께 바다를 지나온 소년은 뚜벅뚜벅 앞서 걷고 있었다. 우환이 불러 세웠다. 이름이 뭐냐고 물었다.

"김화영요."

이곳에 왜 왔냐고 우환은 다시 물었다. 금방 대답하지 않기에 자신이 먼저 답했다. 목숨을 걸고 이곳에 온 이유를 말하려 할수록 말할 만한 게 아니라는 생각에 자꾸 망설여졌다. 원래 우환이 말을 더듬는 사람은 아니었다.

"……아, 아롱사태라고, 아니, 그런, 그 사태, 아니고…… 국 끓이는 법 배우러 왔어. 여기 저, 저기쯤, 어디에 곰탕이라고 고깃국 맛있게 끓이는 집이 있는데, 거기 내가 취업, 위장 취업을 해서, 그것도 배우고, 또 돌아갈 때, 그 사태, 그것도 좀 사 가면 좋은데, 뭐 많이는 못 사 갈 거 같은데, 아, 그, 그림을 주방장이 정확히 그려줘서, 뭐 못 찾을 거 같지는 않은데, 아무래도 배에 실을 수 있는 양이, 아무래도, 그……."

"사람 죽이러 왔어요."

"……어?"

"저요, 사람 죽이러 왔다구요."

김화영이라는 소년은 분명히 말했다. 아랫동네에 살면 뭐든 한다. 우환도 안다. 우환도 그랬다. 하지만, 사람을 죽이러 왔다는 소년의 대답이 우환을 당황하게 만들었다. 당황해서 필요 없는 걸 묻게 했다.

"누, 누구?"

"아직 몰라요."

김화영이 먼저 도시로 사라졌다. 불 꺼진 곳들은 어두울 텐데, 어디로 가는 건지. 이우환은 밤이 지나가길 기다렸다. 바다를 보다가 심심해지면 파도를 봤다. 시간이 얼마나 흘렀을까, 해가 바다 아래에서 붉게 올라왔다. 우환은 허리춤에서 신발을 풀어서 신었다. 도시를 향해서 걸었다. 외투를 벗었다.

  5월도 절반이 넘어가고 있었다. 바다에는 그들이 두고 온 배만 있다. 배는 흰색인 듯하다가도 투명했다. 그렇게 파도에 흔들흔들, 보였다 안 보였다 했다. 그 안에 탄 사람들도 보였다 안 보였다 했다.

4

 왼팔이 오른팔보다 길었다. 개싸움마냥 마구잡이로 팔을 휘젓다가도 얼굴이나 배 아래쪽이 비었을 때는 준비해뒀던 왼팔을 뻗었다. 이순희는 그런 게 그냥 본능적으로 되었다. 여러 명에 둘러싸여 정신없이 싸우다가도 마치 돋보기로 들여다보는 것처럼 빈틈이 크게 보였다.
 하필, 돋보기라니. 이순희는 쉰도 안 된 아버지가 돋보기안경을 쓰고 뭘 보고 있는 모습이 싫었다. 남들에게는 한 겹인 세월이 그 사람에게만 몇 겹인 것 같았다. 겹겹이 불운으로만 포개진. 이 바쁜 와중에 돋보기를 떠올리다니. 순희는 하필 자신의 타고난 능력을 돋보기를 가져와 설명하려 든 스스로에게 화가 났다. 화가 나서 주먹에 더 힘이 들어갔다. 이 싸움이 어떻게 시작된 것인지 벌써 기억도 안 났다. 교실을 나가야 하나, 계속 여기서 이러고 있어야 하나 짧게 생각했다. 고등학교도 이제 졸업인데, 이놈들은 왜 남의 학교까지 와서 싸움을 거는지 짜증이 났다. 게다가 더웠다. 누가 교복을 잡아당겼다. 앞이 열리며 바람이 들어왔다. 그놈도 잡아서 쳤다. 교실 전체가 싸움판이었다. 순희 쪽 몇과 다른 학교에서 온 다수의 싸움이었다. 대부분의 아이들은 둘러서서 구경만 하고 있을 뿐이다. 아이들은 같은 반인 순희 패거리를 도와주지 않았다. 그들은 단지 구경꾼들이었다. 흰색 교복에 둘러싸여 남색과 흰색이 싸우고 있었다.

그때 갑자기 누군가 비명을 질렀다. 순희는 내가 누구 얼굴에 피를 냈구나, 생각했다. 한데 그런 것치고는 비명이 컸다. 한번 터진 비명은 계주처럼 주자를 바꿔가며 이어졌다. 비명이 교실에 있는 모든 아이들을 두렵게 했지만 순희에겐 조금 달랐다. 이어지는 비명 소리는 이어서 달리는 아이들을 떠올리게 했다. 달리는 아이들 속에서 한 소년이 가장 앞서 달리고 있었다. 순희였다. 초등학교 가을 운동회였다. 그때만 해도 순희의 장기는 싸움이 아니었다. 달리기였다. 순희는 혼자서 다섯 명처럼 뛸 자신이 있었다. 엄마가 보고 있으면 열 바퀴도 혼자 가장 앞에서 달릴 수 있을 것 같았다. 엄마는 이제 남은 평생 없다. 죽었다는 게 그렇게 확실한 거다. 엄마 생각을 하니 순희는 또 화가 났다. 주먹에 더 힘이 실렸다.

정신을 차렸을 땐, 순희만 싸우고 있었다. 아이들은 뻗어 있거나 얼어 있었다. 순희는 주먹에 묻은 피를 얼굴에 묻은 피로 닦았다. 비명 소리는 사라지고 없었다. 독무대였구나, 흐뭇하게 돌아보다가 뭔가에 발이 걸려 넘어졌다. 사람이었다. 엎드려 있었다.

이 사람이 언제부터 여기에 있었는지 순희는 몰랐다. 아무도 몰랐다. 교복을 입지 않았다. 싸우는 동안 분명 한 번도 마주치지 않은 사람이었다. 어른이었다. 남자였다. 선생님은 아니었다. 수위 아저씨도, 누구도 아니었다. 모르는 어른이었다. 여학생 몇이 기절했다. 순희도 겁이 났다. 넘어진 채 조금씩 뒤로 물러났다. 바닥에 쓰러진 사람은 순희와 그 남자밖에 없었다. 그 남자의 피가 순희의 바지를 적셨다. 순희가 멀어지려고 허둥댈 때마다 피는 끈질기게 순희를 쫓았다.

남자의 허리는 예전에 상어가 나오는 유명한 영화에서 봤던 것과 비슷했다. 뭔가가 옆구리를 뜯어 먹은 것 같았다. 입이 아주 큰 뭔가가. 배 속에 담겨 있어야 할 것들이 교실 바닥에 쏟아져 있었다. 또 한 명의 여학생이 기절했다. 사실 가장 인상적인 것은 뜯어 먹힌 부위가 너무 정확하게 원의 일부 같다는 점이었다. 누군가가 몸 위에다 정확하게 원을 그리고 그 선을 따라 아주 잘 드는 칼로 오려낸 것처럼. 하지만 아이들은 그런 것까지 볼 정신이 없었다. 교실에 있는 누구도 그걸 알아보지는 못했다. 이 남자가 교실로 들어오는 걸 본 사람도 없었다. 이 남자가 죽는 걸 본 사람도 없었다.

5

"바다를 좋아하시나 봐요?"

아이는 양창근에게 물었다. 처음 봤을 때, 아이는 고등학교 2학년이었다. 전근한 경찰서로 출근한 첫날이었다. 아이는 길이 아닌 남의 집 옥상을 뛰어다니다가 화분 몇 개를 깨고 집주인에게 잡혀와 있었다. 아무도 맡기 싫어하는 일이라 타지에서 온 양창근에게 떠넘겨졌고, 양창근은 수년에 걸쳐, 수십 년에 걸친 연쇄 살인을 해결하게 되었다. 떠나올 때 아이는 처음 만났을 때 양창근의 나이가 되었다. 인천에서 부산으로 전근을 간다고 했을 때, 서른하나가 된 아이는 양창근에게 마지막으로 저렇게 물었다. 바다를 좋아하냐고.

그렇게 생각해보지는 못했다. 인천과 부산의 공통점이 바다라는 걸 양창근도 모르진 않았지만, 바다를 좋아한다고 생각해 본 적은 없었다. 그냥 담배 피우기 좋은 곳이 길을 따라 길게 펼쳐져 있다는 것밖에는. 그게 바다가 아니라도 양창근은 상관없을 것 같았다.

바다가 보이기 시작한 지 꽤 되었다. 양창근은 차를 세우고 내렸다. 담배를 물고 바다를 봤다. 부산의 바다였다.

인천에서 계속 살 생각이었다. 그 기이한 사건이 괴롭혔다. 범인이 잡히고 사건이 해결된 후에도 그랬다. 기억은 원래 그 자리에 있었던 것처럼 떠나지 않았다. 뿌리를 내리고 자리를 잡았다. 다른 기억의 자리들까지 빼앗기 시작했다. 좋은 사람들이 자신의 몫을 빼앗기듯 그 기억에 자리를 내주는 것들은 모두가 좋은 기억들이었다. 더는 내줄 자리가 없게 되고, 결국 그 하나의 기억만으로 살게 되었다. 그렇게 10년을 더 살고 전근을 신청했다. 부산으로 가고 싶다고 했다. 특별한 이유가 있진 않았다. 하지만 왜 부산이냐고 팀장이 물었을 때, 양창근도 그렇게 말했었다. 담배를 피우다 보니 생각이 난다.

"거기 바다는 뭐가 다른지 보려구요."

*

양창근은 잘못 찾아온 줄 알았다. 사무실이 좁기도 했지만 교복을 입은 학생들이 너무 많았다. 교실에서 싸운 애들을 데리고 왔다고 했다. 시끄러웠다. 부산 사투리는 보통 말도 싸움처럼 들린다더니, 여기서도 모두 싸우고 있었다. 발령받았다는 말을 건네기도, 인사를 트기도 애매해서 아무 자리나 가서 앉았다. 그리고 구경했다. 여학생들도 있었다. 대부분의 남학생들은 변명을 하느라 시끄러웠지만 여학생들은 그렇지 않았다. 말이 없었다. 아직도 겁에 질린 모습이었다. 교실에서 패싸움 좀 했다고 학생들을 경찰서까지 데려와야 하나? 한심했지만, 그 패싸움 하는 것 좀 봤다고 저렇게까지 겁에 질리나? 이상했다. 다시 보니, 소란과 두려움이 뒤섞인 묘한 풍경이었다. 형사들도 어딘가 긴장한 듯했다. 한 형사가 한 학생에게만 말을 걸고 있다. 형사는 계속 묻고, 학생은 아무런 대답이 없다.

"야, 니 돈 벌 궁리 하나?"

"……."

형사는 학생의 신발을 발로 툭툭 찼다. 신발은 크고 흰 농구화였다.

"이거 비싼 거지? 이거 무슨 돈으로 샀어? 어?"

"……."

"와? 졸업하기 전에 하나 쑤시야 받아준다 하드나? 쑤시기만 하면 앞으로 평생 떵떵거리며 살게 해준다 하드나?"

"……."

"싸우다 보이 있던데요, 우리는 진짜 우리끼리 싸운 건데요, 그리 발 빼라 카드나?"

"……."

"야, 이순희. 공부해논 건 없고, 졸업은 다가오고, 뭐든 해야 되겠다 싶었제?"

"……."

"뭘로 쑤셨어?"

"……."

"뭘로 쑤셨냐고!"

"……."

"니, 아부지 믿고 이러나? 아부지 돈 마안켔다, 이번에도 대충 나갈 거 같나?"

"……내가 안 했는데예."

"그럼 이 피는 뭐야?"

"……내 피 아인데예."

"그니까 니 피 아인 피가 니 몸띠에 왜 이리 마이 묻었냐고!"

양창근도 그 피를 보고 있던 참이었다. 유독 그 남학생만 온몸에 피였다. 그 피가 본인의 몸에서 나온 거라면 거기 앉아 있을 수 없었을 것이다. 주변이 아무리 시끄러워도, 여학생들의 얼굴이 아무리 겁에 질려 있어도, 온통 빨간색을 뒤집어쓴 그 남학생에게 눈이 갔다. 이순희라고 했던가. 양창근은 13년 전 만났던, 그 고등학생을 떠올렸다. 그 학생은 고요했다. 이순희는 그렇지 않았다. 그 학생은 옥상을 뛰어다닌다고는 하지만 유약해 보였다. 이순희는 그렇지 않았다. 그 학생의 흰 교복에는 먼지 하나 묻어 있지 않았다. 이순희는 그렇지 못했다. 그럼에도 이순희는 그 학생을 떠올리게 했다.

*

합반 수업은 드문 일이었다. 게다가 고3들이었다. 하나의 교실에 두 반을 모아두니 수업이 제대로 될 리 없었다. 의자가 없어서 어쩔 수 없다며 여학생의 무릎 위에 앉으려는 짓궂은 남학생들이 몇 있었다. 대부분의 여학생들이 짜증을 냈지만, 자기에게 오라며 무릎을 내주는 여학생도 있었다. 누가 죽었든, 학교야 어떻게 되든 학생들에겐 특별한 날이었다. 그 반에 예쁜 여학생 누가 있다, 잘생긴 남학생 누가 온다, 들떠 있었다. 이 얼마나 인상적인 이야깃거리인가 말이다. 아무런 관심을 받지 못하던 실업계 고등학교에 이 많은 사람들이 어쩐 일인가 말이다. 남학생 하나가 여학생들에게 단체로 그날이냐며 저열하게 놀렸다. 옆 반에서 넘어온 피비린내가 교실에 가득했다.

노란 폴리스라인이 복도 한가운데를 가로막았다. 학생들은 그 교실 앞 복도도, 그 복도 끝의 출입문도 쓸 수 없었다. 화장실도 돌아서 가야 했고, 매점으로 가는 가장 빠른 길을 잃었다. 매점을 가야 된다며 소란을 피우던 남학생 하나가 한 형사에게 뺨을 맞았다. 부산에서 태어나 부산에서 놀다가 부산에서 형사가 된, 강도영이었다. 투덜거리며 돌아서는 그 남학생의 목덜미를 강도영이 잡아 끌고 갔다. 폴리스라인을 지나서 계속 끌고 들어왔다. 학생들이 새로운 구경거리에 흥분했다. 경찰들이 강도영을 말렸다. 강도영은 그 남학생을 사건이 일어난 교실까지 끌고 왔다. 교실에는 교복을 입은 학생들 대신 제복 차림의 순경들과 형사들, 감식반원들이 있었다. 감식반원들은 한곳에 모여 있었다. 주저앉아, 들여다보고 있었다. 강도영은 남학생의 머리를 그 사이로 들이밀었다. 남학생의 눈 바로 앞에 죽은 자의 눈이 있었다. 남학생은 그 눈이 자신을 보는 것 같아 섬뜩했다. 하지만, 시체의 눈은 어느 곳도 보고 있지 않았다. 그저 죽기 전 마지막으로 시선이 닿았던 곳에 멈춰 있을 뿐이었다. 얼핏, 그 남자가 쏟아낸 피와 몸 안의 것들이 보였다. 남학생은 아무것도 보지 않으려고 시체의 눈만 쳐다봤다.

남학생은 교실에서 뛰쳐나와 구토를 한다. 팀장은 교실로 들어가며 짜증을 낸다.

"에이 씨, 강 형사 이 새끼 진짜."

양창근은 남학생의 창백한 얼굴을 잠깐 보고는 팀장을 따라 교실 안으로 들어갔다. 쓰러진 남자의 주변으로 엄청난 양의 피가 보였다. 남자의 주변으로만 피가 있었다. 양창근은 생각해봤다. 운동장에 차를 세우고 복도 왼쪽 끝에 있는 출입문을 통해 들어와 복도를 따라 걸었다. 그리고 지금 이 교실까지 왔다. 그동안, 피 한 방울 보지 못했다. 여러 번 돌이켜봐도 피를 본 기억은 없었다. 남자가 가진 모든 피는 이 교실, 저기에만 쏟아부어져 있었다. 피와 함께 내장들까지. 대부분의 것들은 따로 담으면 되었지만, 아직 몸과 이어진 것들도 있었다. 그것들을 흘리지 않게 시체를 들것 위로 올리느라 여러 사람이 진땀을 뺐다. 몸을 들어올리면 흘러내렸다. 안으로 집어넣자니 감싸고 있어야 할 살덩이가 없었다. 학생들의 시선을 피해 빠르게 복도를 지나간다는 게, 결국 내장이 한 번 훑었다. 남은 경찰들이 학교에 있는 모든 시시티브이 파일을 회수했다.

6

 "이런 말까지는 안 할라고 했는데. 내가 아가 있어요. 이런 거 자랑할 건 아인데, 어, 이 새끼가, 아직 고등학교 졸업도 아 했는데, 차케, 아, 차케빠져가지고 지 아부지 일 돕는다고, 학교만 끝나만 쪼로로 식당으로 와가 쓸고 썰고, 국도 마, 벌써 아가 불 조절을 어찌나 잘하는지, 이기, 여가, 머리가, 머리까지 좋아가 지고……."

 이 실랑이를 언제까지 해야 하나, 우환은 생각한다. 손가락으로 자신의 머리를 가리키는 걸 저렇게 즐거워하는 사람을 우환은 본 적이 없다. 주방장이 그려준 약도를 보고 잘 찾아왔다. 식당은 낡았지만 깨끗했다. 간판도 깔끔했다. 부산곰탕. 쉬워서 외우기 좋았고, 쉽게 붙인 만큼 자신감도 느껴졌다. 점심이 지나 손님은 없었지만 혼자서 하기엔 작지 않은 크기였다. 우환은 이 식당에 취업을 해야 했다. 무슨 일이든 할 수 있다고, 돈도 필요 없고 잠만 자게 해달라고 갖은 단말은 다 했다. 하지만 식당 사장이라는 이 사람은 확실히 안 된다는 말도 없이, 말을 이리 돌리고 저리 보냈다. 게다가 무슨 말을 하는 건지. 아들이 있다는 건 알겠는데, 졸업도 안 한 아들이 차는 왜 있고, 차는 어디로 빠졌다는 건지. 쪼로로는 어떻게 오는 모양새인지. 쓸고, 썰고의 대상은 무엇인지. 어쩌란 말인지. 왜 이러는 건지. 우환은 답답하고 속상했다. 미래에서 목숨 걸고 왔고 이 집 국물 내는 방법과 그 망할 사태가 필요하다고 소리 지르고 싶었다. 하지만 그럴 수 없었다. 대충 맛이나 보고 그 사태 파는 곳만 물어보고 돌아갈까, 우환은 머리를 굴렸다. 맛을 보면, 비슷하게 흉내 낼 수 있지 않을까, 말이다.

"알겠습니다. 사장님, 그럼 곰탕 한 그릇만 주세요."

국과 깍두기만 나왔다. 더 없었다. 그래도 꽉 차 보였다. 우환은 숟가락을 들었다. 사람들의 입속을 얼마나 오갔는지 숟가락의 둥근 대가리가 닳아서 얇아져 있었다. 많은 사람들이 오래 찾은 식당이었다. 국물을 떠서 먹었다.

금세 사장이 주방장에게 하던 말들이 떠올랐다. 틈만 나면 주방장을 앉혀놓고 떠들던 그 말들이 생각났다. 맛있었다. 자극적이지 않으면서 붙드는 맛이었다. 다양한 맛이 느껴지는 것 같진 않은데, 풍부했다. 한 가지 맛으로 깊었다. 고기는 또 얼마나 구수한지. 그 사태였다. 맛있었다. 떠먹고 또 떠먹고 맛보고 또 맛봤다. 밥을 말아서 바닥까지 떠넣었다.

흉내 낼 수 있는 게 아니다. 비슷하게 만들어낼 수 있는 게 아니었다. 이런 국을 만들 수 있다면 배우고 싶었다. 배워서 주방장이 되고 싶었다. 우환은 어떻게든 이걸 배워서 돌아가고 싶다. 이걸 배워서 돌아가면, 새로운 인생이 있을 것만 같았다. 마흔 중반이 되어서 처음으로 인생이 달라질 것 같았다. 머리가 빠르게 움직였다. 식당 사장이 한 말들을 다시 돌리고 돌려 본다. 그 와중에 우환은 깍두기를 먹고 있었다. 깍두기는 깍두기만 먹어도 맛있다. 짠 줄도 모르고 깍두기를 먹으면서 머리를 굴렸다. 어떻게든, 어떻게든 저 사장의 마음을 사야 한다. 식당 사장의 말을 되감고 또 되감았다. 쓸고, 썰고의 대상은 무엇인가. 식당으로 와서 그 두 가지를 먼저 한다고 했는데, 그걸 우환이 잘해내면, 여기서 일할 수 있을지도 모른다. 쓸고, 썰고, 뭐를? 뭘까? 그때, 식당 사장의 말이 다시 들렸다.

"깍두이를 딱 떨어지게 깔끔하이 여덟 귀티로 안 하고 대충 썰어가 세 귀티로 하는 아들도 있고, 몇 귀티가 되는지도 모리고 걍 대충 지 속 지끼리는 대로……."

도대체 무슨 말인가? 알아들을 수가 없다. 하지만 꼭 말이 통해야 하는 건 아니다. 눈으로 보고 배우면 된다. 손으로 따라 익히면 된다. 음식은 손맛이라고도 하지 않았나. 우환은 주방으로 눈을 돌렸다. 뭐든 썰면 되지 않겠나. 눈만 뜨면 하는 게 토막 내고 써는 일이었다. 우환이 그걸 못할 리가 없었다. 자신 있었다. 우환은 다짜고짜 주방으로 들어갔다. 썰 만한 게, 대파가 있었다. 우환은 대파를 집었다. 무조건 썰기 시작했다. 소리가 요란했다. 칼질은 화려했다. 대파를 총총총총 잘게, 최대한 잘게 썰었다. 식당 사장이 들어와 본다. 입을 연다.

"아까운 파를 다 조지뿐네."

  15년을 거래해온 곳이었다. 그 집 딸이 결혼할 때는 하루 장사를 포기하고 식당에서 잔치까지 했다. 이종인에게 하루 장사를 포기한다는 건 있을 수 없는 일이었다. 식당을 차린 후 그날이 유일했다. 아내가 죽었을 때도 식당 문을 열었다. 이종인은 왜 늘 자신에게만 이런 일이 일어나는지 알 수 없었다. 고기를 속이다니. 고깃국을 파는 사람에게 고기를 파는 사람이 고기를 속이다니. 이럴 수 없었다. 더 좋은 조건으로 거래를 제안하는 정육점도 있었다. 하지만 종인은 그러지 않았다. 단골이라는 게 있었다. 함께 세월을 보낸다는 게 종인은 어떤 건지 알았다. 안다고 생각했다. 아내가 죽은 후로 종인은 그 세월에 더 집착했다. 수입 고기를 섞어 판다는 소문이 진작 돌긴 했었다. 하지만 믿었다. 나한테는 안 그러겠지. 함께한 세월이 얼만데. 종인은 변해가는 세월은 생각지 않고 세월의 무게만 믿었다. 하지만 이제는 아무것도 믿을 수 없었다. 화를 참을 수가 없었다. 고기를 대줄 곳은 많았다. 종인의 식당은 여전히 부산 최고였다. 아니 전국 최고라고 생각했다. 믿고 거래했던 단골 정육점이 고기를 속여 팔았다는 걸 안 이종인은 식당으로 돌아오자마자 전화를 돌렸다. 가장 좋은 조건을 제안하는 곳과 거래를 시작했다. 그렇게 간단히 15년 단골과 인연을 끊었다. 오전의 일이었다.

오후가 되도록 일이 손에 잡히지 않았다. 꽤 긴 세월을 살았는데도 믿던 것으로부터 배신을 당하고 있는 자신이 속상했다. 늘 현명했던 아내 생각이 났다. 아내가 있었더라면 배신을 당하지도 않았을뿐더러 그리 오래 안 사람을 한나절도 되지 않아 남으로 만들지는 않았을 것이다. 속인 정육점 사장보다 속은 자신이 나쁜 사람처럼 느껴졌다. 자신이 이리 오래 속지 않고 미리 알았더라면, 두 사람은 아직도 서로에게 단골이었을 것이다. 빈말도 속말도 나눌 수 있는 사이였을 것이다. 답답한 마음에 식당 출입문을 열어젖혔다. 제법 시원한 바람이 들어왔다. 그리고 종인은 식당 앞에서 기웃거리고 있는 남자를 만났다.

종인은 저 사람을 이해할 수 없었다. 이해할 수 없어서 거짓말을 많이 했다. 식당에 일손이 필요 없다는 말. 아들이 착해서 일손이 되어준다는 말. 말수가 많은 편도 아니었는데, 왜 그렇게 떠들었는지 모르겠다. 식당은 늘 일손이 부족했다. 아내와 둘이 하던 일을 혼자서 했으니 그랬다. 아들이 크면 손이 되어주겠지 싶어서 일할 사람을 구하지도 않았다. 단골이 많아지면서 알아서들 빈 그릇을 치웠다. 알아서들 돈을 두고 갔다. 그래도 일손은 모자랐다. 아들은 일손이 되어주지 않았다. 드나드는 단골만도 못했다. 그래도 종인은 아들이 주방으로 들어올 날을, 자기 곁에 설 날을 기다렸다.

요즘 누가 이런 일을 하고 싶어 하나. 전국 최고라고 생각은 하지만, 전국에 알려진 맛은 아니었다. 와서 배우겠다는 사람은 없었다. 가르치고 싶은 사람은 있었지만 아들은 관심이 없었다. 한데 저 사람은 왜 저렇게까지 주방 일을 하고 싶어 하나. 어디서 뭘 하던 사람이기에 돈도 필요 없고 그저 일을 시켜달라고 하나. 요즘 저런 사람이 어디 있나. 이해할 수 없는 저 사람을 종인은 믿을 수 없었다. 이해할 수 없는 것들을 종인은 믿지 않기로 했다. 많은 것을 믿지 않기로 한 오늘 아닌가. 종인은 그 사람을 쫓아냈다.

아들 새끼는 또 늦는구나, 할 즈음 전화벨이 울렸다. 경찰서였다. 처음도 아니지만 떨렸다. 아들이 현행범으로 잡혀서 조사를 받고 있단다. 사람이 죽었단다. 며칠 아니 영영 집에 못 들어갈 수도 있다고 했다. 글쎄, 조사를 해봐야 안단다. 종인은 끊어진 수화기를 잡고 한참 있었다. 아들이 사고를 치는 거야 처음도 아니었다. 하지만, 사람이 죽은 일은 없었다. 영영 집에 돌아갈 수 없을지도 모른다는 경찰의 말이 종인의 귀에 맴돌았다.

종인은 식당에 나와 앉았다. 새삼 혼자 있는 게 싫다. 혼자 있기에는 너무 긴 밤이 될 것 같다. 그런 밤이었다. 종인은 식당 문을 열고 밖을 내다봤다. 남자는 아직 거기 있었다. 밤은 이미 꽤 깊었는데 식당 앞에 앉아 있었다. 몸을 구기고 접어 작아져 있었다. 평생 남의 공간을 빌려 산 사람 같다. 종인은 좁은 공간을 차지하고도 어색해하는 남자를 한동안 봤다.

종인은 그를 안으로 들였다. 잘 곳을 알려주고 쉬게 했다. 뭐라도 하겠다고 들썩이는 걸, 못하게 했다. 자라고만 했다.

우환은 누웠다. 식재료 냄새가 났다. 이곳에서도 창고에서 지내게 되었다. 멀리 왔다. 40여 년을 더 거슬러 왔다. 2019년, 그쯤 되는 것 같다. 피곤했다. 잠으로 떨어질 즈음, 식당 사장의 한숨 소리를 들었다. 들은 것 같다.

7

 피를 모두 토해낸 몸은 창백했다. 법의학자이자 부검의인 탁성진이 시체 가장 가까이 서 있다.
 "이게, 참 희한하다. 니들도 희한한 건 알겠제? 강도영이?"
 "아, 참, 그냥 얼른 시작하소."
 "사인은 뭐 과다출혈인데, 살점이 이만큼 떨어지면 죽지. 요, 늑골 바로 아래부터 장골 바로 위까지, 앞쪽 뒤쪽 모두 살이 없어. 근데 살만 없는 게 아니라, 정확히 그 안쪽에 해당하는 내장들, 기관들도 없어. 니들 현장에 있는 거 싹 다 주워 온 거 맞제? 강도영이?"
 "아, 싹 긁어 왔지 그럼. 영감 참."
 "더 희한한 건, 이 단면인데. 깔끔해. 요 반원이, 단면이 결 하나 상하지 않고 아주 깔끔하게 잘렸단 말이야. 또 희한한 건, 그렇게 내장들까지, 싹 다, 요렇게 반원의 단면이 생겼다, 이 말이야. 왜 케이크 숟가락으로 포옥 뜨면 안쪽까지 다 싸악 발라 먹을 수 있지? 까아알끔하게."

하지만 형사들은 못 알아듣는 눈치다. 탁성진이 잠깐 본다.

"이 새끼들은 뭐 케이크 같은 걸 먹어야 알지. 이따 다들 빵집 가서 먹어봐라. 이 몸뚱이가 케이크라고 치면, 딱 눕혀놓고, 안 움직이게 잡고, 숟가락, 지름 20센티쯤 되는 엄청 큰 숟가락으로 요 옆구리를 싸악 퍼먹은 거 같다, 이 말이야. 살부터 안의 내장까지. 그 부분에 해당하는 살도, 내장도 없다. 이 말이야!"

"그럼 뭐, 뭐로? 억수로 잘 드는 칼?"

"강도영이, 칼로 어떻게 반원을 만드냐. 콤파스로 딱 그린 것 같은 완벽한 반원을. 게다가 피멍도 없고. 또 놀라운 거는. 이게, 피가 말이야, 살점이 뜯기면서 난 게 아니고, 뜯긴 살점들에서는 피가 전혀 안 났고, 이 몸뚱이에 붙어 있는 이 부분이 사라지면서, 이 안쪽에, 몸 안에 있던 피가 쏟아진 거라고. 알겠어? 그러니까, 이 상처가 생길 때는 피 한 방울 안 났단 말이야."

가만히 듣고만 있던 양창근이 처음으로 말을 한다.

"용접기 같은 건요?"

그런 양창근을 부검의 탁성진과 형사들이 주목한다. 탁성진이 대답한다.

"용접 기사들이 철 자르듯이, 용접기로 빵 둘렀다?"

탁성진이 양창근을 잠깐 본다. 생각한다. 말을 잇는다.

"……용접기로, 그 정도 고열로 한 번 빵 둘르면 이런 모양이 나올 수도 있겠지. 잘리면서 또 지져지니까, 피가 나지도 않고. 그냥 몸뚱이가, 살점이 톡 하고 잘려나가겠지. 그럼."

강도영이 갑자기 끼어든다.

"이순희 이 새끼, 무슨 반이지? 용접반, 용접반 맞지?"

강도영은 사무실에 들어서자마자 유치장으로 갔다. 거기, 이순희가 있었다. 피를 덮어쓴 그 교복을 그대로 입고. 강도영이 웃으며 순희에게 말을 걸었다.

"야, 니 무슨 반이야? 용접반이지? 맞지?"

"전자관데요."

"전, 전자과가 용접하는 데 아냐?"

"우리는 납땜하는데요."

순희의 말에 강도영은 생각에 잠긴다. 강도영의 생각을 잠깐 들여다보면, 학교다. 학생들은 교실 안에 앉아 차분하게 납땜을 하고 있다. 라디오라도 만드는지.

"니 거기 꼼짝 말고 있어. 이 새끼, 이거."

사무실로 돌아온 형사들은 말이 많아졌다. 깊은 고민들을 나누기 시작했다. 정말 궁금한 것들, 도저히 모르겠는 것들을 전문가이며 베테랑인 서로에게 묻고 정보를 주고받기 시작한다.

우선, 조직의 사주를 받은 이순희의 일당이 죽인 게 맞는지. 이순희가 여태까지 친 사고들을 보면, 뭐든 할 놈이니까. 뭐든 하는 게 자연스러우니까. 아니면 또 다른 나쁜 놈들이 죽여놓고 몰래 학교에 집어넣은 건지. 알리바이 때문에 그랬겠지? 죽은 남자는 어떻게 교실까지 들어왔는지. 상처를 입은 채 들어왔는지. 혼자 들어왔는지. 언제 아이들의 싸움 속으로 끼어들었는지. 왜 끼어들었는지. 반드시 이순희한테 죽으려고 몰래 학교까지 찾아와서 반을 물어서, 반은 미리 알았겠지? 교실까지 들어와서 힘들게 싸우는 아이들을 비집고 들어가서 이순희를 찾은 건지. 이순희 얼굴은 알았겠지? 아니면 이순희가 몰래 데리고 들어온 건지. 아이들이 둘러싸고 있는 사이, 그 틈을 타 몰래 죽였다 치면. 충분히 그럴 수는 있는데. 전자과인 이순희가 용접기를 어디서 꺼냈는지. 서랍에는 들어가는지. 서랍은 충분히 큰지. 아, 사물함이 있잖아! 있는데, 교실 뒤쪽에나 있는데, 용접기를 든 이순희가 교실을 가로지르는 동안 왜 아무도 못 본 건지. 남학생들은 편을 든다 쳐도 여학생들도 다 이순희를 좋아하는지. 생긴 게 반반해서 팬클럽이라도 있는 건지. 여자애들, 여자애들은 뭐라 그랬더라? 걔들 말처럼 그냥 갑자기, 갑자기 번쩍, 짠, 하고 나타난 게 맞는지. 그런 말도 안 되는 말에 속을 사람들이 아니고. 그런 거짓말에 속을 전문가들이 아니고. 하지만 왜 굳이 반원을 그린 건지, 그 바쁜 와중에 왜 반원을 그린 건지. 어떤 상징 아닐까? 조직들 중에 반원 좋아하는 애들 있는지. 해운대파, 동래파, 서면파, 광안리파, 이렇게 주로 동네 이름으로 조직 이름을 지었는데, 삼각파, 사각파, 온원파, 반원파, 이렇게 도형 이름으로도 조직 이름을 짓긴 않는지. 없는지. 정말 그런 조직이 하나도 없는지. 정말, 없어? 하나 정도는 있지 않을까?

  물론, 대화에 끼지 않는 형사도 있었다. 양창근은 분명한 것 몇 가지만 정리했다. 일단, 남자는 학교에 들어올 때는, 교실 안으로 들어오기 전까지는 상처가 전혀 없었다. 그전에 상처가 있었다면 복도부터 피가 따라왔을 거다. 게다가 지금 같은 상처를 입고 걸어서 교실까지 왔다면 남자의 내장이 복도부터 교실까지 긴 선을 만들었을 거다. 남자의 몸에 다른 상처는 없었다. 남자는 교실에서, 학생들 안에서 죽었다. 학생들이 정신없이 싸우는 동안, 교실로 들어온 남자도 휘말렸고, 학생들이 집중하지 못하는 사이 누군가 남자를 죽였다. 누가? 유력한 사람은 물론, 이순희다. 형사들 사이에서 이미 유명했으니까. 유명하다는 건 이유가 있을 테니까. 하지만 이순희는 칼도 없었다. 맨손으로 만들 수 있는 상처가 아니었다. 그리고 용접기. 그런 것도 주변에 없었다. 용접기로 그 짓을 할 동안 주변에서 아무도 모를 수는 없다. 집단 최면? 그렇게까지 해서 저 남자를 이순희가 왜 죽였을까? 게다가 아무도 본 사람이 없다. 남자가 교실로 들어서는 모습을. 사실, 싸움은 이순희 패거리 다섯과 타 학교에서 온 열셋의 싸움이었다. 나머지 학생들은 구경만 할 뿐이었다. 볼 수 있었다. 누군가 교실로 들어온다면. 그것도, 학생도 아닌 성인 남자라면 분명히 알아볼 수 있었다. 누군가, 선생님이 왔다고, 소리칠 만도 했다. 한데도 아무도 못 봤다. 어쩌면 여학생의 말이 맞을지도 몰랐다. 믿는 게 우습지만.

"그, 그냥, 그냥, 가, 갑자기 나타났어요. 그냥 짠, 하고."

다행히 요즘 학교엔 시시티브이가 곳곳에 있다. 학교 정문부터 복도며 교실 모든 곳에 시시티브이가 설치되어 있었다. 그 모든 시시티브이 영상을 확인해보면 알게 될 것이다. 죽은 남자가 혼자 들어온 건지, 이순희가 데리고 온 건지, 아니면 정말 짠, 하고 교실에 나타난 건지. 모든 영상을 확인하는 데는 시간이 꽤 걸릴 테지만, 양창근은 기다리는 데 익숙했다.

형사들은 신속하게 수사에 착수했다. 강도영은 이런 일이 있을 때마다 족치는 조직원들을 만나러 갔고, 일부는 숨겨놓은 용접기를 찾으러 교실로 다시 갔고, 일부는 아는 용접공을 만나러 갔고, 다수는 빵집으로 갔다. 빵집으로 가서 일제히 조각 케이크를 시켰다. 몇은 큰 숟가락을 달라고 떼를 썼다. 제각각 케이크를 숟가락으로 떠서 그 단면을 봤다. 배도 고팠겠지만 진지했다. 우스꽝스러울지도 모르지만, 그들은 진지했다. 뭐든, 단서를 잡아야 했다.

*

식당 사장은 새벽 4시에 우환을 깨웠다. 우환이 창고에서 나와 주방으로 갔을 때, 사장은 쌀을 씻고 있었다. 국은 이미 끓고 있었다. 큰 솥에 든 국은 어제도 끓고 있었다. 사장은 깨우기만 했을 뿐 우환에게 뭘 시키지 않았다. 주방에서 혼자 부지런히 움직였다. 사장은 다 씻은 쌀을 안쳤다. 우환은 눈치가 보여 식당 문을 열고 청소를 시작했다. 바닥을 훔치며 틈틈이 주방도 훔쳐봤다. 밀가루가 왜 필요한지 몰랐다. 사장은 희면서 한쪽은 또 검은 내장 같은 살덩어리를 밀가루로 치대고 있었다. 한참 치댄 고기들을 물에 담갔다. 큰 무를 듬성듬성 썰었다. 파도 길게. 하지만 뭘 딱히 대단한 걸 하는 것 같지는 않았다. 고깃덩어리들을 담았던 물을 버리고 새 물을 받았다. 저렇게 해서 어떻게 그 맛이 나는지 알 수가 없었다. 종종 보이는 벌건 저 고깃덩어리가 바로 그 사태 같았다. 자세히 보니 사장은 곰탕을 새로 끓인다기보다는 뭔가를 준비하는 것 같았다. 금방 한 밥을 폈다. 국은 국그릇에 담았다. 파와 소금은 따로 준비했다. 누굴 주려고 저렇게 정성을 들이나, 날 주면 좋겠다. 우환은 침을 삼켰다. 사장이 주방을 나올 때 우환은 아는 척을 했다.

"아롱, 사태 쓰시나 보죠?"

"양지머리랑 섞어 씁니다."

"아…… 양, 머리…….."

사장은 별말 더 없이 식당을 나갔다. 어디를 간다는 말도 없었다. 말을 잘 하지도 않고, 해도 반 이상은 알아듣기 힘들었다. 심지어, 식당 일도 잘 돕는다는 아들이 어제 집에 들어오지 않아 사장은 말이 더 줄었다. 언제 곰탕 만드는 법을 다 배워서 아롱사태랑 그, 양머리랑 섞어 사 갈지 아득했다.

우환은 알았다. 그 아들이라는 사람이 식당 일을 돕지 않는다는 걸. 좋은 사람일 리도 없다는 걸. 하지만 자신에게는 고마운 사람일 수도 있다고 생각했다. 그가 우환에게 일자리를 준 거다. 그 사람은 아버지의 일손이 되어준 적이 없었고, 어젯밤, 앞으로도 절대 그럴 일은 없을 거라는 걸 아버지가 깨닫도록 했으니까. 늦은 밤 사장을 한숨짓게 했고, 그 한숨 덕에 자신이 여기 있다는 걸 우환은 알았다. 한 번도 남에게 소중한 사람이 되어본 적 없는 사람들은 안다. 누군가에게 소중한 사람이 된다는 건, 자신이 소중해져서가 아니라 더 소중했던 사람에게 문제가 생겼기 때문이라는 걸.

*

 살아 있는 듯한 소리를 내며 불이 뿜어져 나왔다. 좁고 긴 관의 끝에서 나온 푸르기도 노랗기도 한 불이 몸뚱이에 그린 선을 따라 움직이고 있었다. 강도영의 눈에서도 그래 이거다, 불이 튀었다. 베테랑들이 모여서 하는 일은 달랐다. 용접공은 정확히 반원을 그리며 마네킹의 몸뚱이에서 일부를 잘라내고 있었다. 용접소 한 귀퉁이에서 강도영과 형사 몇이 용접공이 마네킹에 하는 짓을 눈에서 불을 쏘며 보고 있다. 용접공의 용접 마스크 위로 불똥이 튀고 있었다. 이윽고 용접공이 일을 끝내자, 마네킹의 허리춤에서 반원이 툭 하고 떨어졌다. 강도영은 마네킹의 허리춤을 살폈다. 동료 형사가 함께 보며 똑같다고, 케이크와 똑같다고 했다. 그랬다. 똑같았다. 단면은 깔끔했다. 또 다른 형사가 바닥에 떨어진 그 반원을 집기 전까지는, 모두 해냈다는 분위기였다. 반원 덩어리를 든 형사가 고개를 갸웃 또 갸웃 하다가 입을 열었다.

"현장에 이런 건 없었잖아?"

강도영이 그 덩어릴 본다. 형사에게서 넘겨받았다. 없었다. 잘려나온 일부분은 흔적도 없었다.

"녹은 거 아니냐? 불이 이렇게 뜨거운데."

"불이 똑같이 뜨거운데, 이렇게 있잖아."

그랬다. 그놈의 무기가 뭔지는 몰라도, 반원을 그리며 절단만 낸 게 아니라 아예 사라지게 만들었다. 내장도 그랬다. 그 반원만큼 없었다. 그때, 형사 하나가 달려왔다. 이순희의 교실을 다 뒤졌지만 용접기는 나오지 않았단다. 대신 인두기는 사물함마다 있었단다.

"그게, 용접은 기계과에서 배운다고, 전자과는 납땜만."

강도영이 들고 있던 덩어리를 바닥에 내팽개쳤다. 욕이 절로 나왔다.

*

끝까지 눈을 안 마주칠 작정이었다. 그럼 그만이다. 그럼, 간다. 그럼, 끝난다. 그때, 한 형사가 의자를 가지고 와 아버지 옆에 놨다. 어디선가 전근 와서 형사들 사이에서 왕따인 그 사람이었다. 서 있던 아버지가 앉았다. 씨발. 순희는 할 말이 없었다.

종인은 말이 나오지 않았다. 먹을 걸 챙겨 온 자신을 원망했다. 40대에 들어선 지도 한참이 지났는데 이런 판단도 못 하는 본인을 탓했다. 아들에게 필요한 건 먹을 게 아니었다. 하얀 교복을 입고 나갔던 아들만 생각했다. 입이 찢어지고 볼에 멍이 들고 그 자리가 부어서 얼굴 모양이 바뀌고 흙먼지를 뒤집어쓴 아들을 본 적은 여러 번이었다. 하지만 이런 모습은 처음이었다. 어떤 일이 있었기에, 어떤 일에 휘말렸기에 걸친 옷 모두가 붉어졌는지. 붉은 피가 검게 말라가는 동안 아들은 저 옷을 그대로 입고 있었던 것이다. 털어지지도 않을 터였다. 그래도 가까이 있었으면 털어보려고 손이 갔을 것이다. 하지만 아들은 유치장에 있었다. 갇혀 있었고 가로막혀 있었다. 도대체 얼마나 많은 피를 뒤집어썼으면, 아들이 누운 자리에도 얼룩이 남아 있었다. 아들에게 필요한 건, 갈아입을 옷이었다.

순희는 저 사람이 싫었다. 말이 없을 때는 더 싫었다. 곰탕 냄새가 싫었다. 저 손에 들려 온 곰탕이 싫다. 곰탕을 든 저 손도 싫다.

종인은 경찰서를 나와 가까운 옷가게로 갔다. 식당으로 돌아가기에는 마음이 급했다. 가서 무슨 옷을 가지고 와야 할지도 아득했다. 옷가게에서 점원이 추천하는 옷을 바지부터 티까지 전부 샀다. 돌아와 아들에게 건넸다. 아들은 말없이 옷을 갈아입었다. 피가 말라 검어진 교복을 돌려받았다. 버리고 싶었지만 교복이었다. 돌아서는데, 아들이 한마디 했다.

"안 먹어. 저거 가져가."

종인의 눈이 아들의 눈이 말하는 곳을 본다. 그곳에 곰탕이 있었다. 부산스러웠던 아침을 종인은 잠깐 생각했다.

8

 부검의 탁성진은 엑스레이 사진을 가만히 들여다보고 있다. 직접 머리통을 가르기 전에 확인해두고 싶었다. 정말 저게 저기 들어 있는 게 맞는지. 머리를 찍은 엑스레이 몇 장을 거듭 보고 있다. 있다. 분명히 뇌 속에 뭔가가 있다.

9

 우환은 식당부터 시작했다. 사장이 나가고 나서 곧 식당 청소는 끝났다. 청소를 더 하고 싶진 않았다. 하지만 사장은 오지 않고 딱히 할 일이 없었다. 창문들을 닦았다. 그때가 아침 10시였다. 새벽 4시에 날 왜 깨웠나. 사장이 나간 게 9시쯤이었으니까, 겨우 한 시간이 지났을 뿐이다. 창문을 닦고는 주방을 치웠다. 청소는 늘 하던 거라 일 같지도 않았다. 주방 구석구석을 치우면서 살폈다. 주방은 우환이 청소를 하기 전에도 깔끔했다. 오래되고 낡은 것들이 많았다. 반짝반짝 빛이 나는 세련된 주방은 아니었지만 아주 부지런하고 꼼꼼한 손이 오래 만져온 곳이라는 느낌이 들었다. 큰 가마솥에는 국이 끓고 있었다. 불은 약불이었다. 냄새를 맡아봤다. 노린내가 나기는 했다. 하지만 구수한 냄새도 있었다. 44년 뒤의 노린내와는 차원이 달랐다. 그 노린내는 그냥 역겨웠다. 이건 그런 냄새가 아니었다. 솥뚜껑을 열어봤다. 뽀얀 국물이 있었다. 가까이 고기만 따로 담긴 그릇이 있었다. 그리고 하얀색의 내장 같은 것들도 보였다. 고기를 썰어서 넣고, 내장도 좀 넣고, 뜨거운 국물을 담아서 내놓겠구나. 우환은 생각했다. 큰 냉장고도 열어보았다. 무와 채소들, 또 고깃덩어리, 뼈들도 보였다. 창고에도 채소들이 있었는데 이걸 며칠 동안 쓰는지……. 우환은 주방을 나와 욕실로 들어갔다. 빨래를 돌렸다. 빨래를 하고도 시간이 남았다. 식당으로 나와 다시 앉았다. 가게 구조를 새삼 살펴봤다. 방이 하나가 아니라 두 개였다. 우환이 머무는 창고도 원래는 방이었을 것이다. 우환은 사장이 쓰는 방문을 열어봤다.

방은 주방과 달랐다. 이 방에 비하면 주방은 북적거리는 시장통이었다. 그러면서도 주방은 잘 정리된 느낌이었다. 그 많은 물건들에 모두 애정이 깃들어 있었다. 이 방은 그렇지 않다. 몇 되지도 않는 살림들이 버려져 있었다. 아무 데나 방치되어 어지럽게 널려 있었다. 크지 않은 공간인데도 커 보였다. 텅 비어 있었다. 말을 하면 울려서 귀가 아플 것 같았다. 주방을 그리 다정하게 만지던 손은 어디로 갔을까. 같은 사람이 쓰는 공간이라고는 믿기지 않았다. 그러다 생각했다. 이 공간의 주인은 다른 사람이지 않았을까, 하고. 이 공간을 만지던 손길은 다른 사람의 것이 아닐까, 하고. 방 한가운데 이불이 있다. 더울 텐데 저리 두꺼운 이불을 쓰나. 사람이 빠져나간 이불이 깊고 어두운 굴처럼 있다. 그리고 방 한구석에, 쓰러져 앞을 가린 액자가 있었다. 우환은 다가가 액자를 일으켜 세웠다. 앞을 봤다. 사진 속에 가족이 있었다. 남녀가 있고 어린아이가 있었다. 사장이 말하는 그 아들이 아마 이 아이인 것 같았다. 장난기가 가득한 얼굴이지만 눈은 선해 보이는 아이였다. 우환은 아이의 얼굴을 한동안 봤다. 그냥 그렇게 보게 되었다. 아이 옆에는 아이의 엄마이자 사장의 아내로 보이는 여자가 웃고 있었다. 그 여자가 웃고 있어서인지, 사진 속의 모두가 웃고 있었다. 사진을 보니 이해가 되었다. 이 방의 주인은 여기 없는 것 같았다.

치우는 걸 멈추고 밖으로 나왔다. 작은방은 아들의 방일 거였다. 우환은 그 방에 들어갈까 망설였다. 사진 속에 있던 아이의 얼굴이 떠올랐다. 한숨 한 조각 묻어 있을 것 같지 않던 얼굴. 그 얼굴이 괜히 친근해 우환은 잠깐 떠올려본다.

또 언제 기회가 있겠나, 구경이나 실컷 하자 싶어 의자에서 일어서는데, 출입문이 열렸다. 사장이었다. 사장은 막장을 다녀온 사람 같았다. 온몸에 힘이 빠지고 얼굴에는 검정이 묻어 있었다. 그렇게 보였다. 사장은 들고 온 것을 테이블 위에 내려놓고 방으로 들어갔다. 나갈 때처럼 말이 없었다. 테이블 위에 보자기로 싼 곰탕 한 그릇과 쇼핑백이 놓여 있었다. 탕은 식었을 텐데 버려야 하나, 쇼핑백엔 뭐가 들었나, 우환은 잠깐 생각했다. 눈이 선하던 아이의 얼굴이 다시 떠올랐다.

*

뭐든 있어야 했다. 변명으로 들렸다. 예전부터 그랬다. 양창근은 남의 말을 잘 듣지도 믿지도 않았다. 억울해하며 하는 말일수록 거짓말 같았다. 처음에는 용의자들이 하는 말이 그렇게 들리다가 나중에는 동료들이 말해도 비슷했다. 동료들과 어울리기 힘들어졌고, 그들도 양창근을 싫어했다. 그래서 오히려 전근 다니기는 편했다. 자리를 잡고 싶었지만 결국 떠나게 됐고, 긴 시간을 머물렀어도 떠나올 때 딱히 아쉬운 사람이 없었다. 지금 이 어린 형사가 하는 말도 그랬다. 믿음이 안 갔다. 한 번도 보이지 않았다니, 말이 안 됐다.

"아, 진짜라니까요. 제가 이틀 동안 학교에 있는 모든 시시티브이를 사건 발생 시간 한 시간 전후로 깡그리 다 봤다니까요? 근데, 없어요. 전혀."

놓친 거다. 분명히 놓친 게 있다. 있어야 했다. 걸음을 옮기는 발뒤꿈치라도 보였어야 했다. 양창근은 형사를 밀어내고 그 자리에 앉았다.

"아, 정말 없다니까요!"

양창근은 뒤지기 시작했다. 서른 개가 넘는 시시티브이의 각각 두 시간 분량의 영상을 일일이.

10

 난처했다. 무작정 데리고 와 머리를 열어달라니. 뇌 전문의 서유헌은 탁성진과 대학 동기였다. 대학 시절 탁성진은 뛰어났다. 한데, 다방면에 관심이 많았다. 학과 공부만도 할 게 많았다. 탁성진에게만 더 많은 시간이 주어지는 것도 아니었다. 탁성진은 티 나지 않게 조금씩 학과 공부와 거리를 뒀다. 하지만 사람들과는 오히려 가까워졌다. 탁성진은 늘 아는 사람이 많았다. 레지던트에 올라갈 때 탁성진은 병리학을 선택하면서 서유헌과는 멀어졌다. 병리학은 인기 과가 아니었다. 병리학을 선택한 게 정말 원해서인지 다른 과를 갈 수 없어서인지 알 수 없었다. 다만, 탁성진은 언제나 누구보다 많은 걸 알고 있었다. 그건 지금도 그랬다. 사실 단순히 뇌를 열어 안을 살피는 거라면 탁성진도 할 수 있을 터였다. 그게 불법이라도 탁성진에게는 그다지 고려 대상이 아니었을 것이고, 배운 적이 없더라도 배우면서 언제나 수준급으로 해냈으니까, 어쨌든 탁성진은 하려면 할 수 있는 사람이었다. 한데 여기까지 왔다. 그럴 만하지 않은 상태라는 거였다. 서유헌은 자신의 바쁜 스케줄을 들먹거리기 전에 일단, 물었다.

"환자 상태는?"

"어, 그게, 그······."

서유헌은 복도를 지나는 동안 몇몇 의사들과 꽤 많은 간호사와 더 많은 환자들과 인사를 했다. 탁성진이 이동식 침대에 환자를 싣고 뒤따랐다. 수술실로 들어갔다. 감마나이프가 있는 수술실이었다. 서유헌은 마음이 급했다. 탁성진은 당황했다.

"아니 왜 여기로 왔어?"

"뇌수술 하자는 거 아니었어? 여긴 머리 열지 않고도 종양까지 제거,"

"감마나이프 나도 알아. 근데, 머리를 열어야 된다니까!"

"······?"

서유헌과 탁성진은 이동식 침대를 끌고 다시 복도로 나왔다. 물론, 다른 수술실로 들어가기 전까지 서유헌은 몇몇 의사들과 꽤 많은 간호사와 더 많은 환자들과 인사를 해야 했다.

탁성진이 환자를 덮고 있던 흰 천을 상반신만 보이도록 젖혔다. 이미 죽은 사람이었다. 고등학교 교실에서 발견된 그 남자였다. 서유헌이 당황해서 물었다.

"위급한 거 아녔어?"

"부검의가 산 사람을 데리고 왔겠어?"

탁성진이 시체의 머리를 손가락으로 툭툭 쳤다.

"여기 안에, 뭔가 들어 있다."

"……!"

서유헌이 죽은 남자의 머리를 열었다. 그리고 뇌 속에서 작은 칩을 꺼냈다. 폭 4밀리미터 정도의 작은 칩이었다. 서유헌도 탁성진도 긴장한 얼굴로 봤다. 탁성진이 먼저 입을 열었다.

"뇌 속에 이런 거까지 끼워 넣는 건 어떤 경우야?"

"최근에 미국 대학에서 가슴 아래 부위가 모두 마비된 20대 환자의 머리에 칩을 넣은 적이 있었지. 그 칩이, 몸을 움직이라는 뇌의 명령을 감지해서 디지털 신호로 변환해 환자의 팔에 매단 전극 장치로 전달, 팔근육을 움직이게 하는……."

"그럼, 이 남자가 살아 있을 때, 전신 마비였다는 거야?"

"그렇진 않을 거 같은데?"

"왜?"

"이 칩이 발견된 위치가, 대뇌피질의 후두엽 쪽이었으니까."

"장님이었다?"

"눈 고치려고 이런 칩까지 쓰는 건 들은 적이 없고."

"그럼?"

"치료 목적이 아니란 이야기야. 시각 정보를 이용해서, 다른 뭔가를 가능하게 해주는."

"이 칩이?"

"이 작은 칩이."

*

없었다. 불가능했지만 없었다. 그 어린 형사의 말이 맞았다. 남자가 학교로 들어온 흔적은 없었다. 남자가 복도를 지나간 흔적은 없었다. 남자가 교실로 들어온 흔적도 없었다. 양창근은 찾을 수가 없었다. 이순희가 소리 없이 싸우는 모습만 몇 번째 보고 있다.

교실 문이 열리고 교복이 다른 남학생 열 명 남짓이 들어온다. 여학생 하나가 재빠르게 교실을 빠져나가려 한다. 하지만 그들이 교실 문을 닫는다. 교실에 있는 남학생 하나가 먼저 그들에게 다가간다. 하지만 타 학교 학생 두어 명이 그 학생을 제압한다. 그걸 신호로 이순희의 패거리로 보이는 남학생들 몇이 동시에 타 학교 학생들과 싸운다. 패거리는 다섯도 안 된다. 반 학생들이 싸움에 휘말리지 않으려고 피하면서 자연스럽게 싸움판이 잡힌다. 싸움꾼과 구경꾼으로 나뉜다. 출입문 앞뒤로 한 명씩 문을 막고 있다. 다섯도 안 되는 아이들은 금방 밀리기 시작한다. 일방적으로 맞기 시작한다. 그때, 복도 쪽으로 난 창문이 열린다. 한 학생이 창문을 넘어 교실로 뛰어든다. 화면이 갑자기 멎는다.

양창근은 시시티브이 영상을 잠깐 멈춘다. 창문을 훌쩍 뛰어넘고 있는 남학생이 정지 화면 속에 있다. 이순희다. 양창근은 이순희의 얼굴을 줌인해서 본다. 두 눈은 이미 싸움판에 있다.

창문으로 들어온 이순희는 망설임 없이 싸움판으로 다가간다. 다가가며 몇을 발로 밟듯이 내리찍는다. 하나가 또 하나가 입을 벌리며 쓰러진다. 무릎을 잡고 뒹군다. 이순희가 싸움판의 한가운데로 들어간다. 여럿이 이순희에게 한꺼번에 덤빈다. 이순희는 오른팔로 견제를 하고 정확하게 왼팔을 뻗어 친다. 무리들에 가려 이순희가 보였다 안 보였다 한다. 그리고 그때, 화면이 다시 멎는다. 구경꾼들에게 천천히 줌인이 된다. 구경꾼들 중 한 여학생에게로 줌인이 된다.

여학생이 입을 벌리고 있다. 눈은 놀라 있다. 얼굴로 양손이 모두 올라갔다. 비명이다. 비명을 지르기 시작한 것이다. 다시 영상이 움직이기 시작한다. 비명을 지르던 여학생은 쓰러진다. 곧이어 주변 여학생들도 입을 벌리고 뒷걸음질을 친다. 손으로 어딘가를 가리킨다. 순식간에 싸움판도 깨진다. 싸움을 하던 남학생들도 흩어진다. 그 중심에 이순희만 여전히 서 있다. 혼자 싸움에서 깨어나지 못한 건지, 주변을 경계하며 그 자리에 서 있다. 이순희 바로 옆에 죽은 남자가 누워 있다. 그 남자의 몸에서 나온 피가 이순희에게 다가가고 있다. 피가 만든 원은 점점 커지며 이순희에게 다가간다. 이순희가 뒷걸음치다가 남자에게 걸린다. 넘어진다. 이순희가 남자 위로 넘어진다. 남자의 피가 이순희의 교복에 묻는다. 이순희가 버둥거린다. 원으로 퍼지던 피들도 이순희를 덮친다. 이순희가 타인의 핏속에 뒹군다.

11

점심때도 저녁때도 손님이 많았다. 손님들 중엔 단골이 많았다. 사장이 주방에서 말없이 국을 내놓으면 우환은 받아서 손님들 테이블로 가져갔다. 사장이 어쩌다 계산을 놓치면 우환이 대신 돈을 받았다. 손발이 제법 맞았다. 하긴, 사장은 우환보다 기껏 몇 살 위처럼 보였다. 친구까지는 아니어도 형님이라 부르면 금방 속을 터놓을 수 있는 또래였다. 적어도 보기엔 그랬다. 그 부산한 와중에 우환은 자꾸 쇼핑백이 신경 쓰였다. 치운다는 게 계산대 안쪽에 둬서 돈을 받을 때마다 보였다. 새 옷은 아니었다. 교복 같은데, 검은 얼룩이 많았다. 식당 문을 닫고 사장은 긴말 없이 안방으로 들어갔다. 우환은 계산대 안쪽에 있는 걸 꺼냈다. 쇼핑백 안에 있는 옷을 꺼냈다. 교복이 맞았다. 더럽혀져 있었다. 우환은 교복을 쇼핑백에 다시 집어넣었다.

욕실로 가져왔다. 교복이면 버릴 옷도 아니니까 빨아야 했다. 얼룩이 많으니 손빨래를 해야 하나. 쇼핑백을 쏟았다. 교복 상하의였다. 밝은 불빛에 드러났다. 얼룩은 피였다. 우환은 옷을 물에 담갔다 비누칠을 했다. 빨면 빨수록 확실했다. 검은 얼룩은 붉은 피였다. 상의에 묻은 피는 잘 빠지지 않았다. 흰색을 다시 찾는 데는 적잖은 시간과 노동이 필요했다. 이것저것 가져와 들이붓고 기다렸다가 다시 빨았다. 우환은 괜히 화가 났다. 아이의 선한 눈이 떠올라서 화가 났고, 사장의 방이 생각나서 화가 났다. 지금도 그 굴 같은 이불 속에 들어앉았을 사장에게, 누구의 피인지도 모르는 걸 씻어내느라 개고생을 하고 있는 자신에게 짜증이 났다. 그사이 옷은 서서히 원래의 색을 찾고 있었다. 검정이 빨강이 되고 빨강이 흘러내리자 흰색이 드러났다. 상의 왼쪽 가슴의 이름표도 보이기 시작했다. 정신없이 비비고 문지르던 우환의 손이 멈췄다. 우환의 눈이 멎는다.

"……."

우환의 눈이 이름표에 머물러 있다. 아는 이름이었다. 아니, 아는 사람과 이름이 같았다. 알아야 했지만, 만난 적 없는 사람과 이름이 같았다. '이순희.' 우환의 아버지 이름이 그랬다. 우환은 다시 옷을 빨기 시작했다. 이름이 같을 수 있다. 하지만 우환은 빨던 옷을 들어 다시 그 이름을 봤다. 하얀 교복 왼쪽 가슴에, 이순희.

12

 늦은 밤 병원 복도엔 인사할 사람이 줄어 있었다. 서유헌은 그제야 일과가 끝났다. 잊은 게 있었다. 혹시나 하는 마음에 수술실을 다시 찾았다. 이제는 쓰지 않는 수술실이었다. 문을 열었다. 술냄새가 났다. 탁성진은 아직 있었다. 그가 끌고 온 이동식 침대 위에 시체도 그대로 있었다. 상반신이 여전히 드러나 있었지만 머리는 대충 닫혀 있었다. 수술대에 술 몇 병만 새로이 보는 풍경이었다. 탁성진은 생각에 빠져 있었다. 탁성진이 그렇게 심각한 얼굴로 취해 있는 것도, 어쩌면 낯선 풍경이긴 하다고 서유헌은 생각했다.
 "골치가 많이 아픈 사건이냐?"
 서유헌이 물었지만 탁성진은 대답이 없었다. 법의학자가 제법 형사 분위기까지 풍겼다. 서유헌이 수술대에 있는 술을 한 모금 마시며 위로의 말을 건넸다.
 "주변에 박사들 몇 찾아서 물어봐. 칩 보여주고. 그럼 어디 쓰는 건지 알겠지. 그게, 머리에 칩을 넣는다는 거, 어려운 거지만 별 놈들 아닐 수도 있어. 충분히 가능해."

"……감마나이프, 그거 사람한테 쏘면 죽나?"

탁성진이 뜬금없이 물었다. 엉뚱한 질문에 서유헌이 웃었다.

"몰라. 종양에만 쏴봐서."

"레이저, 말이야. 그거 무기화되는 데 얼마나 걸리겠어?"

"왜 이러시나? 모르는 게 없는 사람이. 이미 무기로 개발됐지."

"아니, 일반인이 들고 다니는 거."

"모르지. 수십 년 더 지나면 가능할지."

"민간인이 가게에 들어가서 레이저 총 하나씩 사서 나다닐 수 있을 때가 되면 말이야. 그때가 되면…… 그것도 가능할까?"

"뭐가?"

"아냐. 말도 안 되는 이야기야."

혼잣말처럼 중얼거리던 탁성진이 일어나 시체에 다가갔다. 시체를 덮어둔 흰 천을 마저 젖혔다. 하반신까지 모두 드러났다.

"레이저면, 이건 충분히 가능하겠지?"

서유헌이 일어나 다가갔다. 시체는 허리춤 일부가 떨어져 나가고 없다. 반원으로 깔끔하게.

"새로 전근 온 애가 있는데. 제법 똑똑해. 느낌이 와. 근데, 걔가 그 형사가, 용접기 아니냐고 하더라. 용접기. 그 정도가 돼야 해볼 만하지. 근데. 이거 봐라. 니가 보기엔 어떠냐? 용접기였으면, 살 타는 냄새가 진동을 했겠지. 이거…… 레이저 맞지?"

서유헌은 대답 없이 절단된 단면을 손으로 따라갔다. 탁성진이 다시 물었다.

"이거 어떤 새끼일 거 같냐? 레이저 총 들고 부산 다니는 놈, 어디서 찾아야 되냐?"

*

눈을 떴다. 한동안 그러고 있었다. 마치 잠들지 않았던 사람처럼. 사무실에서 조는 모습을 전근 온 지 얼마 안 돼서 굳이 보여주고 싶지 않았다. 시시티브이 영상을 보는 척도 하고 진지하게 혼잣말까지 해가며 졸지 않은 척을 했다. 그렇게 제법 시간을 보내고 얼굴에 잠기가 사라진 것 같아 고개를 들어보니, 혼자였다. 잠깐 존 게 아니라 몇 시간을 내리 잔 거였다. 새벽이었다. 아무도 깨워주지 않았다. 양창근은 그래도 깨워주는 사람이었는데.

양창근이 다닌 고등학교도 남녀공학이었다. 하지만 여학생의 비율이 남학생의 3분의 1밖에 되지 않았기 때문에 남학생이 여학생과 같이 앉는 일은 많지 않았다. 게다가 양창근은 여학생들에게 인기도 없었다. 그때도 사람들과 어울리는 게 쉽지는 않아서 양창근은 맨 왼쪽 맨 앞줄에 앉았다. 원래는 맨 뒷줄에 앉았는데, 거긴 오히려 어울려야 할 애들이 많았다. 교실의 생태는 그렇다. 뒷줄로 갈수록 연대감이 강해진다. 앞줄로 갈수록 혼자인 애들이 많다. 가장 뒷줄이라면 거긴 패거리들이라고 보면 된다. 교실 시시티브이 영상을 봐도 그렇다. 이순희의 패거리들은 대부분 맨 뒷줄에서 나왔다.

양창근은 자리에서 일어나 사무실 불 몇 개를 껐다. 혼자 있는데 효율적이지 못했다. 자리로 돌아와 영상을 다시 틀었다. 잡생각을 이어갔다.

자리를 고를 수 있을 만큼 늘 아침 일찍 학교에 갔다. 하지만 양창근의 옆자리는 가장 늦게 오는 학생의 차지였다. 그러니까, 교실에 가장 일찍 오는 학생과 가장 늦게 오는 학생이 같이 앉게 됐다. 그사이의 학생들은 굳이 양창근 옆에 앉으려고 하지 않았다. 그날은 수업 시작하기 직전까지 옆자리가 비어 있었다. 시작종이 울림과 동시에 한 여학생이 들어왔다. 모두들 그 여학생이 들어올 걸 알았다. 아직 오지 않은 반 학생은 한 사람뿐이었으니까.

여학생은 수업이 시작하자마자 졸기 시작했다. 고개를 숙인 안정된 자세였다. 침 조절도 잘했다. 침은 15센티미터를 넘기지 않았다. 본능적으로 그걸 다 제어한다는 건, 대단했다. 양창근은 수업보다 그 여학생을 보는 게 더 재밌었다. 한데, 정말 피곤했던 건지 시간이 지날수록 위태로워졌다. 먼저, 침의 균형이 깨졌다.

보통 키의 여학생이 책상에 앉아 고개를 숙이고 있을 경우, 입과 책상과의 거리는 25센티미터 정도다. 침은 15센티미터를 넘기면 급속도로 길어진다. 그래서 15센티미터를 유지하는 게 중요하다. 처음 두 번은 20센티미터를 넘기 직전, 호로록, 회수했다. 하지만 결국 침은 20센티미터를 순식간에 넘기고 책상과 연결됐다. 보통은 이즈음에서 깬다. 침이 탄력을 잃고 어딘가에 닿았다, 라는 느낌은 본능적으로 사람을 긴장시킨다. 한데, 여학생은 깨지 않았다. 대신 손이 나왔다. 손이 대충 수습했다. 그다음부터는 종잡을 수 없었다. 턱관절이 발달하지 않은 신생아마냥 침이 쏟아졌다. 한 번 쏟아지면 책상 위까지 직행이었다. 게다가 안정적으로 앞으로 숙여져 있던 머리가 갑자기 뒤로 휙 넘어가는가 하면, 순식간에 옆으로 빙그르 돌기도 했다. 위험했다. 선생님과 학생들이 비웃기 전에 깨워주고 싶었다. 그래서 깨웠다. 여학생은 조용히 눈을 먼저 떴다. 그리고 한동안 꿈적도 하지 않았다. 마치, 잠결에 한 게 아니라 목이 뻐근해서 부러 한 것마냥, 그 자세를 유지했다. 양창근은 이런 걸 처음 봤다. 한참 후에 목을 한 번 더 돌린 후에야 양창근 쪽을 봤다. 심지어 물었다.

"왜?"

"조는 거 들킬 거 같아서."

"안 졸았는데?"

그런 식이었다. 헤드뱅잉을 하던 걸 깨우면, 고개를 젖힌 채로 눈을 뜨고 정지 자세를 취하다가 앞뒤로 한 번 더 흔들고는 양창근을 봤다. 그리고 '왜? 안 졸았는데?'를 반복했다. 심지어 흔들리는 상반신을 지탱하기 위해 책상 양끝을 잡고 있던 양팔이 잠꼬대와 함께 책상 전체를 부르르 떨게 했을 때도, 여학생은 눈부터 떴다. 번쩍. 그리고 정지. 그다음, 책상에 문제가 있는 것마냥, 책상을 한 번 더 흔들고는 양창근을 봤다. '왜?' 하고 물었다. 물으며 쳐다봤다. 그때, 쳐다보던 그 여학생의 눈을 잊을 수가 없다. 분명히 민망할 텐데, 쪽팔릴 텐데, 조금의 머뭇거림 없이, 노려보는 것도 아니고 천연덕스럽게 혹은 여유 있게, 심지어 당당하게 바라보는 눈빛이 양창근은 신기하고 그래서 인상적이었다. 그 눈은 조금 전까지 졸던 눈이 아니었다. 심지어 5분 뒤에 다시 졸 거라는 걸 알려주지도 않았다. 그냥, 양창근은 그 여학생의 그 뻔뻔한 눈빛이 어쩌면, 좋았다. 그 후로 양창근도 그랬다. 옆자리 학생이 자신을 깨우는 일이 많지도 않았지만 깨울 때마다 일단, 눈부터 떴다. 그리고 정지. 반복. 그 후에 깨운 학생을 쳐다봤다. '왜?' 하고 물었다. 물으며 쳐다봤다. 쳐다보며 바랐다. 자신의 눈빛이 그 여학생의 눈빛과 닮았기를.

양창근은 키득키득 웃기 시작했다. 그러다 사무실이 울릴 정도로 웃었다. 습관은 무서운 거다. 마흔이 넘어서 교실도 아닌 사무실에서 10대 때나 하던 짓을 똑같이 할 줄은 몰랐다.

시시티브이 영상 속에도 여학생이 있었다. 마침, 입을 벌리고 손을 얼굴에 올리고 있었다. 비명. 비명 소리가 귀에 들리는 것 같아서 양창근은 웃음을 멈췄다. 그리고 화면을 멈췄다.

여학생의 얼굴을 확대했다. 그리고 눈을 봤다. 되돌리고 반복해서 봤다. 순식간에 커진 눈. 분명 뭔가를 보고 놀라는 모습이었다. 눈은 확실하게 어딘가를 보고 있었다. 싸움 구경을 하다가 갑자기 놀란 게 아니다. 다른 무엇을 보고 놀란 것이다. 처음에 양창근은 누군가 심하게 맞는 모습을 보고 놀란 것이라 생각했다. 하지만 그전에도 이미 맞고 때리는 장면은 충분히 많았다. 혹은, 남자의 몸에서 흘러나오는 피를 보고 놀랐을 것이라 생각했다. 하지만 피는 싸우는 학생들에 둘러싸여 잘 보이지 않았을 것이다. 뭘 봤을까. 도대체 뭘. 양창근은 여학생의 시선을 따라가봤다. 정확히 뭘 봤는지 영상으로는 알기 힘들었다. 여학생은 싸움판 쪽을 계속 보고 있을 뿐이었다. 양창근은 싸움판 쪽의 부분 부분을 확대해서 여학생의 시선이 닿았을 만한 곳을 반복해서 봤다.

그리고 보았다.

남자의 발이었다. 구두를 신은 성인 남자의 발이었다. 양창근은 천천히 화면을 되감았다. 그리고 발은 사라졌다. 양창근은 천천히 화면을 다시 재생했다. 그러자 발이 나타났다. 화면을 원래 사이즈로 되돌려서 여학생의 반응과 함께 봤다. 발이 나타나는 순간, 여학생의 입은 커졌다. 손이 올라갔다. 그 여학생은 싸우는 아이들 때문에, 피 때문에 놀란 게 아니라, 남자의 발을 보고 놀란 것이다.

양창근은 시간을 확인한다. 1초도 걸리지 않았다. 학교 정문,

복도, 교실 출입문, 어디도 지나간 흔적이 없던 남자가, 아이들 사이에 누운 채로 나타나는 데 1초도 걸리지 않았다. 이 남자는 어디서 어떻게 옮겨져 왔는가.

"어, 일어나셨네요? 피곤하신 거 같아서 안 깨웠는데."

그 어린 형사가 와 있었다.

"제 말이 맞죠? 없죠?"

양창근은 방금 확인한 장면을 어린 형사에게 보여줬다. 어린 형사는 입을 다물지 못했다. 한동안 두 사람 모두 말이 없다.

"부산 전체에 시시티브이가 몇 개지?"

양창근이 물었다. 어린 형사는 아직 충격에서 헤어나지 못하고 있었다.

"이 시간대 다 회수해서 뒤져봐."

대답 없이 쳐다만 보던 어린 형사가 말했다.

"네? 다요?"

"나타났으면 사라지는 모습도 있을 거 아냐."

여전히 멍한 채로 있는 어린 형사에게 양창근이 이름을 물었다. 최성원이라고 했다.

13

 이순희. 그냥, 어쩌다 같은 이름일 텐데, 우환은 잠이 안 왔다.

 처음부터 어른인 사람은 없다. 우환에게도 어린 시절이 있었다. 하지만 기억이 많진 않았고, 대부분 기억하고 싶지 않은 것들이었다. 처음부터 형편없고 돌이킬 수 없었다는 건, 거짓말이 아니었다.

 어른들 이야기를 엿듣는 게 아니었다. 너무 어린 나이에 너무 살벌한 말들을 들었다. 떠넘겼다, 팔았다, 죽었다, 도망쳤다, 사라졌다, 이런 단어들이 부모에 대해서 들은 첫말이었다. 우환은 병원에서 났다. 신생아인 채로 고아원으로 보내졌다. 명백한 고아였다.

 아무것도 경험하지 못한 사람은 모든 걸 동경하거나 무엇도 기대하지 않게 된다. 우환은 기대하지 않는 아이로 자랐다. 일찍부터 너무 많은 게 뻔해 보였다. 고아원을 도망치는 것도, 다른 부모에게 가는 것도, 그냥 다 뻔해 보였다. 해본 게 아무것도 없어서 우환은 그냥 다 뻔한 거라고 생각했다. 같이 있는 아이들은 자꾸 뭘 바랐다. 더 맛있는 밥, 더 깨끗한 옷, 더 푹신한 잠자리, 더 상냥한 선생님, 더 잘난 양부모. 바라면서 힘들어했다. 못 견뎌 했다. 그리고 떠났다. 하지만 우환은 그러지 않았다. 어쩐지 바라지 않고 사는 게 우환은 어렵지 않았다. 그러니 맛은 없어도 밥을 주고, 벌레가 있긴 했지만 재워주고, 때리는 사람도 있지만 놀아주기도 하는 그곳을 떠날 필요가 없었다. 우환은 그곳에 머물 수 있을 때까지 살았다.

열여덟 살이 되어 더 이상 고아원에 있을 수 없는 나이가 되자 원장은 한 식당에 우환을 소개시켜줬다. 떠넘긴다, 판다, 이런 말들이 분명 원장과 식당 사장 사이에 오갔겠지만, 우환은 상관하지 않았다. 왜 굳이 이 식당인지 묻지 않았다. 식당 사장도 별말 없이 우환을 받았다. 사장은 팔 하나가 없었다. 시키는 일부터 시키지 않는 일까지 다 했다. 부지런히 했다. 한 번도 식당을 옮기지 않았다. 마흔이 넘는 나이가 될 때까지 우환은 같은 식당에서 같은 일을 했다. 고아원에 있었던 것보다 더 오래 한 식당에만 있었지만 우환은 여전히 주방 보조였다. 세상은 어린 시절과는 달랐다. 시간을 견디는 것만으로 인정받을 수 없었다. 그 이상을 해야 했다. 욕심을 내야 했다. 바라는 게 많아야 했다. 그래야 더 빨리 인정받고 더 많은 돈을 벌었다. 하지만 우환은 그럴 줄 몰랐고, 그러고 싶지 않았다. 그는 스무 살이 되기 전에 누구보다도 유능한 주방 보조가 되었지만, 마흔 살이 넘도록 주방 보조로 머물렀다. 고아원과 주방, 이 두 곳이 우환이 가본 세상 전부였다. 저절로 기억나거나 기억하고 싶은 것들, 그런 게 우환에겐 없었다.

그럼에도 우환이 기억하는 게 있었다. 두 사람의 이름이었다. 이순희와 유강희. 그건 우환이 원장에게 유일하게 한 질문의 답이었다. 우환을 부산의 한 식당에 두고 떠나려는 원장을 굳이 불러 세워서 물었었다. 18년 만에 처음으로, 부모의 이름이 뭐냐고. 그때 원장의 입에서 나온 이름이 저 두 사람이었다. 두 번이나 확인했다. 두 번 다 같은 이름을 말했다. 아주 잠깐, 우환은 남자의 이름이 왜 이순희인지 궁금했다. 하지만 묻지 않았다. 그걸 묻고 나면 다른 것들도 궁금해질 게 뻔했다. 결국, 뻔한 거였다. 원장도 부모를 찾아가라든가, 살다 보면 만나게 될 거다 같은 뻔한 말은 안 했다. 대신에 묻지도 않은 말을 했다. 네가 태어난 날, 눈이 많이 내렸다고 하더라. 그러고는 입을 다물었다.

우환은 이곳에 와서 처음으로 진지하게 헤아려봤다. 본인의 나이와 거슬러 온 시간을. 이곳은 2019년이었고, 우환이 사는 현재는 2063년이었다. 우환은 마흔넷이었다. 그럼 내년에 자신이 태어난다는 거다. 그래야 계산이 맞았다. 여기 사는 이순희는 잘은 모르지만 고등학생 같았다. 우환의 머리로는 말이 안 되었다. 말이 되지도 않았고, 그렇게 되어서도 안 되었다. 아직 학생인데다가 그것도 경찰서에 잡혀서 며칠째 집에 들어오지도 못하는, 피떡이 된 교복을 입고 다니는 아이가 누군가의 아버지까지 되는 건, 아니지 않은가. 같은 사람일 리가 없었다.

같은 사람일 리 없다. 그렇게 생각은 했지만 우환은 자리에서 일어나 창고를 빠져나왔고, 홀로 나와 사장이 잠든 걸 확인했으며, 이미 이순희의 방문을 열고 있었다. 불을 찾아서 켰다. 딱히 보고 싶거나, 찾고 싶은 건 없었다. 인상적인 공간도 아니었다. 아무 데나 던져놓은 옷들, 만화책들. 여자친구의 흔적 같은 건, 그러니까 혹시나, 일테면 유강희의 흔적은 보이지 않았다. 당연히 없겠지. 이름만 같을 뿐이니 없는 게 당연했다.

사진첩을 찾았다. 열어서 봤다. 어릴 땐 제법 화목해 보였다. 사진첩에서 사진 하나가 흘렀다. 유치원 때 사진 같았는데, 독사진으로 크게 뽑은 거였다. 사진관에서 제법 신경 써 찍은, 일종의 어린 시절의 증명사진이었다. 사진 찍는 게 싫었는지 잔뜩 찡그린 얼굴이었다. 우환은 사진을 들어 가까이 봤다. 그러다 얼굴에 가져가봤다. 실제 얼굴 크기와 거의 맞먹는 사이즈였다. 찡그린 얼굴을 하고 얌전하게 앉은 어린 이순희가 사진 속에 있다. 우환은 얼굴로 가져간 김에 거울을 봤다. 비춰봤다. 자신의 얼굴과 이순희의 얼굴을 나란히 거울에 두고 바라봤다. 우환도 어린 순희처럼 찡그려봤다. 거울 속의 두 얼굴은 똑같이 찡그리고 있다. 하지만 닮아 있진 않았다.

*

순희의 얼굴이 있다. 10년이 더 지난 순희의 얼굴도 우환과 닮은 것 같지는 않다. 양창근이 그 얼굴을 들여다보고 있다. 눈을 감고는 있지만 이순희는 잠들어 있지 않았다. 유치장 앞에는 양창근이 가져다 놓은 의자가 구석에 아무렇게나 처박힌 채 그대로 있었다. 양창근은 의자를 집어 제대로 놓고 앉았다. 이순희를 봤다. 인기척에 이순희가 눈을 떴다.

눈을 뜨니 왕따 형사가 있다. 순희는 형사를 말없이 바라본다. 양창근은 어떻게 말을 시작할까 하다가 아무렇게나 시작한다.

"싸우는 거 말고는 뭐 좋아하냐? 음, 뭐 공부는 아닌 거 같고, 먹는 거?"

이순희는 아무 대답도 안 했다.

"먹는 건, 뭐 좋아하냐? 피자? 햄버거, 아, 분식, 그런 거 좋아하지 참. 아, 저번에 보니까, 감자탕 집에 니 또래 학생들이 있더라. 너도 그런 거 좋아하냐?"

그래도 순희는 별말이 없었다. 양창근은 머쓱해졌다.

"아, 오토바이! 니네 그거 타고 다니지, 그거 타는 거 좋아하겠네. 그걸 젤 좋아하겠네!"

"바다요."

"어?"

"바다 좋아한다구요."

이순희는 그렇게 답했다. 유치장에 갇힌 이 고등학생은 바다를 정말 좋아하는구나, 양창근은 그렇게 생각했다.

한동안 둘은 말없이 있었다. 양창근이 짧게 물었다.

"니가 죽인 거, 아니지?"

이순희는 무시하듯 다시 눈을 감았다. 대신, 뒤쪽에서 웃음소리가 답해왔다.

"아, 뭐어 하는 겁니까, 지금?"

양창근이 돌아보니, 강도영 형사가 히죽거리며 서 있다. 아침이었다. 형사들이 하나둘 출근하고 있었다.

"요즘은 영화를 너무 많이 봐. 학생이나 형사나 할 거 없이. 문화생활 이게 철없는 애들한테는 자칫 독이 될 수도 있는 거거든. 갑시다. 영감이 뭐 찾았나 보네. 대가리에 뭐가 들어 있다는데, 도대체가 무슨 소린지."

혼잣말을 중얼거리며 앞서가던 강도영이 무슨 생각이 났는지 멈춰 섰다. 어설픈 서울말을 써가며 양창근을 흉내 냈다. 흉내 내며 비웃었다.

"니가, 죽인 거 아니지? ……캬, 멋있어. 멋있긴 해."

*

양창근은 탁성진이 원래 저런 사람인가 생각했고, 강도영은 오랜만에 보는 모습에 좀 당황했다. 강도영이 보기에 탁성진은 뭐랄까, 헤매고 있었다.

"어, 뇌에, 대뇌피질에, 어, 후두엽, 알지? 후두엽 쪽에서 발견

됐어. 이, 이 정도? 4밀리? 아주 작지. 최근에 미국에서 그런 걸 쓴 적이 있대. 근데, 뭐 그때는, 그게 전신 마비인 환자한테 쓴 거라는데, 근데 이 후두엽이, 시각 정보를 담당하는 곳이라는 거지, 그러니까, 저기, 남자가, 어 지금은 죽었지만, 저 칩을 가지고 뭘 했을까, 아니, 그 칩이 저 남자에게 뭘 가능하게 했을까?"

"그 칩은 어딨는데요?"

듣고 있던 강도영이 물었다. 탁성진이 답했다.

"아, 서유헌이라고 뇌 전문의가 있어, 내 친군데, 그 친구가 아는 친구, 그 친구가 아는 박사, 한테, 의뢰했지, 맡겼어. 며칠 걸린대. 며칠 지나면, 그것도 뭔지 알아내겠지. 한데 여하튼, 처음 보는 물건이래. 처음 보는. 그 사람이 칩 전문가라네, 이름이, 송, 송, 상, 성식?"

"영감 술 마셨어요?"

탁성진은 대답하지 않고 물었다.

"……용접소는 가봤냐?"

"가봤는데, 용접기는 아닌 거 같고."

"아니겠지. 아니지."

탁성진은 뜸을 들였다. 고백이라도 하듯이 조심스럽게 말했다.

"빛이다."

"……?"

"이게, 뭐 일종의 빛이지. 뭐 증폭이고 나발이고 해도, 빛이야.

근데, 이게 또, 빛이 모여서, 빛에너지면서 고도로 압축된 열에 너지예요. 그래서 이게, 위험한 거야."

"아, 영감 무슨 소리 하시는 거예요!"

"레이저라고. 몸에 저런 상처를 낼 수 있는 건, 레이저밖에 없어."

탁성진의 단호한 말에, 그 입에서 나온 예상치 못한 단어에 형사들은 조용해졌다. 강도영이 그 적막을 깼다.

"무슨 말 같지도 않은 소리를. 아, 영감은 뭐 소설 써요? 이게 뭐 우주 전쟁입니까? 이게 뭐, 뭐, 미래 전쟁이요!"

"우주 아니니까, 걱정되는 거야. 미래 아니니까, 말이 안 되는 거라고. 머릿속에 칩이 든 놈이, 저 칩이 든 저놈도 어마어마한 걸 할 수 있을 거야 그지? 그런 놈이 있어, 그것만으로도 믿기지가 않아 그지? 어마어마해, 근데, 그놈을, 레이저를 들고 있는 또 다른 놈이 죽인 거야. 어때? 보통 일이, 아닌 거야. 지금, 이거, 보통 놈들이 아니라고."

형사들은 다시 말을 잃었다. 양창근이 한마디 했다.

"그럼, 이순희는 확실히 범인 아니네요."

그 말에 아무도 대답하지 않았다. 강도영이 양창근을 잠깐 본다. 그리고 말을 잇는다.

"아, 뭐 엽기적인 조직 새끼들이 한 거겠지, 거 괜히 오버 마시고."

"조직이 했으면, 새로운 조직. 생전 처음 보는, 본 적이 없는,

어, 그런……."

 탁성진이 대놓고 횡설수설하기 시작하자 강도영이 말을 잘랐다.

 "영감, 술 다시 마십니까?"

 강도영이 묻는다. 탁성진은 말이 없다. 딴생각에 빠져 있다.

 "술 깨고 다시 이야기합시다."

 강도영이 먼저 부검실을 나선다. 형사들이 따라 나간다. 양창근은 생각에 잠겨 있다. 받아들이기 힘든 말들이었다. 물어볼 말이 많았다. 하지만, 강도영의 말이 맞다. 술을 깨고 다시 이야기하는 게 좋을 것 같았다. 더 이상 있을 필요가 없다고 느낀 양창근도 부검실을 나섰다. 어떤 식으로든 오래 있고 싶은 공간은 아니었다. 탁성진은 그 안에서 어떻게 시체를 두고 술까지 마시는지, 얼마나 오래전부터, 얼마나 자주 마셨는지, 잠깐 궁금했다. 예전에는 얼마나 마셨기에 강도영이 저런 태도를 취하고, 형사들은 모두 수긍하는 건지. 저 엉뚱한 이야기를 어디까지 믿어야 하는지 양창근은 이래저래 머리가 복잡해지기 시작했다.

 앞서 나간 강도영은 곧바로 이순희를 내보낼 조치를 했다. 직접 유치장의 문을 열었다. 이제 사무실 문만 열면 밖이었는데 굳이 이순희를 불러 세웠다. 양창근도 둘을 지켜보고 있었다.

 "야, 너 거기 앉아서 무슨 생각 했어? 종일 멍하게 있더만?"

 이순희는 대답하지 않고 형사과 문을 밀었다. 이순희가 밀어낸 문을 한 할머니가 잡았다. 이순희가 아직 나가지도 않았는데 할머니는 문을 당기고 이순희를 밀치고 형사과로 들어왔다. 어떻게 바로 형사과까지 왔는지 몰랐지만 다급해 보였다. 쫓기고 있는 듯 뒤를 자꾸 봤다. 돌아보는 시선을 미처 거두지도 않고 할머니는 허겁지겁 말을 쏟아냈다.

"우, 우리 아들, 우리 아들이, 우리 아들이 아니야. 형사 양반, 형사님들 우리 아들 좀 어떻게 좀, 우리 아들이, 우리 아들은, 팔에 흉터가, 아니 팔에, 아 글쎄, 우리 아들이 아니야, 우리 아들이, 우리 아들이 아니야!"

뒤따라 남자가 들어왔다. 할머니가 놀라는 모습을 보니, 아들인 듯했다. 아들을 보고 놀라는 어머니가 이상해야 했지만 형사과에 있는 누구도 이상하게 보지 않았다. 아들의 신원을 조회하는 동안 할머니는 아들과 나란히 앉아 아들 눈치를 봤다. 자식 눈치를 보는 부모의 모습 또한 특별하지 않았다. 아들은 신분증에 있는 그 아들이 맞았다. 아들이 할머니 쪽을 잠깐 보자, 형사가 일어나 할머니를 모시고 밖으로 나갔다. 아들이 입을 열었다.

"치매세요. 집에서는 병원에 보내자고 하는데, 제가 아직. 번거롭게 죄송하게 됐습니다."

"거, 어디더라, 큰 병원 있잖아요. 거기 뭐, 치매도 보고 요양 시설도 좋다는 거 같던데."

아들은 심정을 털어놓고 형사는 달랬다. 아들은 이야기를 하며 귀 뒤쪽을 그리고 또 목 뒤쪽을 여러 번 긁었다. 아들은 재차

미안하다 말하며 사무실을 떠났다. 아들이 나가자, 형사들은 그 크고 좋은 정신병원에 대한 이야기를 꺼냈다.

"야, 거기 소망병원인가? 그 병원 떼돈 번다메?"

"그러니까요. 미친 사람들이 좀 많아야 말이죠."

"그런 게 아이지. 돈 많은 사람들이 많은 거지."

"……?"

"예전에는 미쳤다고 병원 보내고 했나 어디? 걍 길에 버렸지."

"근데 그거 아세요? 왜, 영도에 영진아파트라고 한 동짜리 아파트 있잖아요. 거기 아파트 사람들이 특히 그 병원에 많이 있다데예?"

"이야~ 마카 싹 집단으로 회까닥했나 보지?"

"아, 농담이 아이고, 진짜 그렇다던데. 그 아파트서 벌써 몇 명이 왔다더라?"

"딱 맞잖아. 영도 분위기 우울하지, 영진아파트, 그 동네서는 그래도 오래 산 돈 있는 사람들이지, 그니까, 나이든 부모들은 다 글로 모시는 기지, 다 돈이다 돈."

"아니, 거기는 내가 저번에 가보니까, 아파트 자체도 분위기 우울하더만. 위치도 뻘쭘하이."

"근데, 니가 어째 그래 잘 알아?"

"아, 제가 잠깐, 만난 아가씨가 거기 간호산데, 요즘은 안 만나고예."

"이 새끼, 지금 영감이 술까지 먹고 보통 일이 아니라 카는데,

여자나 만나고 다니고."

"아, 요즘은 안 만난다니까요."

양창근은 형사들의 수다에 집중할 수가 없었다. 취했다고는 하지만 탁성진은 법의학자였다. 이 경찰서를 통틀어서 가장 똑똑한 사람이었다. 경험도 많다고 들었다. 자기 입으로 용접기 이야기를 했지만, 양창근도 용접기는 아니라고 판단했었다. 굳이, 강도영처럼 용접공을 불러 직접 안 해봐도, 용접기는 아닌 걸 알았다. 구경꾼이 수십 명은 되는 교실 한복판에서 학생이 용접기로 성인 남자의 허리춤을 자르는 모습을 상상해보면, 터무니없다는 걸 쉽게 알 수 있다. 일단, 레이저라는 것에는 양창근도 동의가 됐다. 하지만 어떤 형태로 어디서 쐈을까. 휴대용 레이저 총 같은 게 있을 리는 없지 않은가. 그 머릿속 칩이라는 건? 어쨌든 결과가 나올 때까지 기다려봐야 하는 거였다. 차근차근 생각을 정리하던 양창근이 문득 강도영을 봤다. 강도영도 형사들의 수다에 끼지 않고 있었다. 그 또한 심각한 얼굴로 생각에 빠져 있었다. 저놈도 생각이란 걸 하는구나, 싶을 때 강도영이 입을 열었다.

"요즘 애새끼들은 뭘 물으면 대답을 안 해."

강도영의 갑작스런 딴소리에 형사들도 본다.

"아니 내가 이순희 이 새끼를 한 해 두 해 본 게 아닌데. 아, 진짜 진지하게 생각하고 있더라니까? 그런 거 처음 봤다니까? 이게 정말 큰 사고를 쳐서, 고민하는, 뭐 그런 거 같았다니까? 딱 앉아서, 심각하게, 뭔 생각했을까? 범인이 아닌 거면, 이 새끼도 이제 졸업반 되니까, 어느 조직으로 갈까, 뭐 그런 진로 생각했나? 장래 희망, 뭐 이런 건전한 생각했나? ……이 새끼 분명히 뭔가 있어, 꿍꿍이가 있어."

14

 딱히 건전하다고 할 수 있을진 모르겠지만, 순희는 여자 생각을 했다. 앉아서만 한 게 아니다. 바로 누워서도, 모로 누워서도 했다. 여자 생각. 여자 생각만이 시간을 보낼 수 있게 했다. 유치장에 누가 들어오고 누가 나가든 순희는 관심이 없었다. 여자 생각만 했다.

 나이는 열아홉이었지만, 만난 여자는 꽤 많았다. 아래로도 많았지만 위로 더 많았다. 구체적인 얼굴이 떠오르는 여자들을 위주로 구체적인 경험에 대해서 떠올려봤다. 만나서 뭘 했는지, 그날 날씨는 어땠는지, 그날 그 여자가 뭘 입었는지, 그날 했는지 안 했는지, 어디서 만났는지, 어디서 했는지, 뭘 먹었는지, 뭘 먹고 했는지, 음식은 어땠는지, 왜 안 했는지, 안 한 거 때문에 싸웠는지, 싸워서 결국은 했는지, 싸우다시피 했는지, 싸워서 다시는 안 보게 됐는지, 그래도 다음에 또 했는지. 흠. 동물도 아니고 이건 아니다 싶다. 그래서 나름 인간답게, 배운 사람답게 체계적으로 정리를 해봤다. 기간 대별로 정리하기도 하고, 횟수별로 정리해보기도 했다. 그러다 놀라운 발견을 하게 됐다. 일단, 제일 처음 만난 여자는 기간은 짧았는데 횟수는 많았다. 그건 그리 놀라운 게 아니었다. 그럴 만했다. 처음이니 오죽했을까. 그다음부터는 대부분 기간과 횟수가 비슷했다. 한데, 마지막 만난 여자가 희한했다. 마지막 만난 여자는 기간은 가장 길었는데, 횟수는, 한 번? 아니, 안 한 것 같았다. 왜? 내가? 어떻게 그럴 수 있었을까? 다른 여자들이 있었나? 그렇지 않았다. 3개월이라는 그 긴 시간 동안, 오직 그 여자뿐이었다. 할 만큼 해서? 굳이 안 해도 돼서? 아니다. 순희는 그런 일관성 없는 캐릭터가 아니었다. 언제나 늘 하고 싶었다. 그건 확실한 순희였다. 그런데, 하지 않았다. 실로 놀라운 발견이 아닐 수 없었다. 본인에게, 본인이 이해할 수 없는 면이 있었던 거다. 순희에게 다른 순희가 있었다.

결국 순희는 열아홉, 너무 이른 나이에 '진정한 사랑'에 대해서 생각해보기에 이르렀다. 이해할 수 없는 상황에선 엉뚱한 답을 찾기도 하는 법이다. 주로 여자애들의 질문에 섞여 있던 단어, '사랑'. 하냐 안 하냐가 중요한 순간에, 사랑하냐 안 하냐 때문에 꼭 싸우게 만들었던 그 사랑. 순희는 자기 머리로, 자기 입으로, 물론 밖으로 뱉어서 말하진 않았지만, 어쨌든 스스로 그 단어를 끄집어냈다. 거기다 '진정한'이란 부담스러운 수식어까지 더해서. 즐겁고 후끈한 여자 생각이 몹시 뜻밖에도, 낯설고 복잡한 사랑에 대한 고민으로 이어졌다. 그리되자, 순희는 더 이상 다른 여자 생각은 할 수가 없어졌다. 다른 많은 여자들을 생각하는 데는 몇 시간밖에 안 걸렸다. 그 시간에 반응한 건 주로 하반신이었다. 하지만 마지막 그 여자를 생각하는 데는 이상하게 머리를 쓰게 됐고 자주 가슴이 뜨거워졌다. 난생처음 상반신을 이용한 여자 생각이 가능해지는 순간이었다. 순희는 유치장에 있는 내내 그 여자 생각만 하게 되었다.

강도영이 확신에 찬 얼굴로, '야, 니 무슨 반이야? 용접반이지?'라고 물었을 때 순희의 머릿속은 이미 그 여자 생각으로 가득했다. '니 거기 꼼짝 말고 있어'라고 말했을 때는, '저는 이미 꼼짝할 수가 없어요'라고 답해주고 싶었고, 서울말 쓰는 왕따 형사가, 해 뜬 지가 언젠데 아직도 꿈꾸는 얼굴로 '니가 죽인 거 아니지?'라고 영화 대사 같은 말을 던졌을 때, 순희는 이미 그 여자와 영화를 찍고 있었다. 하물며 에로 아닌 멜로였으니, 순희는 자기 머릿속에 에로가 아닌 다른 장르가 들어올 수 있다는 것에 감격, 또 감격했다. 절로 눈이 감겼다. 강도영이 다른 형사를 놀리는 말들이 들려오기도 했지만, 병신들 저러고 놀라지, 진정한 사랑을 알 리 없는 불쌍한 덩어리들. 순희는 눈뜨고 싶지 않았다. 깨고 싶지 않았으니까. 순희는 단순하니까. 진정한 사랑과 마지막 여자에 대한 생각이 한 번씩 오고 가다가 점점 진정한 사랑과 마지막 여자를 동시에 생각하게 되었고, 결국 진정한 사랑은 마지막 여자? 마지막 여자가 진정한 사랑? 이렇게 한 줄로 정리가 되었다. 이런 걸 해낼 수 있는 스스로가, 이런 걸 정리할 수 있는 머리를 가진 자신이 순희는 뿌듯했다. 자랑스러웠다.

 게다가 그 마지막 여자는 아직도 진행형이다. 또 한 번 상반신이 격하게 반응했다. 가슴이 뜨거워졌다. 어쩌면, 분명히, 반드시, 순희는 진정한 사랑을 지금, 진행형으로, 하고 있는 거였다. 이것은, 며칠에 걸친 유치장에서의 심사숙고 끝에 도출한, 하반신과 상반신을 모두 이용한 체계적이며 분석적인 잡생각 끝에 얻은 결론이므로, 분명히, 반드시, 무조건 진실인 거였다. 순희는 지금 진정한 사랑을 만나고 있는 것이다. 순희는 행복했다. 유치장에서의 며칠이 감사했다. 그 시간이 아니었으면 이 놀라운 사실을 알 수 없었을 것이다. 어떻게 알았겠나. 평생을 생각해도 몰랐을 거다. 이순희가 지금 사랑을 하고 있다니. 그것도 진정한 사랑을.

 유치장에서 시작된, 그 여자 생각을 순희는 집으로 가는 동안에도 했다. 버스를 타고 내리고 또 걸으며 그 여자 생각을 했다. 그렇게 집까지 왔다. 와보니 낯선 남자가 와 있다.

 "아부지는요?"

 아버지라니, 놀랄 일의 연속이었다. 순희 입에서 아버지라는 말이 나오다니. 몇 년 사이 저 단어를 입 밖으로 뱉어본 적이 없었다. 며칠 만에 집에 와서, 그 사람이 궁금해서가 아니다. 둘만 있어서, 쓸 일이 없었던 모양이다. 셋 이상은 있어야 구분이 필요하고 호칭도 필요한 거였다. 둘만 있으면 그렇다. 한쪽이 입을 열면 상대방이 듣게 되니, 굳이 누구야, 부를 필요 없고, 그쪽이 입을 열면 내가 듣는 것이니, 그쪽도 날 부를 일이 없었다. 하지만 셋이라면 상황이 달랐다. 이 낯선 남자에게 누구를 찾는지, 확실히 말할 필요가 있었다. 여전히, 그 사람을 지칭하는 확실한 말이 아버지라는 게 순희는 잠깐 놀라웠다.

 이 사람이 아버지일 수도 있다고 생각한 게 우환은 잠깐이지만 어이없었다. 그래서 자기도 모르게 피식 웃었다. 분명히, 아주 잠깐이지만, 그런 생각을 한 스스로에게 힘이 빠졌다. 애였다. 열 살은 훌쩍 넘었겠지만, 애였다. 키가 우환만 했지만, 그래도 애였다. 우환은 이런 애를 두고, 셈을 해서 올해가 몇 년이며, 자기 나이를 헤아려 태어난 해를 가늠해보고, 지난날까지 돌이켜봤다는 게 또 웃겼다.
 방에 좀더 있었다. 사진들을 좀더 살펴보았다. 몇 장은 사진첩에서 꺼내 또 얼굴에 대봤다. 거울에 비춰봤다. 표정을 따라 해봤다. 왜 그랬는지, 우환도 몰랐다. 그러고 있으니 시간이 잘 갔다. 그러고 있는 게 마음이 편했다. 그냥, 그러고 있게 됐다. 유강희의 흔적을 더 찾아보려 했던 건 아니다. 흔적을 찾을 수 없어 일찍 체념하게 되었고, 그래서 맘 편히 더 그러고 있었는지도 몰랐다. 이 아이가 아버지일 리가 없겠구나, 생각하면서도 꽤 오래 그 방에 머물렀다. 한데, 지금 이 아이를 눈앞에서 보고 있으니, 사진 속에 있던 어린아이와 별 차이 없다. 어디에도 어른 같은 구석은 없다. 어른 흉내는 내고 다니겠지만, 애였다. 아버지가 될 수 없는, 애였다. 애라고 생각하자 말도 쉬웠다.

"밥은?"

우환이 짧게 물었다. 순희는 고개를 저었다.

우환은 주방으로 가서 수육을 썰었다. 흰색으로 물컹한, 양이라는 내장도 썰었다. 썰어서 그릇에 담고 솥에서 끓고 있는 국물을 떠서 건더기 위에 부었다. 가져 나가려다가, 온통 피를 뒤집어쓴 교복이 생각나서 수육을 좀더 썰어서 넣었다. 가져 나가다가 다시 들어왔다. 국물을 조금 더 퍼 담았다. 처음 하는 일도 아닌데 갈팡질팡했다. 우환은 여느 때보다 푸짐해진 곰탕 한 그릇을 아이 앞에 가져다 놓았다. 아이는 밥을 한 번에 다 말았다. 그러고는 말없이 먹었다.

잘 먹는다. 우환은 딱히 할 일이 없어서 보고 있다. 아이는 고개 한 번 들지 않는다. 눈 마주칠 일은 없겠구나, 우환은 대놓고 본다. 한동안 고요하다. 입으로도, 머릿속으로도 아무것도 묻고 답하는 것 없이 평화롭다.

이종인은 아들과 엇갈린 길을 걷고 있다. 증거가 없다고 했으니 오늘은 나오겠지, 갔는데 이미 내보냈다고 했다. 똑같은 길을 다녀도 마주치지 않는 사람들이 있다. 아들과 자신이 하필 그런 사이가 됐다. 이 길을 다닌 세월이 수십 년이었다. 그 세월 중, 아들과 함께 걸은 시간은 모두 모아도 1년이 되지 않을 것이었다. 종인은 답답했다. 이번에는 아들이 싫어하는 곰탕은 들고 가지 않았다. 어차피 나올 거니까 집에서 먹이면 됐다. 한데, 빈손인 게 괜히 신경이 쓰인다. 식당에 들어서다가 아들과 마주치기라도 한다면, 빈손인 게 싫었다. 어디 다녀왔냐고 물어보지도 않겠지만, 그 빈손 때문에 다 들켜버리는 거 같아서 싫었다. 아니, 아들을 만나러 가면서 빈손으로 갔다는 걸 들키는 것도 싫었다. 뭘 사러 갔다 오는 길이다 변명할 거리라도 필요했다. 이종인은 편의점이라는 곳을 처음 들어갔다. 제값 같지도 않은 비싼 돈을 주고 두루마리 휴지를 샀다.

가게 문을 열었을 때, 아들의 뒷모습이 보였다. 반가웠다. 아들은 자신이 만든 곰탕을 먹고 있었다. 앞모습이 보이지 않았지만 알 수 있었다. 맛있게, 맛있게 먹고 있었다. 반가운 마음에 손에 힘이 들어가고 문을 활짝 다 열었을 때, 맞은편 테이블에 그 남자가 보였다. 남자도 아들을 보고 있었다. 남자는 아들의 앞모습을 보고 있다. 아들이 먹는 입, 깍두기를 집는 손, 건더기를 찾을 때마다 반짝이는 눈, 남자는 모두 보고 있을 거였다. 그 남자는 자신이 보지 못하는 아들의 모습을 보고 있었다. 종인은 두루마리를 든 손이 부끄러워졌다. 하루 허전함을 못 참고 남자를 들인 걸 후회했다. 남자가 일어나 인사를 했다. 아들은 보지도 않고 곰탕을 마저 먹고 있다. 그러나 고마웠다. 남자가 빈집을 지키고 있었고, 아들에게 곰탕을 내준 것이다. 고마웠다. 후회했던 마음을 누르고 고마워했다. 남자가 다가와 두루마리 휴지를 받았다. 그것 또한 고마웠다. 덕분에 오래 서 있지 않고 아들을 지나 방으로 들어갈 수 있었다. 종인은 복잡한 사람이 아니었다. 하지만 지금, 처음으로 하나의 마음으로 두 가지 감정을 느낀다. 그 남자에 대해. 어느 날 불쑥 자신의 인생에 끼어든 남자에 대해. 종인은 그 남자가 몹시 고마웠다. 그리고 하루도 더 보기 싫었다.

 사장이 눈인사를 하고 안방으로 먼저 들어갔다. 곧이어 순희도 국그릇을 비우고 자리에서 일어나 곧장 방으로 향했다. 생긴 대로 싸가지 없이, 잘 먹었다는 말 한마디 없이. 우환은 방 앞에 선 순희를 불렀다.
 "저기 저, 뭐…… 아직 학생이고, 학생인데, 학교 말고도 뭐 다닐 데도 많은 거 같고, 뭐 또 매일 싸우기도 바쁘고, 곽곽곽, 그러니까, 또, 그…… 여친은 없지?"
 지금 이자가, 초면에 불필요하게 빨리 말을 깐 이 남자가 내게, 그녀에 대해서 묻고 있는 건가? 지금 이 남자가 내게, 나도 며칠 사이 겨우 깨닫게 된 진정한 사랑에 대해서 묻고 있는 게 맞는 건가? 그런 것 같다고 순희는 생각했다. 밥을 먹긴 했지만 혼자 먹었으니 밥을 튼 사이도 아닌, 도대체 누군지 아직도 충분히 낯선 한 남자가 순희에게 진행형의 진정한 사랑에 대해 묻고 있었다. 순희는 최대한 진정성 있게 대답했다. 진정한 사랑이니 진정성 정도는 필요했다.
 "완전 있지."

15

 양창근은 이해가 안 됐다. 분명히 정보원이라고 했다. 한데 그 정보원이 도망치고 있다. 죽을힘을 다해서. 강도영은 온갖 욕이란 욕은 다 뱉어가며 자신의 오래된 친구 같고 가족 같은 정보원을 쫓고 있었다. 양창근도 강도영과 함께 그 정보원을 쫓는다.
 나쁜 일을 하는 나쁜 사람들은 나쁜 일에 대해 좀더 많은 걸 알고 있다. 세계가 다르면 정보도 다르다. 이쪽에 살면서 저쪽의 정보까지 다 알려고 하면 안 된다. 알고 있다고 생각해서도 안 된다. 그래서 정보원은 늘 필요했다. 정보원들은 잘 알고 있었다. 이쪽 사람들에겐 생판 남이지만 자신들에겐 이웃인 사람들에 대해서. 양창근은 이참에 부산의 조직들을 알아둘 필요가 있다고 생각했다. 강도영이 자신과 잘 맞지 않는다는 생각은 했지만, 어쨌든 부산을 누구보다 잘 아는 형사였다. 하지만 저렇게까지 도망치는 정보원을 둔 형사라니. 양창근은 달리며 생각한다. 언제까지 달려야 되나. 아마 정보원이라던 젊은 친구가 돌아보는 데 정신이 팔리지만 않았어도, 그래서 골목에서 튀어나오는 사내와 부딪치지만 않았어도 한참을 더 달렸어야 했을 것이다.

  강도영은 가까운 식당으로 정보원을 데려가 밥부터 먹였다. 달리느라 양창근도 출출하던 참이었다. 강도영이 자주 오는 식당인 듯했다. 오래된 식당임이 분명했는데도 깨끗했다. 국 세 그릇이 나왔다. 강도영과 정보원은 밥을 말자마자 입안으로 집어넣기 바빴다. 뭘 저렇게 허겁지겁 맛도 못 느끼며 먹나, 양창근은 그 둘이 한심했지만 한 숟가락 뜨자마자 그도 곧 같은 꼴이 됐다. 강도영은 국을 반쯤 비우고 나서부터 정보원에게 질문을 하기 시작했다. 이순희의 이름을 자주 입에 올리며 물었다. 한두 번은 그런가 보다 했는데, 눈여겨보니, 부러, 자꾸 이순희의 이름을 말하는 것 같았다.

  그 이름이 나올 때마다 국을 내왔던 남자는 분주해졌다. 수육을 내오기도 하고, 술을 올려놓기도 했다. 양창근은 그제야 남자를 알아봤다. 일전에 자신이 의자를 건네지 않았던가. 남자는 이순희의 아버지였다. 이 집은 그의 가게였다. 여기는 이순희의 집이었다. 강도영은 수육 한 접시, 소주 두 병, 곰탕 세 그릇의 값을 치르지 않고 가게를 나왔다. 양창근이 뒤늦게 지갑을 열었지만, 사장은 받지 않았다.

  정보원에게 들은 이야기는 이랬다. 조직들은 여전하다. 그게 어떤 식이든 여전하다. 여전히 나쁜 짓들을 많이 하고, 여전히 밥그릇 싸움을 하려 하지만, 여전히 탐색 중이다. 이순희 같은 아이라면 어디에서든 환영이고, 실제로 노리고 있는 조직이 많을 거다. 하지만 이제는 옛날 같지 않다. 양창근은, 옛날 같지 않다, 라는 말을 이 사람들이 참 좋아하는구나, 잠깐 생각했다. 인천에 있을 때 양창근의 정보원도 그랬다. 담배를 건네고 불을 붙여주면 담배 연기와 함께 뱉어내는 첫 마디가 이제 옛날 같지 않아요, 였다. 그럼 뭐가 옛날 같지 않은 건가? 돈이었다. 옛날 같지 않은 건 너무 많았지만, 결국 가장 옛날 같지 않은 건 돈이었다. 이순희를 모두 데려 가고 싶어 하겠지만, 아무나 데리고 갈 수는 없을 거란다. 윽박질러서 데리고 올 수도 없고, 의리를 앞세울 수도 없다. 돈이 있어야 했다. 한데 지금 조직들 중에 돈 펑펑 써가며 새 조직원을 뽑을 조직이 없을 거라는 거다. 요즘 돈 되는 일이 별로 없다는 거다. 기업들하고 똑같단다. 단가가 안 맞는단다. 중국 애들, 동남아 애들이 워낙 싸게 일을 해서 할 것도 없단다. 그러니 돈 되는 일은 점점 위험하고 어렵고, 저걸 굳이 해야 하나, 그런 일들뿐이라고 했다. 스포츠하고도 똑같단다. 매년 이맘때면 실업계 고등학생을 대상으로 스카우트 전쟁이 일어난단다. 아마 이순희는 지금 여러 조직에서 데리고 오려고 돈 가방 들고 기다릴 거라고. 하지만 그 돈 가방을 무겁게 채울 수 있는 조직은 많지 않을 거라고. 그 말을 진지하게 다들은 강도영이 정보원에게 물었다. 묻다가 때렸다. 그러다 리듬을 탔다.

 맞고 또 맞자, 정보원은 돈이 모이는 신생 조직에 대해서 소문을 듣긴 했다고 말했다. 하지만 소문뿐이라고 거듭 강조했다. 소문은 이랬다.

 그 신생 조직은 통나무 장사를 주로 했다. 사실, 통나무 장사는 리스크도 리스크지만 무엇보다 물량 확보가 일단 안 되니까 이미 중국한테 발린 건데, 뭐, 소비자가 아예 중국으로 가서 매매를 하는 케이스들도 많으니까. 근데, 꽤 오래전부터 꾸준하게 물량 공급이 되는 조직이 부산에 있다.

 "그런 조직을 어떻게 내가 모를 수가 있지?"

 듣고만 있던 강도영이 물었다.

 "……그러게요."

 정보원은 답했다. 강도영이 다시 손을 올리려 하자, 이번엔 양창근이 물었다.

 "물량 확보를 꾸준히, 어떻게 했기에 티가 안 나?"

 정보원은 양창근을 본다. 잠깐 생각하는 척이라도 한다. 그렇지만.

 "……<u>모르죠</u>."

16

 저것을 지칭하는, 멀쩡한 오토바이가 저 따위가 된 것을 지칭하는 전문적인 용어들이 몇 있다. 그중 하나가 '뽕카'다. 딱 봤을 때, 그 비주얼이, 뽕 가는 오토바이라는 뜻이다. '쏭카'라는 말도 있긴 하다. 아주 과학적인 표현인데, 그 지나친 속도 때문에 지나갈 때, 쏭, 하고 소리를 낸다고 해서. 지금 저 패거리가 몰고 온 것들은, 쏭카보다는 뽕카에 가까운 것 같다. 쏭, 할 만큼 빠를지는 모르겠고, 저희들 나름대로 뽕 가게 꾸며놓은 것 같기는 하니까. 사실 그게 사람마다 기준이 다를 텐데, 꾸며놓았다기보다는 망쳐놓았다는 표현이 더 어울릴 수도 있다. 그리고 우리는 그들이 꾸며놓은 꼬라지를 통해서, 이들이 공유하고 있는, 그걸 뭐라고 말해야 할까, 문화라 하자, 그들이 향유하는 문화가 남다름을 알 수 있다. 그 문화는 뭘까, 지나가면 열의 일곱은 피하거나 나머지 셋은 과감하게 흉을 볼 만한 그런, 거침없이 독보적인 것이었다.

 모두 일곱 대였고, 가장 뽕 가는 요란한 오토바이에 이순희가 올라타 있었다. 그리고 유일하게 이순희의 뒤에만 여학생이 타고 있었는데, 그녀가 바로 이순희의 진행형인, 유치장에서 길고 요란한 검증 과정을 거친, 진정한 사랑일 터였다. 넓지 않은 골목을 가득 채운 일곱 대의 오토바이들은 그 생김새만큼이나 시끄러웠다.

한밤중의 이 거침없는 소란에도 사장은 밖을 내다보지 않았다. 하지만 우환은 달랐다. 나가서 봤다. 장관이었다. 그냥, 장관이라고 말하는 게 평정심을 유지하는 데 도움이 되었다. 이들은 뭐랄까, 그냥 보는 것만으로 사람을 짜증나게 하는 그런 애들이었다. 그런 애들이 여덟이나, 여덟이면 네 대에 둘씩 모아 타면 될 걸, 굳이 일곱 대나 되는 시끄러운 오토바이를 타고 있었다. 그 정도의 셈을 못하는 애들이라면 그냥 무식한 애들일 거라고, 저 말도 안 되는 소음을 평상시에도 끌고 다니는 애들이라면 고막이 많이 상한 애들일 거라고, 우환은 단정했다. 우환은 다가가 진지하게, 여덟이니까 네 대에 둘씩 함께 타고 남는 오토바이 세 대는 중고지만 좋은 값에 팔아 그 돈으로 적금이라도 드는 게 어떻겠니? 말해주고 싶었다. 농담이 아니었기에, 정말 걱정스런 상태의 아이들이었기에 절로 첫발이 떨어지고, 오른발이 왼발을 밀고 왼발이 오른발을 당기며 거침없이 그들에게 다가가는데, 갑자기 스스로의 인생이 떠올랐다. 열여덟이 될 때까지 고아원에서만 자랐고, 마흔 중반이 될 때까지 주방 보조만 한 인생이 떠올랐다. 동시에 왼발이 오른발을 잡았고, 오른발이 왼발을 돌아봤다. 왼발에 눈이 있다면 오른발에게 가만있어, 눈치를 줬을 거다. 엉거주춤. 망할 인생.

 우환의 잘못이 아니었다. 우환인들 이런 날이 올 줄 알았겠나. 대부분의 사람들이 되도록이면 이런 날이 안 오길 바라며 산다. 그래서 너무 늦기 전에는 집에 돌아오는 것이며, 그래서 길에 불을 밝혀놓는 것이며, 그래서 경찰들은 빙빙 도는 것이다. 바로 이런 아이들을 길에서 마주치지 않기 위해서. 우환은 돌아갈까, 싶었다. 하지만 그러기에는 너무 깊숙이 그들의 문화 속에 들어와 있었다. 게다가 아까부터 이순희가 자꾸 우환에게 눈치를 주고 있었다. 완전 있다고 했던, 여친이 뒤에 있었던 거다. 그래, 사실 우환도 저 여자아이를 보려고 여기까지 거침없이 걸었던 거다. 너희들이 오토바이 네 대에 모아 타든, 일곱 대에 나눠 타든 뭔 상관이냐. 우환은 몇 걸음 더 걸어 이순희의 오토바이 바로 앞까지 왔다. 그리고 이순희 뒤에 앉아 있는 여학생을 봤다.

 그 여학생은, 대부분의 여학생이 가지고 있는, 가지고 있는 줄 알았던, 부끄럼 같은 게 없었다. 그냥, 똑바로 보고 있었다. 너는 뭔데 자꾸 전진하냐? 이런 눈으로 우환을 보고 있었다. 이런 걸, 싸가지가 없다고 해야 하나. 좋게 말해, 당돌하다 해야 하나, 더 순화해서, 명랑하다 말해야 하나. 어찌되었든 사람을 충분히 당황하게 하는 눈빛이었다. 교복 차림이었다. 짧은 치마 아래로는 체육복을 입고 있었다. 맨다리를 드러내놓지는 않았으니, 다

소곳하다 해야 하나, 눈빛은 그냥, 낯선 남자가 오니 당연히 경계하는 거겠지? 어떻게든 좋게 생각해보려고 했지만, 우환은 저 여학생이 딱 싫었다. 그냥, 싫었다. 알기도 전에 알아갈 마음을 잃게 하는 희한한 여학생이었다. 얼굴은, 온통 짙게 그늘진 아우라 때문에 제대로 보이지도 않았다. 좋은 거라고는 하나도 없지만, 그래도 이름표는 있겠지 하는 마음에 우환은 좀더 가까이 갔다. 이름, 이름만 확인하면 된다. 아마도, '이시발' 같은 이름일 거라 생각하며. 한데도 우환은 이시발과 가까워질수록 괜히 가슴이 뛰었다. 왜 그랬을까.

"얘냐? 너네 집 머슴 들어왔다는 게?"

그때, 그 여학생이 먼저 입을 열었다. 이 씨발. 여학생의 첫 대사에 우환은 자기도 모르게 욕을 뱉었다. 동시에, 여학생의 가슴에 있는 이름표를 확인했다. 우환의 눈에 이름 석 자가 정확히 보였다. '유강희'였다. 이이이런 씨발. 우환은 속으로 다시 한번 욕을 뱉었다.

'니들이었구나. 나를 고아원에 버린 쌍년놈들이!'

우환은 자꾸 욕이 튀어나왔다. 다행히 속으로. 하지만 삼킬 수 있는 감정이 아니었던 모양이다. 우환의 양손이 이미 이순희와 유강희의 머리 위에 있었다. 두 학생, 게다가 커플의 머리채를 양손에 하나씩 잡고 마구 흔들고 있었다. 화를 내고 있었다. 왜 그랬는지 모르겠다. 우환은 화가 났다. 사실, 이름만 같을 수 있는 거 아닌가. 한데도, 자신의 부모와 이름이 같은, 이름만 같을 수도 있는, 그럴 확률이 높은 이 두 사람에게 그렇게도 화가 났다. 한참 어린 애들한테 충고 한마디 건넬 수 없는 자신의 인생이 양 손아귀에 힘을 실어줬고, 이 남녀가 공유하는 문화가 하필 이런 거지 같은 오토바이여서 화는 멈추지 않았다.

어쩌면 우환도 한 번쯤은 부모를 만나고 싶었는지 모른다. 어린 시절에 한 번쯤은 우환도 아이들을 찾아오는, 혹은 데리고 가는 어른들 중에, 저런 사람들이 부모였으면 좋겠다, 바라보기도 했을 것이다. 하지만 이런 애들은 아니었다. 넓지도 않은 길거리에서 길지도 않은 다리 하나로 힘들게 지탱하며, 금방 출발할 것도 아닌데 왜 시동은 끄지 않아서 탕탕부르르탕 온 동네를 시끄럽게 만들며, 저 빨갛게 뱅글뱅글뱅뱅 돌아가는 불빛은 왜 필요한지, 도대체가 정체를 알 수 없는 이 망할 어린 남녀가 부모일 수는 없었다. 아니, 부모와 같은 이름을 쓰는 것조차 용납이 안 됐다. 너희들은 동명이인이고 뭐고, 누구 부모고 뭐고, 그냥 오늘 나랑 죽자는 심정이 되었다. 우환은 괜히 억울했다.

물론, 억울한 걸로는 순희와 유강희가 더했다.

왼팔이 준비하고 있었다. 머리채를 잡히긴 했지만, 뭐 이 정도는. 아니면 발로 깔 수도 있었다. 어차피 아직은 안다고 할 만한 사이도 아니었다. 게다가 순희가 들인 사람도 아니었다. 까면 까고, 치면 칠 수 있었다. 한데, 선뜻 발도 주먹도 나가지 않았다. 남자가, 머리채를 잡고 흔드는 남자가 울고 있었다. 순희는 왼팔에 힘이 풀렸다.

17

 칭찬을 받은 건 처음이다. 칭찬에는 향이 있었고 오래갔다. 그 머슴에게 머리채를 잡힌 건 강희도 마찬가지였다. 그래서 고민을 좀 했었다. 울고는 있었지만, 서럽게 우는 모습이 사람 당황하게는 했지만, 그래도 왼쪽 주먹을 날려야 하는 게 아닌가 하고. 내 사랑 강희의 머리채를 잡고 있는데, 이러고 있으면 안 되는 게 아닌가 하고. 머슴은 울다가 지쳤는지, 힘이 빠졌는지 갑자기 주저앉았다. 머슴을 머슴이 지내는 창고에 데려다주고 왔다. 그 와중에 어쩔 수 없이 아버지랑 이야기를 했다. 머슴이 어디서 지내는지 순희가 알 수 없었으니까.

 강희가 화낼 줄 알았다. 여자에게 머리는 소중하지 않나. 심지어 머릿결도 엄청 소중하지 않나. 순희는 티브이를 적절하게 봤기 때문에 광고를 통해서 알았다. 여자들이 자신을, 특히 머리를 대단히 소중히 여긴다는 걸. 한데도, 머슴을 데려다주고 온 순희에게 강희는 칭찬을 했다. 잘했다고. 잘 데려다주고 왔다고. 머슴을 때리지 않은 것도 잘한 거라고. 앞으로 누굴 때리는 일이 없었으면 좋겠다고. 여자에게 그토록 소중하다는 머리채를 잡아 흔든 남자에게 이토록 관대할 수 있다니. 강희는 보통 여자가 아니었다. 강희는 정말 뭐랄까, 난년이었다. 강희는 진정한 사랑이 맞는 것이었다.

칭찬까지만 들었으면 좋았을 텐데, 이어지는 강희의 말이 순희를 다시 고민하게 만들었다. 향기로운 칭찬으로 순희를 한껏 들뜨게 만들었던 강희는 갑작스럽게, 툭, "뭔가 배워보는 게 어때?" 순희에게 물었다. 그 뭔가가 어른들이 짜증 섞어 말하는, 기술이라도 배워라!와 분명 같은 말일 텐데, 순희도 그 정도는 아는데, 그럼에도 다르게 들렸다. 꼭 집어서 '기술'이 아니라, 막연하게 '뭔가'여서 그런가. 순희는 강희의 말을 들었다. 듣고만 있었다. 이미 사랑을 알아버렸고 진정한 사랑이라 믿기 시작해 버렸으니까. 하지만, 뭔가를 배우다니, 가능한 것인가? 근데, 뭘 배워야 하는 거지? 순희는 머리가 복잡해졌다. 진정한 사랑이구나, 깨닫기 시작하자 많은 문제가 생겼다. 깨달음이 그렇다. 깨닫기 전에는 인생이 편하다. 하지만 깨닫고 나면 걸리는 게 많아진다. 깨달았으니까 똑같이 살면 안 되는 것 같다. 깨닫기 전으로 돌아가려 하면, 그러고도 네가 사람이냐? 라는 질문을, 남에게, 주로 어른에게 듣던 그 질문을 스스로가 스스로에게 반복하게 된다. 깨닫고 나면 평온이 찾아올 거 같지만 사실은 아닌 거였다. 망할.

강희가 하는 말은 모두 순희의 기억에 남았다. 이해를 하든 못하든, 머리를 아프게 하든 어떻든 일단 기억에 남았다. 기억에 남아 다시 생각하게 했다. 강희를 보내고 식당으로 돌아왔을 때, 어쩐 일인지 그가 홀에서 기다리고 있었다. 깊은 새벽이었다. 그는 말을 했다. 그 입에서 나온 말을 이렇게 오래 들어본 기억이 순희는 없었다. 하지만 듣고 있게 되었다. 아버지의 말이어서가 아니라, 그의 말이 어딘가 강희의 말과 닮아 있었기 때문이다.

"곰탕을 배워보는 기 어떻노."

아버지가 말했다. 형사들이 다녀간 모양이었다. 형사들이 와서 어떤 이야기를 하고 가는지 순희는 몰랐지만, 매번 그의 반응은 한결같았다. 이대로는, 이대로는 안 된다.

"나는 니가 니대로 뭘 할 끼 있을 거 같아가 기다린 기다만, 딱히 뭘 할 끼 없으므, 곰탕을 배워보는 기 어떻노."

길게 다시 한번 말했다. 형사들이 다녀간 게 분명했다. 매번 순희의 반응도 한결같았다. 한 번도 아버지의 말을 들어본 적이 없었다. 하지만 순희는 그냥 그의 말을 듣기로 했다. 이번엔 그냥 아버지의 말을 듣기로 했다. 그게, 강희의 말을 듣는 거였다.

우환은 방에 멍하니 누워 있다. 일어날 힘도 없다. 기절을 한 건가, 기억도 없다. 손을 보니 양손에 머리카락들만 잔뜩 쥐어져 있다. 누구의 머리카락인지는 기억이 났다. 사실, 그렇게까지 화를 낼 건 아니었다 싶다. 모르는 애들 아닌가. 그 나머지 여섯 명도 모르는 애들인데. 모르는 애들 앞에서 모르는 애들 머리채를. 왜 그랬나, 싶다. 이름만 같을 확률이 높을 텐데. 거의 그럴 텐데. 아니, 맞으면 또 어쩔 건가. 그 두 놈이 부모가 맞는다고 한들 어쩔 건가. 아니, 그 둘이 부모가 맞는다는 걸 어떻게 알 거냐고. 알 방법이 없지 않냐고.

우환이 천장을 보고 누워 허공을 향해 질문을 던지고 받고 있다. 밖에서 부르는 소리가 들린다.

"좀 봅시다."

좀 보자 해서 나온 우환과 아까부터 보고 있었던 순희가 이종인 앞에 나란히 섰다. 순희는 아버지가 머슴을 왜 불렀나 싶다. 순희를 막상 보니 우환은 또 화가 난다. 우환은 쌍놈과 자기를 왜 나란히 세웠나 싶다. 둘을 나란히 세워놓고 보니, 이 집에 셋이 사는구나, 종인은 그런 생각을 하고 있다. 다시 셋이 살게 되었구나, 거기까지 생각이 미치고 있다.

종인은 앞장섰다. 앞서 걸으며 몇 번이나 뒤를 돌아봤다. 그때마다 얼굴에 미소가 떠올랐다. 돌아볼 때마다 아들은 뒤따라오고 있었다. 이렇게 쉽게 아들이 따라나설지 몰랐다. 어쩌면 아들을 너무 철없다고만 생각한 건지도 몰랐다. 어쩌면 아들은 이런 날을 스스로 계획하고 있었는지도 모른다. 조금만 더 기다렸으면 아들이 먼저 배우겠다고 나섰을지도 모른다. 종인은 그렇게 오랜 시간을 기다렸으면서도 좀더 기다릴 걸 그랬나, 잠깐 후회를 했다. 하지만 어쨌든 좋았다. 아들은 큰길을 갈 때도, 골목으로 접어들어도, 왼쪽으로 꺾어들어도, 오른쪽으로 다시 꺾어도 뒤를 따라오고 있었다. 종인은 그게 믿을 수 없을 만큼 신기하고 기특해 평소보다 멀리 돌았다. 어쨌든 시장은 저기 너머에 있었다.

이렇게 많은 낯선 길이 부산에 아직 있다는 게 신기했다. 늘 혼자서 가장 빠른 길로만 다녔다. 그 빠른 길을 빠른 걸음으로 다녔다. 상대방이 인사를 해야 고개를 드는 날도 많았다. 종인은 태어나 여행을 한 번도 가본 적이 없었다. 돈 벌어서 뭐 하나, 여행도 좀 다니고 하셔야지, 단골들이 그런 말을 할 때면 관심 없다고 하면서도, 슬쩍 여행이 뭐길래 저렇게들 권하나 생각이 들기도 했다. 그러나 생각뿐 실제로 떠나보지는 못했다. 하지만 이런 기분이 아닐까 싶다. 목적지는 이미 정해져 있지만, 가던 길이 아닌 새로운 길로 가는 기분. 늘 마주치는 사람이지만 그 사람과 새로운 시간을 보내는 기분. 종인은 아무렇게나 여행을 그런 거라고 생각하기로 했다. 아무렇게 해도, 망칠 수 없는 기분이었다.

고개를 든 채로 들어서서 그런가, 시장도 그렇게 활기차 보일 수가 없었다. 종인이 먼저 사람들에게 인사를 했다. 시장 상인들은 먼저 인사하는 종인에게 놀라고, 그 뒤로 보이는 종인의 아들을 보고 다시 놀랐다.

시장에 이르니 또 다른 기쁨이 있었다. 만나는 상인들마다,

오늘은 아들이랑 나오셨네, 인사를 했다. 아들이 저렇게 컸었어? 아들이 인물 좋네? 아들이 아빠 안 닮았네? 누구든 한마디씩 했다. 벌써 아들한테 물려줄 생각하는 거야? 기분 좋은 편잔을 주는 상인들도 있었다. 아무렴, 아무렴, 모두들, 하나같이 좋은 소리뿐이었다. 종인은 이게 다 내 인생이었구나, 생각했다. 정직한 성격은 시장 상인들과의 거래에서도 그랬다. 종인은 물건과 사람을 보고 거래처를 정했다. 물론 물건이 좋아야 했고, 신뢰가 가는 사람이면 되었다. 물건값은, 흥정은 했지만 무리하게 깎지는 않았다. 모든 게 제값이 있는 거였다. 종인은 되도록 이면 값을 정하는 사람이 부르는 값을 믿어주려고 애썼다. 그가 조금 높게 부르면, 그럴 만한 이유가 있을 거라고 믿었다. 집안에 자식이 하나 더 태어났거나, 노모가 아프거나, 큰딸이 결혼을 해야 하거나, 종인이 생각할 수 있는 이유는 수도 없이 많았다. 믿었다. 의심에 드는 시간을 종인은 낭비라 생각했다. 그럴 시간에 부지런을 떨면 믿음을 가질 여유가 생겼다. 그렇게 믿기 시작한 사람들과의 거래는 오래갔다. 물건의 질이 급격히 떨어지거나, 값이 턱없이 오르거나 하지 않는 이상은, 종인은 한결같았다. 얼마 전 거래를 끊은 고깃집이 생각나 잠깐 속상했다. 시장 상인들 중에 종인과의 거래를 싫어하는 사람은 아무도 없었다. 그가 자기 인생 없이 아내가 살았을 때에는 아내만, 아내가 죽은 후에는 아들만 바라보고 사는 걸 안타까워했지만 종인은 믿을 만한 식당 사장이고 실력 있는 주방장이었다. 종인은 그렇게 보낸 세월 덕을 오늘 보는구나 싶었다. 부끄러울 게 없었다. 10년이 더 지난다고 크게 바뀔 사람들이 아니었다. 종인은 이런 사람들과 그런 시간을 보낸 게 다행스러웠다. 무엇보다 그 세월이 뒤따라오는 아들에게 고스란히 흐를 생각을 하니 마음이 놓였다.

어색해하기만 하던 순희가 시장 상인들에게 인사를 하는 모습을 종인은 계산을 하다가 놓치지 않고 본다. 종인은 웃고 있다.

유세도 저런 유세가 없다. 나는 투명인간인가, 아니 투명인간은 인간이기라도 하지 나는 사람도 아닌가? 나도 있었다. 망할 이순희 뒤에, 때로는 옆에, 함께 따라다녔다. 뭔가 오늘 제대로 배우겠구나, 생각했다. 우환은 메모도 할 생각이었다. 하지만 망할 사장은 지 아들만 챙긴다. 아니, 아들 있는 게 무슨 유센가? 불과 40여 년 전이 이런 세상이었나? 이건 한참 전의 세상 아니었나? 이건 뭐랄까, 다음 달에 선거가 있는 정치인이 시장을 방문한 꼴이었다. 당대표쯤 되는 자가 후보자를 인사시키고 다니는 모습이었다. 그래 봐야 부산곰탕 사장이랑 아들내미 아닌가? 눈꼴이 시어 쳐다볼 수가 없었다.

하지만 우환은 꼼꼼히 봐야 했다. 어디서 채소를 사는지, 쌀은 어디서 배달시키는지, 왜 저 고깃집이랑은 인사도 안 하고 지나가는지, 왜 저 고깃집 사장은 입맛을 다시며 우리 사장을 보는지, 다 알아야 했다. 사장이 언제 마음이 바뀌어서 곰탕 만드는 법 따위 알아서 하세요, 할지도 모른다. 아니 사장 마음보다도, 망할 이순희 저 애가 오늘은 어쩌다 따라나왔지만 오늘뿐인지도 모른다. 그러니까 사장과 함께 외출할 수 있는 기회는 어쩌면 오늘뿐인지도 모른다. 그런 소중한 기횐데, 사장은 우환에게 뭐 하나 가르쳐줄 생각도 않는다.

 사람 취급하지 않는 건 사장뿐만이 아니었다. 순희도 마찬가지였다. 순희는 쌍놈이 맞았다. 상인들과 악수를 할 것도 아니고, 사장이 거동이 힘들어 겨드랑이에 넣어 부축할 손이 필요한 것도 아니었다. 양손은 다 놀고 있었다. 한데도 순희는 물건을 사는 족족 우환에게 건넸다. 사장이 저렇게 유세를 떨며 무슨 당대표 같은 얼굴을 하고 다니는데, 아 씨발, 나 이거 안 들어! 하고 갑자기 분위기를 깰 수도 없고. 피를 옷으로 해 입고 온 게 불과 며칠 전인데, 순희는 틈틈이 웃으며 인사까지 하고 있었다. 그런 분위기를 망칠 만큼 우환은 모진 사람이 아니었다. 우환은 그저 이순희는 백 퍼센트 쌍놈이다 확신했다. 그럴 뿐, 굳이 그 분위기를 깨고 싶진 않았다. 뭐, 그럴 입장도 못 됐지만.

 어쩌면, 우환은 묵묵히 그 짐들을 들고 다닐 만큼 두 사람이 보기 좋았는지도 모른다. 아버지를 따르는 아들의 뒷모습은 이렇구나. 아들이 따라오는 줄 아는 아버지의 뒷모습은 저런 거구나, 우환은 그런 생각을 했는지도 모른다.

조금만 신경 써서 보면 볼 수 있다. 두 사람이 아니라 세 사람이었다. 종인의 뒤를 순희가, 그리고 그 뒤를 우환이 따르고 있다. 한 번도 셋이 나란히 걸은 적은 없지만, 한 번도 셋이 둘이 되거나 하나였던 적은 없었다. 언제나 셋이었다. 그리고 가끔 순희가 뒤를 돌아봤다.

그러다 진짜 유세를 나온 선거 인파와 마주쳤을 때는 서로가 서로를 찾기도 했다. 그때, 순희와 종인은 우환의 이름을, 우환은 종인의 이름을 모른다는 걸 알게 됐다. 어쨌든 선거철이었다. 우환은 진짜 유세를 떠는 정치인들을 한참 구경했다. 지방선거가 곧이었다.

18

 유세장을 뚫고 나온다는 게 하필 다른 선거 유세 차량을 뒤따르는 꼴이 돼서 쉽게 길이 열리지 않았다. 사이렌을 울리며 지나갈 수도 없는 일이었다.
 양창근과 강도영은 그 소문을 좇고 있다. 소문의 조직은 쉽게 드러나지 않았다. 정보원의 말처럼 그저 소문일지도 몰랐다. 하지만 단지 소문일 리가 없었다. 소문을 좇는 건 언제나 조심스러운 일이었다. 또 다른 소문을 내고 다닐 수는 없었다. 부산은 넓었다. 조직들도 많았다. 그 조직들 모두를 일일이 만나서, 형사들이 긴장한 얼굴로 뭔가를 찾고 있더라, 레이저 총 같은 애먼 소리를 해가며 어떤 조직을 찾고 있더라, 그런 소문이 나게 하면 안 되었다. 그런 소문이 나는 순간, 정보원이 말한 조직은 정말 소문으로만 남게 될 것이었다.
 양창근과 강도영은 탁성진을 다시 만났었다. 술에 취하지 않은 걸 여러 번 확인한 후 물었다. 탁성진은 취했을 때와 똑같은 이야기를 했다. 총인지 뭔지 모른다. 하지만 레이저가 맞다. 그 칩이 도대체 뭐에 쓰는 물건인지 아직도 알아내지 못하고 있다. 하지만 며칠 뒤면 결국은 알게 될 거다. 하지만 알게 되었을 때가 더 문제일지도 모른다. 그래, 그럴 수 있다. 그럴 가능성이 크다. 양창근도 그렇게 생각하고 있었다.

통나무를, 죽은 시체를 안정적으로 구할 수 있는 부산의 조직. 양창근은 사무실로 돌아가면 부산 전체의 실종자 수와 미해결 사건들을 정리해봐야겠다고 생각했다. 시체를 구하는 건지, 시체를 만드는 건지 알아야 했다. 물론 그것만으로 부족하다는 걸 양창근은 안다. 신고되지 않은 사건들도 많을 것이다. 신고되지 않은 실종자들도 많을 터였다. 부산은 큰 도시다. 게다가 바다가 있었다. 몰래 숨어들기에 좋은 도시였다. 어쨌든, 도대체가 실마리가 보이지 않는 사건이었다. 강도영은 자신의 두 번째 정보원을, 다행히 도망치지 않았던, 그 정보원을 만나고 난 후로는 말이 없다. 강도영도 비슷한 생각을 하고 있을 듯했다. 어쩌다 이런 일이, 하필 우리 관할에서 생겼나, 말이다. 거기다 강도영은 되게 부끄럽기도 할 거다. 후회가 엄청날 거다. 왜 말도 안 되는 이순희를 붙잡고 늘어졌을까. 용접도 못 하는 그 전자과 학생을 어째서 용의자로 생각했을까, 말이다.

그렇지 않다. 강도영은 조금 다른 생각들을 하고 있다. 소문의 조직이 쉽게 드러나지 않는 것 때문에 초조해하지 않았다. 언젠간, 언젠가는 드러날 것이다. 그리고 그 레이저. 우주 전쟁 같은 소리가 그다지 무섭지도 않았다. 사실, 언제나 말이 안 되는 사건들이었다. 그런 말이 안 되는 사건들이 수시로 터지는 게 현실이었다. 이제는 부모를 죽이는 자식이 더 이상 새롭지 않다. 하지만 처음 그 사건을 접했을 때만 해도, 말이 안 되는 거였고, 처음 그 현장을 갔을 때는, 눈으로 보고도 믿을 수 없는 것이었다. 레이저 총. 물론, 말도 안 되고, 컴퍼스로 그린 듯이 몸뚱이의 일부가 떨어져나간 그 사내의 몸, 보고도 믿을 수 없는 거였지만, 그래도 그 또한 적응하게 될 것이었다. 언제나 믿을 수 없는 일들이 일어났고, 그 범인을 쫓는 동안에도 믿고 싶지 않았지만, 범인을 잡으면서는 결국 믿어야 했다. 믿기 싫어도 그럴 수 없었다. 그런 놈들이 사지 멀쩡하게 강도영의 눈앞에 있었다. 그게 형사 일을 하는 동안 받아들이게 된 일상이었다. 그러니 분명히 나타날 것이었다. 레이저 총을 든 이상한 새끼가. 그건 언젠가, 결국은, 그렇게 드러날 일이었다. 하지만 강도영은 그보다도, 이순희 생각을 했다. 생각을 했다기보다는, 생각이 떠나질 않았다. 후회 같은 게 아니고, 부끄러움도 아니었다. 강도영도 안다. 새로운 조직을, 겁도 없이 부산에서 통나무 장사를 한다는 그 조직을 찾게 되고 어떻게 싱싱한 몸들을 공급하는지까지 알게 되더라도, 어쩌면 이순희는 아무 연관이 없을 수도 있다. 아마도 그럴 확률이 컸다. 하지만 그럼에도 강도영은 이순희에 대한 생각을 멈출 수 없었다. 이순희가 어떻게든, 어떤 식으로든, 이 사건에 연루되어 있을 것 같다는 생각이 끊이지 않았다.

길이 뚫릴 기미가 안 보였다. 강도영은 짜증이 났다. 담배를 물었다. 정치에 관심 없었지만 유세 차량에는 지대한 관심이 생겼다. 관심은 주로 욕으로 드러났다. 강도영이 유세를 하는 정치인 옆에 서 있는, '연예인이야 뭐야? 개그맨? 아, 가수?'에 대해, 또 그들이 타고 있는 차량에 대해, '중고겠지? 저것도 업체가 있을 텐데, 한철 장산가?' 떠드는 동안 양창근은 말이 없었다. 말없이 뭔가를 보고 있었다.

어쩌다 눈이 갔다. 유세장에는 구경꾼들이 많다. 그러니 눈에 띌 사람이 아니었다. 그럼에도 양창근은 눈이 갔다. 한 남자에게. 처음에는 왜 눈이 가나, 의아했다. 그냥, 천천히 이동하는 유세 차량을 천천히 따라가며 구경하는 사람이었다. 차가 밀리는 바람에 양창근도 그 남자를 계속 구경할 수 있었다. 남자는, 표정의 변화가 크게 없다는 게 좀 다르긴 했다. 물론 구경꾼들이 일일이 표정의 변화까지 줘가면서 그들의 말을 귀담아 듣지는 않는다. 하지만 말을 듣는 사람에게는 듣는 사람의 얼굴이 있다. 한데, 그 남자는 듣고 있는 얼굴이 아니었다. 남자는 그냥, 보고만 있었다. 물건을 한 번 봤는데 살까 말까 결정을 못해 다시 보러 나온 사람마냥, 보고 확인하고 고민하고 있었다. 하지만 선거도 그런 거니까. 뭐 그것 또한, 그런 얼굴을 하고 있다는 게 시선을 끌 만한 일은 아니었다. 뭘까, 도대체 뭘까. 아는 사람인가? 아니었다. 어디서 본 적이 있나? 양창근은 기억을 잘하는 편이었다. 그냥 일단 본 얼굴은 기억했다. 하지만 기억에 없는 얼굴이었다. 절대, 본 얼굴이 아니었다. 한데 왜 눈이 자꾸 가는 걸까. 차가 조금씩 빠지기 시작했다. 이제 곧 남자는 뒤로 사라질 터였다. 그렇게 영영 사라질 게 분명했다.

도저히 기억나지 않을 것 같았던 그때, 고개를 뒤로 젖혀야 겨우 그 남자가 보이는 그때, 양창근은 알게 됐다. 얼굴 때문이 아니었다. 표정 때문이 아니었다. 행동 때문이었다. 남자는, 유세를 하는 정치인을 보면서 귀의 뒤쪽을 긁고 있었다. 또 목 뒤쪽을 긁었다. 일전에 치매에 걸린 노모와 함께 경찰서를 찾아왔던 그 사내처럼, 남자는 귀 뒤쪽을 그리고 또 목 뒤쪽을 여러 번 긁었다.

19

 시장에서 돌아온 우환과 이종인, 이순희 셋은 주방에 앉아서 채소들을 다듬고 있다. 우환은 주로 무를 담당했다. 깍두기용으로 팔각 썰기를 하는 중이다. 하나 무는 무고, 우환은 침착하게, 이성적이며 논리적으로 순희를 분석하고 있다. 먼저 외모부터.
 아주 큰 건 아니지만 큰 키다. 잘생겼다 할 수 없지만 훈남이다. 얼굴에 작은 점 같은 뭔가가 여기저기 많이 나서 꽤 지저분해 보여야 했지만, 장난꾸러기 같고 순진해 보인달까? 코가 몹시 커서 이건 정말 흉해야 되는데, 애 자체가 꽤 큰 편이라, 그냥 다 긴가? 싶고. 하지만 귀는, 귀는 너무 작았다. 그건 정말 문제가 될 것 같다. 하지만, 약간은, 좀 다른 관점에서 해석해보면, 귀가 작으니 남의 말에 쉽게 흔들리지 않는, 진중한 성격이려나? 싶기도 했다. 어쨌든, 그랬다. 외모는 그러니까, 꽤 많은 결함들이 있는데 희한하게 그냥 꾸역꾸역 억지로라도 서로 어울려서 보기에는 그럴듯했다. 하지만 우환은 겪어본 사람 아닌가. 문제는 성품이었다.

일단, 싸가지가 없었다. 그 피 칠갑인 옷을 누가 빨았나? 물론, 순희는 모른다. 그러니까 그건 패스. 하지만 경찰서에서 며칠 만에 집에 왔을 때, 밥을 준 사람은 누군가? 우환이었다. 하지만 순희는 고맙다는 말 한마디 안 했다. 그리고 그 시끄럽고 요란한 오토바이. 그런 걸 타고 다니는 거 자체가 성질이 고약한 거다. 게다가 한창 공부할 나이에 여자를 뒤에 태우고 있었다. 그건 정신이 나갔다는 이야기고. 오늘은 어떤가? 본인은 양손이 비어 있으면서도, 물건을 사는 족족 아버지 또래의 어른에게 그 무거운 비닐봉지를 건넨다는 건, 이건 인간 이하다. 그 어른이 양손이 무거워 진심 팔이 늘어나는 기이한 경험을 하고 있는데도 들어주겠다는 말은커녕, 시장 사람들에게 인사나 하고 자빠져 있었다. 저런 인간이 아버지가 된다는 건 상상할 수 없는 일이다. 만에 하나 내 아버지일 수도 있어서가 아니라, 그냥 저런 인간이 부모가 되어서는 안 된다는 거다. 그리고 그, 이상하게 그냥 싫은 유강희도 마찬가지다. 그 둘은 부모가 되어서는 안 되는 인간들인 거다. 인류의 미래를 위해서, 우환이 거기에서 와서 좀 아는데, 인류의 미래가 그렇게 된 건 다 이런 애들이 어른이 되고 부모가 되었기 때문이다. 그래, 그런 거였다. 그래서 우환이 있던 미래가, 우환이 살던 현재가 그 꼴이 된 거다. 이제는 우환 개인의 인생에 국한된 문제가 아니었다. 미래의 불행은 모두 이순희, 유강희 두 사람으로부터 시작된 것이었다.

무 다섯 개를 팔각 썰기 하는 동안, 우환의 논리적인 이성은 이런 결과를 이끌어냈다. 기뻤다. 참 많이. 그 기쁨을 알기라도 하듯, 경쾌하고 발랄한 벨소리가 울렸다. 재수없게, 순희의 전화였다. 순희는 전화를 받으러 주방을 나갔다. 분명, 유강희의 전화다. 저런 애들이 절대 부모가 되어서는 안 된다. 둘을 반드시 갈라놓아야 한다. 둘의 연애는 절대 이루어져서는 안 된다. 하지만 혼자서 해낼 수 없을지도 모른다. 조력자가 있어야 했다. 조력자. 어디 있나, 조력자. 여기 있었다. 나이도 비슷한 이종인이 있었다.

 이종인은 갑작스레 이 남자와 둘만 남겨지게 되자 어색해졌다. 남자는 게다가 자기를 뚫어져라 보고 있다. 저러다 입을 열어 말이라도 한다면. 종인은 제발 그런 일이 일어나지 않기를 바랐다. 하지만, 그 입은 열렸고, 뜻밖의, 너무나도 뜻밖의 말이 들려왔다.
 "형님!"
 "네?"
 이종인은 하마터면 맛이나 볼까 씹고 있던 무를 뱉을 뻔했다.
 "아, 제가 쭈욱 지켜보니까, 저랑 나이가 비슷하면서도, 몇 위신 거 같고, 또 어차피 한동안은 얼굴 보고 지내야 될 거 같아서요. ……근데, 형님 성함을 제가 아직?"
 "이종인입니다."
 "아, 종인 형님, 혹시, 혹시 말입니다. ……손자가 생기면 이름을 뭘로 지으실 겁니까?"

이건 또 무슨 소린가? 종인은 이 남자가 왜 이러는지 알 수 없었다. 하지만 남자는 너무나 안정적으로 무 팔각 썰기를 하고 있었고, 무가 정확히 팔각으로 조각나는 걸 보면서 남자에게 호감을 가져볼까 생각하던 차였다. 하지만 이건 좀 급작스러웠다. 그러나 종인은 예의 바른 사람이었고. 형님, 이라니, 욕은 아니지 않은가. 게다가, 손자라. 아, 손자라.

"아직 생각해본 적이 없습니다만."

"아, 뭐 그래도 혹시나 뭐, 혹시나 생긴다면 이름을? 뭐 일테면, 우, 우, 우?"

"우, 음, 우진? 어떻습니까?"

"......!"

나는 당신 손자가 아니라 다행이다. 우환은 재빨리 그렇게 생각했다. 때마침, 순희가 들어와 무를 집었다. 내가 네 아들이 아닌 것도 다행이다, 이 쌍놈아. 우환과 종인의 대화는 자연스럽게 중단됐다. 사실, 우환은 이런 질문을 하려던 게 아니었다. 전화벨이 또 울렸고 순희는 나갔다. 이번엔 종인이 먼저 입을 열었다. 의외로 적극적인 면이 있었다.

"이우진, 별롭니까?"

"아, 제가 솔직한 성격이라, 별롭니다."

"......"

"그럼 형님, 며느리는, 어떤 며느리를 원하십니까?"

"며느리?"

이종인은 예상치 못한 우환의 질문에 눈을 크게 뜨더니, 들고 있던 무를 놓고 무를 썰던 칼을 놓고 빈손이 된 두 손을 괜히 서로 만지작거렸다. 이종인은 아무래도 며느리라는 단어에 큰 호감을 가지고 있는 듯했다.

"아, 뭐, 며느리는 뭐, 사실 저는 까다로운 편은 아닌데, 글쎄요, 며느리라, 뭐랄까, 하, 이게 뭐랄까 진짜, 아 근데 벌써, 우리 아들이 그럴 나이가? 그럴 나이는 아직 아닌,"

"쏭카 타는 며느리 어떻습니까?"

"……!"

쏭카를 몰라선지 그걸 타는 며느리가 그려지지가 않아선지 말문이 막혀버린 이종인을 앞에 두고 우환은 말을 이었다. 쏭카 타는 며느리에 대해서 좀더 자세히 설명했다. 그럴 나이가 아닌 당신 아들이 이미 그런 연애를 시작하고 있으며, 장차 당신의 며느리이자 우진이, 우진이라 치자, 그 손자 엄마가 될 여자는 줄인 교복 치마 속에, 맨살을 드러내지 않기 위함인지 뭔지, 추리닝을 입었는데 멀리서 봐도 다가가기 싫은 희한한 불쾌함이 있고, 그럼에도 다가가 보면 그냥 그 불쾌함을 가까이서 확인할 수 있을 뿐이고, 쏭카에 오른 모습이 너무 자연스러워서 순희가 집에 올 때는 순희의 쏭카 뒤에 타지만 보통은 자신이 혼자 타고 다니는 게 아닌가 하는 의심을 주고, 머리채를 잡혔음에도 화조차 내지 않는 걸 통해, 상상도 할 수 없는 험한 세계에 살고 있음을 확인할 수 있었고, 그녀가 향유하는 문화는, 문화까지는 굳이 말씀드릴 필요도 없고, 그런 쏭카스러운 며느리는 이미 준비가 되었는데 어떠신지. 하나뿐인 귀하고, 오늘부터 곰탕을 배우기 시작한 식당의 후계자이자 인생의 상속자, 그 상속도 며느리가 잘못 들면 어떻게 될지 모르지만, 께서 지금 통화를 하고 계시는 분인, 아버지와 오랜만의 오붓한 시간을 벌써 두 번이나 방해한, 저런 며느리는 진짜 어떻게 생각하시는지. 주제넘지만, 정말, 정말로 괜찮으신 건지. 우환은 종인 형님에게 의견을 여쭈었다. 아주 깍듯하게.

"……."

하지만 종인의 반응은 우환이 예상한 것과 달랐다. 순희가 다시 들어왔지만, 종인은 끝내 말이 없었다. 종인은 내려놨던 칼을 다시 들었다. 든든한 조력자의 탄생을 기대했던 우환 또한 다시 칼을 드는 수밖에 없었다.

*

아롱사태의 실물을 보기는 처음이다. 잘게 토막 나서 탕 안에 있는 건 이미 여러 번 봤지만 덩어리째 이렇게 가까이서 보니, 어쩐지 떠나올 때 주방장이 그려준 그림과 닮은 것 같다고 우환은 생각했다. 둥글지만 아주 동그랗진 않은 찌그러진 원. 원을 그리는데, 그리는 팔을 다른 누가 자꾸 당겨 힘이 들어간 상태에서 억지로 그린 원. 그런 원치고는 뭐라고 해야 하나, 정이 가는 생김새였다.

"뭐야, 실제로 보니까 그림이랑 똑같네. 근데, 뭔가 좀 어설프게 둥그스름한 게, 정이 간다."

봉수도 어정쩡한 얼굴로 이렇게 말할 것 같았다. 봉수는 잘 지내는지. 그나저나 이제야 뭘 제대로 배우기 시작하는구나, 우환은 반가운 마음이었다. 아닌 게 아니라 새벽같이 시작한 하루는 아직 반도 가지 않았고, 재료 손질이 끝나자마자 이종인은 본격적으로 곰탕을 끓이기 시작했다. 우환과 순희는 이종인이 하는 행동 하나하나를 지켜보고 그가 흘리는 말 모두를 주워 담았다.

양은, 소의 내장, 위였다. 냄새를 없애기 위해 밀가루로 치대서 씻었다. 다 씻은 내장들은 두어 시간 물에 담가뒀다. 양머리가 아니고 양지머리였다. 아롱사태처럼 소의 살이었다. 소의 목에서 가슴에 이르는, 오래 끓여야 고소한 맛이 나는 살덩이였다. 아롱사태와 양지머리, 살들도 물에 담가서 핏물을 뺐는데, 물을 수시로 갈아줘야 했다. 이것만 한나절을 했다.

탕은 끓이는 것이다. 그 정도는 알았는데, 이렇게까지 오래 끓여야 하는지는 몰랐다. 큰 가마솥에는 물도 많이 들어갔다. 그 물이 끓기 시작하는 걸 지켜보는 것만으로도 우환은 지겨웠다. 우환이 그러니 젊은 순희는 말할 것도 없었다. 우선 가마솥에 사골만 넣고 끓였다. 끓기 시작하자 뼈에서 나온 이물들 때문에 물 색깔이 검붉게 변했다. 끓이면 단 줄 알았는데 처음 끓인 건 버렸다. 아까운 걸 왜 버리는지 물어보고 싶었지만 종인의 얼굴은 너무 진지했다. 물을 새로 담았다. 솥이 커서 물을 가는 것도 일이었다. 두 번째엔 준비한 재료들을 사골과 함께 넣고 끓였다. 국물 색깔이 뽀얗게 올라왔다. 이번 국물은 버리지 않았다. 익은 내장이며 살덩이들은 꺼냈다. 국물도 따로 모았다. 물을 새로 담았다. 사골만 다시 끓였다. 그 짓만 몇 번을 했다. 가마솥을 들 수는 없으니 비워질 때까지 일일이 그 뜨거운 국물을 떠내고, 다시 맹물을 넣고 또 뼈를 넣고 끓였다. 가끔 우환과 순희의 시선이 저절로 마주칠 때가 있었는데, 그때마다 서로의 얼굴은 간절히 묻고 있었다. 도대체가 이게 지금 뭐 하는 짓이죠?

더웠다. 빨리 끓이면 좋겠는데, 강한 불은 못 쓰게 했다. 항상 중불 또는 약불이었다. 물 위에 뜨는 건 건져내게 했다. 거품이 생기고 기름이 뜨고 했다. 그걸 다 건지면 된다는 건데. 그게 말이 쉽다. 솥이 크다는 말은 무엇이냐, 지름이 넓다는 거다. 그러니까, 한가운데에 기름이 떠서 그걸 팔을 뻗어 떠내려다 보면, 팔이 같이 익는다. 이 고기 냄새가 사골 냄샌지 내 살냄샌지. 열이 얼굴에까지 오른다. 그때는, 그나마 강불을 안 쓰는 게 다행이다 싶다. 하지만, 중불이라고, 약불이라고 열이 다르진 않으니까. 그 짓을 또 반나절 했다. 이 모든 걸 종인 혼자 해왔다고 생각하니, 우환은 종인이 조금은 대단해 보였다. 아니 이 짓을 여태 혼자 하도록 뒀단 말야? 우환은 새삼 순희가 쌍놈임을 확인했다. 끓이는 도중에는 절대 물을 더 넣지 못하도록 했다. 못하게 하는 것도 많고 시키는 것도 많았는데, 왜 그렇게 해야 되는지는 일일이 말해주지 않았다. 하지만 종인의 행동은 그냥 보게 되고 믿게 되는 구석이 있었다. 하다 보면, 시키는 대로 하다 보면 알게 되겠지, 우환은 그렇게 생각했다.

종인은 물을 끓이고 뼈를 넣고, 살을 집어넣고 국을 내고 살을 삶는 그 기다림의 시간 동안 아무것도 하지 않았다. 기다리는 시간은 길었다. 많은 주방장들은 물을 올려놓고 국을 끓이는 동안 뭔가를 부지런히 했다. 하지만 종인은 그러지 않았다. 그저, 불 앞에 앉아 있었다. 물이 끓기를 기다리고 뼈가 속까지 우려지는 동안 기다리고, 살이 삶기는 동안 기다리고 그 살이 식기를 기다리고 한 번 끓인 물을 버리고 새로운 물이 끓기를 기다리고 다시 뼈가 더 속까지 우려지기를 기다렸다. 그 긴 시간을 불 앞에서 기다리며 보냈다. 종인은 게으른 사람이었다. 새벽 4시에 하루를 시작하는 부지런한 사람이었지만, 불 앞에 앉으면 게을러졌다. 게으른 사람, 고기라도 썰어두지, 우환은 생각했다. 강희한테 전화라도 하고 올까, 순희는 생각했다.

그러는 동안 종인은 불만 보고 앉아 있다. 불 보는 게 재밌는 건지, 국 끓는 소리가 재밌는 건지, 끓어서 나는 냄새가 좋은 건지, 도통 우환은, 순희는 알 길이 없다. 그 기다리는 시간이 너무

지루해서 우환이 형님 하며 농이라도 치려 했지만, 종인은 대꾸가 없었다. 그 기다리는 시간이 죽을 것 같아서, 순희는 아버지 하고 절로 입이 떨어졌지만, 종인은 말이 없다. 가열하고 끓기 시작한 후에도 오랜 시간이 든다. 그 시간 동안 계속 무언가를 해야 하는 게 아니다. 기다리면 되었다. 하지만 기다린다는 게 쉬운 일이 아니었다. 얼마나 기다려야 하는지 결정하는 데에서 탕의 맛이 정해졌다. 그 결정은 종인이 하는 것이었다. 그래서 종인은 이 식당을 운영할 수 있었다. 흔한 바지사장이 아니라 주방의 주인이었다. 종인에게 비법이 있다면 기다리는 동안 다른 걸 하지 않는 거였다. 종인은 기다려야 할 때 기다리는 것에만 집중했다. 지루한 시간이 정직하게 흐르고 있었다. 종인은 기다림에 정직한 사람이었다. 분과 초 사이에서 게으른 사람이었다.

큰 가마솥을 뽀얀 국물로 채우고 나니 한밤중이었다. 아니 새벽인지도 몰랐다. 셋은 똑같이 솥 앞에서, 그래서 불 앞에서 시간을 보냈다. 말 몇 마디 오가지도 않았다. 우환과 순희는 이런 하루를 며칠에 한 번씩은 보냈을 종인에 대해서 없던 마음들이 생겨났다. 그건 존경 같기도 하고, 경외까지야 아니겠지만, 어쨌든, 일종의 거리감이었다.

아버지는 불 앞에 느긋한 사람이었다. 순희는 그렇게 느긋한 아버지의 모습을 처음 봤다. 지겨워서 더는 먹기 싫다가도 먹으면 먹게 되는 게 늘 신기했던 곰탕이었다. 어쩌면 애초에 이런 지겨운 과정을 거쳐 만들어지기 때문일지도 몰랐다. 남들보다 몇 겹은 더 되는 삶을 산 것처럼 보였던 아버지였다. 어쩌면, 이런 긴 하루들이 거듭되어 그 겹을 만들었는지도 몰랐다. 하지만 순희는 처음으로 그 겹이 불행으로만 보이지 않았다.

그렇지만 자신도 그렇게 살 수 있을지는 몰랐다. 자신은 그렇게 살지 못할 거라는 성급한 답이 나왔다. 불행하지 않을 수 있고 대단할지도 모르지만, 이건 아버지의 삶이다. 하루 정도 이런 경험도 나쁠 건 없지만, 이건 경험일 뿐이다, 라고 순희는 생각했다.

그 고단한 하루를 보냈는데도 우환은 잠이 오지 않았다. 창고로 돌아와 누우니 미래가 걱정되면서, 그 미래를 망친 주범들이 떠오르면서, 자신이 반드시 해내야 할 일이 또 있음을 기억해냈다. 부모가 되면 안 되는 것들을 막아야 했다.

어떻게 하면 이순희와 유강희 둘 사이를 멀어지게 할 수 있을까. 이제는 두 사람을 떨어뜨려놓는 게, 과거로 온, 지금의 이곳으로 온 두 번째 미션이 되고 있었다. 첫 번째 미션인 곰탕 배우기는 꽤 순조로운 반면, 두 번째 미션은 아직 시작도 하지 않은 상태였다. 하루라도 빨리 시작을 해야 했다. 어떤 방법이 있을까, 어떻게 시작을 해야 하나 고민을 하다가 우환은 깜박 잠이 들었다. 잠결에 요란한 소리를 들었다. 오토바이 소리였다. 우환은 밖으로 나갔다. 맨발이었다. 우환은 순희의 오토바이 소리를 알았다. 아니 그건 누구나 한 번 들으면 잊히지 않는 소리다. 그만큼 딱 질리는 소리다. 마침, 순희와 강희는 헤어지려는 참이었다. 우환의 예상은 빗나갔다. 집에 올 때만 강희가 뒤에 타고, 돌아갈 때는 강희 혼자 타는 쏭카가 아니었다. 강희는 대신 다른 쏭카에 탔다. 그러니까 순정도 정절도 없는 쌍엑스가 맞는 거였다. 흥분해서 속으로 다양한 욕을 쏟아내고 있는 우환을, 순희와 강희가 본다.

특히 유강희가 유심히 본다. 머슴은 이 시간까지도 자지 않는 건가? 머슴이라 잠들지 못하고 있는 건가? 주인을 기다리느라? 양말도 신지 않고? 유강희는 맨발의 인생이 어쩐지 측은했다. 이상하게 볼 때마다 측은한 장면을 연출하는 저 중년의 머슴이 강희는 짜증스러웠다. 저번에는 울지 않았던가. 남의 머리채를 잡고 제 머리채를 잡힌 것마냥 질질 짜지 않았던가. 또 울 작정인가. 이번엔 맨발로 울 작정인가. 한데, 머슴은 의외의 말을 했다.

"저녁 안 했으면, 곰탕이라도 한 그릇들 하고 가지?"

순희는 내키지 않았다. 강희도 그럴 줄 알았다. 하지만 강희는 잠깐, 아주 잠깐 생각하더니 앞장서 식당으로 들어갔다.

순희는 강희가 식당 안까지 들어와 앉아 있는 게 어색했다. 더한 곳에서도 단둘이 있어봤지만, 이상하게 식당에 이렇게 앉아 있는 게 제일 어색했다. 강희는 그냥, 먹어보고 싶었다고 했다. 너희 아버지가 만든, 부산에서 꽤 유명한 곰탕. 마침, 순희도 그 곰탕에 은근 자부심을 느끼고 있었다. 다른 날 같았으면 모르겠지만, 오늘만큼은, 국을 내는 아버지의 모습을 종일 지켜본 오늘만큼은 그랬다. 해가 뜨고 지고 며칠은 더 그럴 거 같았다. 게다가, 그 국물 맛을 내는 데는 순희도 한몫했다면 했으니까. 하지만 순희는 먹고 싶지 않았다. 이상하게 배가 고프지 않았고 또 이상하게 긴장이 되어서 뭘 먹고 싶은 마음이 아니었다.

우환은 강희만을 위한 특별한 곰탕을 만들고 있었다. 딱히 레시피가 있는 건 아니었고, 그냥, 소금이고 젓갈이고 마구 집어넣었다. 이따위 곰탕이라면, 강희는 국그릇을 엎을지도 모른다. 의외로 깔끔한 성격이어서 엎지는 않더라도, 한 숟가락을 뜨자마자, 에이 쌍, 이런 걸 돈 주고 파는 네 애비와 너를 다시는 상종 못 하겠다! 할지도 모른다. 그럼, 순희가, 순희 성격상, 뭐라고? 일단 화를 낸 후, 방금 먹은 곰탕값이랑 여태 내 오토바이 뒤에 탄 값이랑 그 오토바이 기름값 다 내놔! 그렇게 보기와 달리 되게 쪼잔하게 나오면, 기가 찬 강희는 뒤도 안 돌아보고 나갈 거다. 혹은 화가 난 순희가 먼저 거칠게 식당을 나가 오토바이를 타고 쏭 멀어지고, 혼자 남은 강희가 울지도 모른다. 어떤 식으로든 좋은 일이었다.

우환은 머슴처럼 곰탕을 들고 나왔다. 강희 앞에 내려놓는다.

강희가 곰탕을 본다. 비딱하게 본다. 원래가 뭘 보든 비딱한 눈빛이다. 순희도 알고 우환도 알지만, 긴장된다. 강희가 곰탕을 한 숟가락 먹는다. 먹자마자, 인상이 애매해진다. 원래가 애매한 인상이긴 하다. 하지만, 뭔가 더 묘하게 애매해진다. 순희도 알게 됐고 우환도 알아봤다.

"맛이 왜 이래? 이거, 니네 아버지 곰탕, 이거 맛이, 맛이 좀 이상,"

사실, 우환은 유강희의 침착한 반응이 놀라울 정도였다. 사실 입에 넣기도 힘든 맛이었다. 바로 뱉는 게 정상이었다. 하지만 더 놀라운 건 순희였다. 강희의 말이 끝나기도 전에, 순희는 자리에서 일어났다. 아버지의 곰탕에 대한 순희의 사랑이 이토록 지극한지 우환은 몰랐다. 아니면, 기껏 하루 자기도 고생 좀 했다고 저리 화를 내는 건지, 어쨌든, 순희는 강희의 그 짧은 한마디에 자리에서 일어났다. 불같이 화를 냈다. 그 곰탕이 어떤 곰탕인지 아냐? 네가 뭔데 곰탕에 대해서 이야기하냐, 맛을 볼 것도 없다, 나는 그 곰탕을 태어나면서부터 먹었다, 한 번도 이상했던 적이 없다, 네가 이상한 거다, 네가 원래 그렇지, 너 원래 이상한 애잖아, 이상한 년이 먹으니까 이상한 맛이 나는 거지!

순희는 할 말 못 할 말, 책임질 말 못 질 말, 다 뱉고 나서야 정신이 들었다. 정신을 차렸을 땐 이미 서 있었고, 섰으니, 나가는 수밖에 없었다.

"어디 가, 덜 먹었어."

식당 문까지 간 순희를 강희가 불렀다. 그리고 강희는 먹기 시작했다. 강희는 곰탕을 먹고 또 먹었다. 아무 말 없이 계속해서 넘기고 또 넘겼다. 순희는 자리로 돌아와 앉았다. 곰탕 한 그릇을 깨끗이 비우는 동안 앉아서 지켜봤다. 우환은 믿기지 않았다. 절로 말이 흘렀다.

"……독한 년."

　곰탕을 다 먹은 강희는 잘 먹었다는 말, 물론 잘 먹은 게 아니 겠지만, 어쨌든 먹었으니 먹었다는 형식적인 인사말도 없이 출입문을 넘어서고 있었다. 덩달아 순희도 같이. 하긴 몇 번을 만났지만 언제 우환에게 인사한 적 있었나 싶지만, 오늘은 달랐다. 기분이 영 달랐다. 어떻게든 유강희에게 흠을 내고 싶었다. 우환은 용기를 냈다. 트집을 잡았다.

"너는 근데 왜 어른 보고 인사를 안 해? 간다면 간다, 인사 정도 할 수 있는 거 아냐?"

　그러자, 강희가 재수없게 문지방을 밟고 서서 입을 떼기 시작했다.

"인사하다가 목 베이면 어쩌려고?"

"……?"

"왜요? 딱 좋잖아요. 목을 쭉 빼주는 건데, 칼로 그냥 싹 하면."

"……!"

"세상이 어떤 세상인데 모르는 사람한테 인사를 해."

　그러곤, 유강희는 문지방을 넘어 유유히 사라졌다. 인사에 대한 실로 독창적인 해석이었다. 우환은 어째서 저런 생각을 하는 여고생이 이 지구상에 존재할 수 있는지 의아했다. 다시금 미래를 걱정하게 되었다. 그냥 두면 안 될 사람들이다. 세상에 뭐가 무서운가? 인사를 저런 식으로 곡해하고 있는 여고생이 우환은 무서웠다.

20

 김 씨는 타 지역에서 볼일을 보고 늦은 시간 부산으로 돌아오는 길이었다. 졸음이 오기도 하고 자판기 커피나 한잔할까 해서 작은 휴게소에 들렀다. 커피를 뽑아 차에 탔는데 중년의 사내 하나가 다가왔다. 작은 키에 착하게 생긴 얼굴이었다. 사내는 화물트럭 운전을 하는데, 물량을 잘못 실어서 서른 박스 정도가 남았으며, 그걸 처분해야 하는데 가져가지 않겠냐고 했다. 물건은 홍삼이라고 했고, 싣고 돌아가봐야 어차피 욕이나 먹으니 공짜로 가져가라고 했다. 다 가져가기 그러면 몇 박스라도, 차 있겠다, 트렁크에 실어가라고. 물건은 가서 보면 알겠지만 진짜 홍삼이고 나쁜 물건 아니라고. 김 씨는 잠깐 망설이긴 했지만, 공짜라고 하고, 무엇보다도 사내의 인상이 좋아서 일단, 물건이나 보자 하는 마음에 사내를 따라갔다. 트럭이 주차된 곳은 작은 휴게소에서도 후미진 곳이었다. 김 씨는 그 길로 납치가 되었고, 며칠 후 시체로 발견됐다.
 외로운 박 씨는 한 여성으로부터 설레는 전화를 받았다. 함께 산행을 가자는 제안이었다. 혼자 산엘 갈 건데 여자 혼자 위험하기도 하고, 같이 가주겠냐고 물어왔다. 모든 걸 준비했으니 몸만 오라고 했다. 최근 인터넷을 통해 알게 된 여성이었다. 여성은 박 씨와 처음 만난 날 이런저런 걸 많이 물었다. 담배는 피우냐, 안경 안 쓰는 거 보니 눈은 건강한가 보다, 혼자 사냐, 그럼 연락하는 친구들은 많지 않은 거냐. 박 씨는 그게 모두 관심으로만 보여서 여성에게 호감이 갔다. 박 씨는 거절할 이유가 없었다. 다음 날, 박 씨는 여자의 차에 탔고 며칠 후 시체로 발견되었다.

두 시체에는 공통점이 있었다. 각막, 신장, 심장, 간, 연골, 골수, 피부조직 등, 돈이 되는 건 어느 하나 몸에 남아 있지 않았다. 사실, 장사라는 게 그렇다. 어느 장사나 물건이 중요하다. 시체를 구해서 통나무 장사를 하는 놈들은 드물다. 싱싱한 시체라는 걸 구하기 쉽겠나. 하지만 싱싱한 사람은 많다. 길거리를 봐라, 널린 게 사람이다. 산 사람이어야 한다. 부산의 인구는 350만이 넘는다. 지난 4년간 실종된 사람들만 2만 명에 육박한다. 하루에 열 명 이상의 사람을 생사 확인도 못한 채 찾지 못하고 있는 거다. 그중에 어떤 사람은 납치가 되기도 한다. 그리고 돌아오지 못한다. 젊고 건강한 성인 남자라면 그 몸뚱이가 수억의 돈이 된다. 큰 이익이 남는 장사다. 그래서 그 장사를 하려는 사람들이 꽤 있다. 면허를 박탈당한 의사들이 이런 장사에 가담하는 경우도 있었다. 돈이 되면 뭐든 하는 요즘이니까.

하지만, 소문이 날 만큼 안정적으로 사람들을 납치해서 장사를 하는 조직이 있다면, 티가 안 날 수가 없다. 이렇게 찾는데도 조직원 하나 잡을 수 없다는 게 말이 안 됐다. 양창근은 의아했다. 목격자라도 있어야 하는 게 아닌가? 이 비윤리적인 일을 조직들 사이에 소문이 날 정도로 오래 해오고 있는 사람 같지도 않은 자들이 부산에 살고 있는데, 그걸 왜 아무도 모른다는 건지. 납치는 쉬운 일이 아니다. 위험 부담이 큰 일이었다. 실수도 많았다. 게다가 납치에서 끝나는 일이 아니었다. 한데도 어떻게 전혀 흔적이 없는 건가. 이해가 되지 않았다. 혹시 산 사람을 납치하는 게 아니라, 어떤 경로를 통해서 죽은 사람을, 죽은 직후의 사람을 구하는 건 아닐까? 양창근은 어떤 식으로든 생각을 해봤지만 쉽게 의문이 풀리지 않았다. 어떻게든 그 조직의 조직원을 잡는 게 최우선이었다.

*

"내가 니들 오토바이 불법 개조 같은 걸 단속할 만큼 한가한 사람이 아니다."

강도영은 우선 놈들 마음을 달래줬다. 마침 이순희는 어디 가고 여섯뿐이었다. 때리러 가든 맞고 오든 늘 일곱이더니 어째 이순희는 없나. 역시나 수상했다. 너희들한테 취직하라는 조직이 어디냐, 물었다. 놈들은 서로 눈치를 봤다. 대답할 말이 없어서 눈치를 보는 게 아니라, 누가 대답할 건지를 정하고 있었다. 순희가 없으니 눈치를 더 보는 거겠지. 입을 연 놈은 예상대로 '박정규'였다. '두 군데서 접촉해왔는데요'라고 퉁명스럽게, 거들먹거리며 말했다. 하긴, 나름 자랑이겠다.

"접촉 같은 소리 하고 있네. 확 씨."

"저, 전화 왔었어요."

전화가 왔겠지. 전화가 와서 중국집에서 만났겠지. 두 군데 모두 가지 말라고 했다. 강도영도 아는 조직들이었다. 조직이라고 할 것도 없는, 그들이 약속했다는 돈 따위 줄 생각도 줄 수도 없는 조직이었다. 자기들 입에 풀칠하기도 바쁜. 다른 조직은 없냐고 물었다. 없다고 했다. 정말 없냐고 다시 물었다. 정말 없다고 했다. 순희는 너희들이랑 수준이 다르니까, 다른 조직에서 접촉, 하지 않았을까? 달리 물었다. 하지만 답은 같았다. 절대 그런 일은 없다고 했다. 순희는 언제나 같이 행동하고, 모든 정보를 공유한다고 했다. 순희는 적어도 겉으로는, 의리 있어 보이긴 했다.

"근데 오늘은 없네?"

아이들은 당황했다. 순희가 어디 갔는지 쉽게 말하지 않았다. 이미 혼자 다른 조직으로 튄 거 아니냐, 니들은 그것도 모르냐, 여러 번 흔들었더니 절대 말하지 말라고 했다며 입을 열었다. 역시나 박정규였다. 순희는 집에서 곰탕을 배운단다. 아버지에게. 있을 수 없는 일이었다. 이순희가, 그 이순희가 곰탕을 배운다니. 요즘 시대에 취업이라는 것이 이렇게 절절한 것이었나! 이순희가 그 싫다던 곰탕을 배울 만큼? 강도영은 정말 놀라웠다. 근데, 왜 절대 말하지 말래? 뭔 나쁜 일이라고. 쪽팔려서 그렇다고 했다. 아들이 장성해서 아버지의 일을 물려받는 게 뭔 쪽팔리는 일이냐고 윽박지를까 하다가, 말았다. 충분히 그럴 만한 일이었다. 더 말할 거 없냐 물었다. 나중에 알아 깨지지 말고 아는 것들 다 말하라고 겁을 줬다. 여자친구가 생겼다고 했다. 늘 있던 애들이랑은 좀 다르다고. 유강희라 했다. 어차피 시간 지나면 같아질 거니까 상관없고. 또?

"아, 집에 머슴이 생겼어요!"

이번엔 다른 아이가 말했다. 머슴이라는 말이 입 밖에 나오자마자 저희들끼리 웃느라 정신을 못 차렸다. 그 머슴이 순희 머리채도 잡았다고 했다. 순희네 가게에서 일하는 남자라고 했다. 이름은 모르고, 그냥 40대인 것만 안다고. 이종인 사장, 일할 사람이 갑자기 둘이나 생겼네, 강도영은 그런 생각을 했다. 진즉에 그렇게 나눠서 해야 할 일이었다. 강도영은 제각각 오토바이에 올라 멀어지는 놈들에게, 운전 조심하라는 덕담까지 했다. 저렇게 각각 탈 게 아니라, 세 대에 둘씩 타고 나머지 세 대는 중고로 팔면, 그 돈으로 뭐든 시작할 수 있지 않으려나, 잠깐 그런 생각을 했다. 그리고 이런 생각도 했다. 이순희의 주변에 새로운 인물이 나타나기는 했구나, 하고. 조만간 다시 곰탕을 먹으러 가야겠구나, 하고.

21

 아이들 사이에서는 이미 명소였다. 동네에 없던 놀이터를 대신했다. 어른들도 신기하기는 했다. 그 모양이 신기할 건 없었지만 누가 재개발을 앞둔 산꼭대기의 외진 동네에 이렇게까지 신경을 써서 구조물을 만들어놓았는지, 어른들은 그게 신기했다. 아무도 신경 쓰지 않는 동네였다. 동네에 구멍 몇 개 났다고 달라질 건 하나도 없었다. 그나마 지낼 만한 집도 얼마 남지 않았고 그 집 안에 사는 사람은 더 없었다.
 아이들은 주로 그 구멍을 통해서 대화를 주고받는 놀이를 했다. 그 구멍을 통한 말은 멀리멀리 어디든 퍼져나갈 것만 같아서 주로 소원이나 꿈 같은, 바라긴 하지만 현실에서 이루어지지 않을 것들에 대해서 얘기했다. 아이들의 얼굴이 반 정도 들어갈 만한 구멍들은 누가 컴퍼스를 대고 그린 것처럼 정확한 원이었고 끊임없이 이어져 있었다. 앞집 담에 난 구멍은 뒷집 담으로 이어졌고 한참 안 보이는 것 같았지만 친구 집 담에 다시 나타났다. 아이들이 각자 구멍을 하나씩 잡고 서서 그 안으로 얼굴을 집어넣으면, 가까이 있든 멀리 있든 서로의 얼굴을 볼 수 있었다. 구멍은 일직선으로 끝없이 이어지다가 하늘 가까이에서 사라졌다.

22

 오늘은 화요일이다. 화요일은 쉬는 날이다. 매주 쉬는 건 아니었고, 한 달에 딱 한 번 쉬는 마지막 주 화요일이었다. 그 귀한 화요일을 이리 쓰기로 한 걸 보면, 종인도 엄청 싫은 게 맞았다. 종인도 귀한 아들 순희가 아무나인 유강희와 사귀는 게 싫었던 거다. 그렇지만 굳이 여기까지 오는 건 좀 아니지 않나? 이 장소를 정한 건 종인이었다. 이런 곳에서 이야기를 하면 곡해하지 않고 잘 알아들을 거라는 게, 종인의 의견이고 확신이었다.
 그러니까 여기는 목욕탕이었는데, 좀더 정확히는, 남자와 여자가 오해 없이 만날 수 있는 매표소 앞이었다. 여기로 누굴 부르는 종인도 희한한데, 더 희한하게 유강희가 진짜로 왔다. 뽕카 소리는 안 났지만 뽕카 타고 다니는 그 모습 그대로. 그러니까, 가끔 아줌마나 아저씨 혹은 가족 단위가 오가는, 오래 서 있기는 참으로 민망한, 나눌 수 있는 대화 또한 제한적일 수밖에 없는 목욕탕 매표소 앞에서, 남친의 아버지인 종인과 아들의 여친인 유강희가 만났다. 종인은 그 아무나인, 게다가 독한 년이기도 한 유강희를 처음 보고 한동안 말이 없었다. 우환은 종인이 많이 긴장하고 있다는 걸 알았다. 종인은 결국 이렇게 말했다.

"깨끗하게 씻고 나와라."

종인은 이어 미리 끊어놓은 성인 여성 입장권 한 장과 세심하게 일회용 샴푸와 린스까지 강희에게 건넸다. 그러고는 멋있게, 목욕탕 매표소 앞에서 만난 사람 중에는 가장 멋있게 뒤돌아서서 남탕이 있는 3층으로 올라갔다. 도대체 종인은 무슨 영화를 본 걸까. 어떤 드라마를 오해한 걸까. 그리고 이 아이는 뭔가. 당연히 수업 시간일 오후 2시에 남자친구 아버지가 부른다고 목욕탕 매표소로 나오는 유강희는 뭔가. 유강희는 우환을 머슴 보듯 잠깐 보더니 매표소 옆에 달린 문을 열고 곧장 여탕으로 들어갔다. 어쩐지, 깨끗하게 씻고 나올 것 같다. 어찌된 일인지, 우환은 유강희와 이종인이 며느리와 시아버지 사이라면 잘 어울리겠다는 생각을 했다.

탕으로 들어가보니 종인이 물세례를 받고 있었다. 어, 어어이 어이, 어어어이, 하는 이상한 소리를 내며, 폭포수라 해도 믿을 만한 물줄기 아래에서 물줄기에 지지 않으려고 몸을 뒤뚱거리며 서 있었다. 속내가 있는 자의 모습이 아니다. 그냥 휴일 날 목욕탕에 온, 40대 후반치고는 늙은 남자다. 그러게, 나이보다 늙었다는 생각이 우환은 처음 들었다. 티 나지 않게 속으로만 삼킨 것들은 처진 살로 다 드러나 있었다.

종인은 혼자 때를 밀었다. 팔을 밀고 허벅지를 밀었다. 엉덩이를 밀 때는 고개를 자꾸 뒤로 젖혔다. 그러면서 옆에 앉은 우환과 자꾸 눈이 맞았다. 그때마다 우환의 눈은 종인의 좁은 등에 가 있었다. 말도 안 되는 거지만, 만에 하나, 이름만 같은 게 아니라, 정말 이순희가 내 아버지인 이순희고, 유강희가 내 어머니인 유강희가 맞는다면, 이 남자는 내 할아버지가 되는 거다. 우환은 그런 생각을 잠깐 한다.

할아버지의 이름은 뭔지 몰랐다. 하지만 이종인, 이라는 이름이 맞는지 굳이 확인하지 않아도 된다. 이 사람의 이름이 무엇이든, 이 남자는 이순희의 아버지이기 때문에 나의 할아버지가 된다. 이 남자가 싫고 좋고 상관없다. 그냥, 아버지의 아버지이기 때문에 나에게 할아버지가 된다. 가족이란 그런 거였다. 이유 없이 정해지는 것들이 너무 많았다.

결국 우환은 종인의 등을 밀고 있다. 왜 굳이 2019년의 남탕을 와서 또래 남자의 등을 밀고 있는지 따져보지 않았다. 우환의 등에도 땀이 난다.

등을 밀고 났더니 더 어색해졌다. 그게 원래 목욕탕의 공기이기도 했다. 남탕을 나온 남자와 여탕을 나온 여자가 서로를 봤을 때, 혹은 처음 탕을 같이 들어간 동성들끼리도 탕을 나와 마주서면 그런 공기가 감돌았다. 그 어색한 상태로 우환과 종인은 매표소 앞에서 30분을 더 기다렸다. 쌍년에 독한 년이라고 생각하는 애를, 귀한 아들을 넘보는 아무나인 여학생을 그렇게 간절히 기다리게 될 줄 몰랐다. 유강희가 드디어 나왔다.

희한한 일이다. 목욕을 하고 나니 강희도 더 어색해졌다. 서로 당당하고 깐깐한 사이였는데. 강희는 어딘가 달라져 있었다. 깨끗하게 씻어서 그런가. 강희는 수더분한 여느 여고생처럼 보였다. 우환은 말갛게 변한 소녀의 얼굴을 제대로 쳐다보지 못했다. 셋은 한동안 말이 없었다. 한참이 지나고 나서야 종인이 입을 열었다.

"순희가 어릴 적에는 내가 목욕탕에 데리고 다니면서 때를 밀었다. 나이가 들어가 이제 내랑은 목욕탕을 같이 오진 않지만. 그렇다고 내 역할이 달라지는 건 아니다. 아들 몸에 때가 묻었으마, 떼야 안 되겠나. ……깔끔하이 내 아들이랑 헤어져라. 니가 타고 다니는 그 뿡칸지 뭔지도 곧 없앨 끼다."

아무도 예상 못 했다. 함께 이 일을 도모하고 있는 우환도 예상 못 한 순간이었다. 아버지는 독했다. 종인은 처음 인사한 여고생을 탕에서 벗겨낸 묵은 때마냥 버려두고 자리를 떠났다. 난처한 우환도 곧 자리를 피했다. 남겨진 강희가 어떤 얼굴을 하고 있는지 제대로 보지도 못했다. 우환은 몸은 아주 개운하고 맘은 아주 찝찝한 상태로 가게로 돌아왔다.

강희에게 그런 민얼굴이 있을지 몰랐다. 우환은 강희의 그 얼굴이 자꾸 생각났다. 마음에 걸렸다. 왜 이러는지. 왜 굳이 그 둘을 못살게 구는지. 왜 말도 안 되는 이유들로 남의 인생에 끼어들려고 하는지. 자신을 버린 부모를 뒤늦게 만난 늙은 아들의 투정이고 트집이라는 걸 우환은 몰랐다. 아니, 우환은 잘 알았다. 우환은 남의 인생이 아니라고 생각하는 것이었다. 우환은 마음 한곳에서 순희와 강희가 부모라고 믿고 있었다. 이미 믿기 시작한 건지, 믿고 싶은 건지, 믿기 싫어선지 모르겠지만, 어쨌든 그들을 미워하고 보는 게 속 편했다. 좋아하기에는, 우환이 먼저 마음을 열기에는 닫아둔 것들이 너무 많았다.

그리고 더 깊숙하게는, 기회라고 생각하고 있었다. 고아원에서의 18년을, 좁은 주방에서의 나머지 인생을 지울 수 있는 기회. 저 철없는 아이들의 순간의 감정들 때문에 한 인간이 40년 이상을 고통받을 필요는 없으니까. 아니 고통인지 뭔지도 모르고 꾸역꾸역 살 필요는 없으니까. 저 두 사람만 헤어진다면, 그 헤어짐이, 몇 년만 지나면 두 사람 인생에서는 기억도 안 나겠지만, 그렇게만 된다면, 우환은 이 세상에 굳이 태어나지 않아도 되고, 40년이 넘도록 굳이 살아내야 할 필요도 없을 거였다. 분명, 좋은 기회였다.

봉수가 옆에 있었다면, '그렇게까지 생각할 필요는 없잖아?'라고 말해주었겠지만, 목숨을 걸어야 하는 이 여행은 우환이 하고 있고, 봉수는 떠나지도 않았다. 같은 일을 하고 있지만, 비슷한 인생 같지만 봉수는 사랑하는 사람이 있고, 그 사람과 함께 꿈꾸는 인생이 있었다. 그래서 봉수는 우환보다 늦게 주방 보조를 시작했지만, 주방장이 여행을 권한 사람은 우환이 된 것이다. 희망이 눈에 띄는 것처럼 절망도 그렇다. 누구나 우환을 보면 그 여행을 권했을 것이다. '죽어도, 괜찮은 거잖아? 굳이 살고 싶은 마음, 없는 거잖아?'라고 묻는 것과 같은 의미로.

하지만 순희는 아버지가 아니고, 강희도 어머니가 아니며, 종인은 그래서 할아버지가 아닐 수도 있다. 모든 것이 우환의 착각인지도 몰랐다. 그렇다면 우환이 그들의 인생에 끼어들 이유는 없었다. 방해할 이유는 더 없었다. 그래서도 안 되었다. 하지만 두 사람이 부모가 맞는다면? 우환은 꼭 갈라놓고 싶었다. 다시는 없을 이 기회를 우환은 놓치고 싶지 않았다. 돌이켜보기 싫은 과거는 지나왔으니 앞으로 잘 살아보렴. 이런 말을 우환은 믿지 않았다. 살아가면 갈수록 돌이켜보기 싫은 과거만 쌓이는 거다. 그러다 어느 순간 처음부터 노인인 삶을 살고 싶지 않다. 추억이 없는 노인은 말을 잃은 사람과 같다. 들려줄 이야기가 없는 긴 세월이었다. 우환은 그런 삶을 어서 끝내고 싶었다.

어느 쪽이든, 먼저 그 두 사람이 부모가 맞는지 아닌지 확실히 알아야 했다.

23

 오후가 되어서야 서유헌은 병원을 나서게 됐다. 전화를 받고도 진료 스케줄을 다 소화했다. 환자 앞에서 서유헌은 늘 침착했다. 의사가 환자를 잘 아는 것 같지만 사실 환자들이 의사를 더 잘 알았다. 환자들은 청진기 없이도 의사의 숨소리까지 들여다본다. 조금만, 아주 조금만 감정의 동요를 보여도 환자들은 불안해하고 그래서 불신했다. 오늘은 그 침착함을 유지하느라 힘이 들었다. 탁성진에게 전화를 해서 함께 갈까 하다가 그러지 않기로 했다. 일단, 본인이 먼저 들어볼 필요가 있었다. 어떤 이야기가 나올지 가슴이 뛸 정도로 궁금했다. 오전에 물리학 박사이자 친구인 송성식에게 전화가 왔었다. 칩에 대한 분석이, 그들이 할 수 있는 모든 분석은 끝났다고. 알아낸 게 많지만, 정확히 뭘 알아낸 건지 정의를 내리려면, 약간의 상상력이 필요할 것 같다고.

 죽은 남자의 머릿속에 들어 있던 칩은 아주 작은 여러 개의 또 다른 칩들로 이루어졌고, 그 작은 칩들의 기능은 제각각이다. 메인이 되는 칩들을 통해 세 파트로 나눌 수 있는데, 그중 한 파트는 뇌 속의 기억에서부터 웹에 이르기까지 접근할 수 있는 모든 정보를 통해 뇌가 떠올리는 공간 이미지와 가장 일치하는 장소를 찾는 역할을 한다. 그러니까, 원래 알던 곳을 떠올린다면 뇌가 간직하고 있는 기억 속에서 쉽게 찾아낼 수 있고, 알던 곳이 아닐 경우, 뇌의 주인이 어떤 식으로든 정보가 될 수 있는 것들을 최대한 정의 내리면, 이 칩이 그 정보들을 취합해서 주인이 생각하는 공간과 가장 흡사한 곳을 찾아낸다는 것이다.

"그렇게 찾아서 눈앞에 보여주면, 그게 현실적으로 어떤 도움을 주는 거지? 그게, 그러니까, 어떤 도움이 되는 거지?"

뇌 전문의 서유헌이 물었다. 물리학자 송성식은 잠깐 망설였다. 남은 두 파트 중, 한 파트가 그 도움을 받아 뭔가 다른 걸 가능케 하는 것 같다고 말했다. 기능을 알 수 없는 많은 칩들 중에 그 기능을 확실히 아는 칩이 하나 있었는데, 그건 분명히 'LBL', 층별 스캔을 담당하는 거라고 했다.

"최근에, 불과 몇 달 전에, 3D 프린터로 아주 가까운 거리의 물체를, 뭐라고 표현해야 할까, 순간이동시키는 데 성공했어. 물론, 몇 미터도 안 되는 아주 가까운 거리."

송성식의 말에 서유헌은 적잖이 놀랐다. 하지만 이 말을 송성식이 왜 꺼내는지 알 것 같아 서유헌은 벌써부터 미간에 주름이 생기기 시작했다.

"3D 프린터가 먼저 물체를 카메라로 LBL, 레이어 바이 레이어, 층별로 스캔을 하는 거지. 그리고 그걸 부호화해서 또 다른 3D 프린터에 전송하면, 실시간으로 동일한 물체를 재조립하는 게 가능해져. 물론 이건 아주 최근 일이고, 사람이 아니라 사물에 한해서지. 그러니까, 머릿속 칩이 층별 스캔을 한다고 해서, 그걸로 뭘 할 수 있을지 정확히는 모르겠어. 그 외에도 우리가 알아내지 못한 칩이 몇 개 더 있었고. 그게 나는 현재의 기술로서는 누가 만들었는지, 만들어낼 수는 있는 건지, 그 또한 모르겠네."

"무슨 생각을 하는 거야?"

"글쎄, 사람이 생각하는 거 자체가 뇌에게는 정보야. 그 정보를,"

"뭘 가능하게 한다는 건데? 말을 좀 해봐."

"상상력을 보태면 말이지, 내가 그런 걸 좋아하잖아."

송성식은 농담을 하려는 듯 싱긋 웃기까지 했지만, 서유헌은 그럴 기분이 아니었다.

"그냥 상상이네만, 원자 단위의 순간이동은 이미 구현된 상태고, 이런 식이면 분자 단위도 시간문제일 거고, 굳이 뇌가, 상상하는 공간을 찾아내는 기능을 탑재한 뇌라면,"

서유헌은 손을 들어 송성식의 말을 잘랐다. 무슨 말인지 이미 충분히 알 것 같았다. 생각을 좀 정리할 필요가 있었다. 서유헌이 반문했다.

"하지만, 사람을 스캔해낸다고 해도, 그 정보를 누군가 어디선가, 아니 사람이 아니더라도 뭐든, 뭔가가, 받아내지 않으면 무슨 소용이야?"

송성식은 다시 빙긋 웃었다. 그리고 답했다.

"그런 생각 안 들어? 사람을 산 채로 스캔해내는 칩을 머리에 심을 수 있는 사람들이, 인공위성 하나 안 띄워놨을까, 하는. 이미 개인이 인공위성을 만드는 시대야. 지금 저 위에 인공위성이 몇 개나 있는지 알아? 수명이 다한 걸 뺀다고 해도 수천 개가 넘어. 그중의 하나가 저 칩이 보내는 정보를 수집하고 있을지, 누가 알아?"

송성식은 하늘을 손가락으로 가리켰다. 서유헌은 친구로 지낸 지가 30년이 넘었지만 왜 송성식이 이렇게 신이 났는지 알 수 없었다. 그리고 문득, 탁성진은 이미 이 사실을 알고 있을 것만 같았다. 절대 그럴 리 없겠지만, 그래도 그라면 이미 예상하고 있을 것만 같았다. 서유헌은 마지막으로 물었다. 자신도 모르는 사이 예민해져 있었다.

"그럼 마지막, 칩의 세 번째 파트는? 그건 뭐 하는 데 쓰는 거야?"

"세 번째 파트는, 나머지 두 파트와 별개의 기능이 있어, 아는 건 그게 전부야. 그건 독립된 기능이 있고, 무슨 기능을 하는지 나는 죽어도 모른다. 그게 알게 된 전부야."

*

점심때가 한참 지났는데 종소리가 울렸다. 우환은 몸을 일으켰다. 문을 열고 나갔다. 종인 형님은 나와 보지도 않았다. 우환이 손님을 맞았다. 물을 떠서 주고, 주문을 받았다. 40대는 되어 보이기도 했고, 더 어려 보이기도 하는 남자였다. 그릇에 사태와 양지머리를 썰어 양과 함께 넣었다. 솥을 열고 국물을 떠서 그릇에 담았다. 손님이 더 오지는 않았지만, 손님이 있는데 방으로 들어갈 수도 없고, 우환은 카운터에 앉았다. 티브이를 틀까 하다가 신문을 펼쳤다. 신문을 보면서 남자를 살폈다. 딱히 눈에 띄는 인상이어서가 아니라 그냥 식당에 둘밖에 없었고 둘 중의 하나는 집중할 곰탕이라도 있었지만, 우환은 그렇지 못했기 때문에 남자를 가끔씩 봤다. 심심한 사람이었다. 하긴, 곰탕 먹는 모습이 재미있기도 힘들지 뭘. 한데, 자꾸 남자에게 눈이 갔다. 심심한 사람인데도 시선을 끄는 게 있었다. 뭘까. 우환은 잠깐 생각했다. 그리고 알아냈다. 행동 때문이었다. 남자는 국을 뜨고 밥을 먹는 동안, 혹은 밥을 국에 말아 입에 넣는 동안 귀 뒤쪽을 긁고 있었다. 또는 목 뒤쪽을 긁었다.

남자는 귀 뒤쪽을 그리고 또 목 뒤쪽을 여러 번 긁었다.

식사를 마친 남자가 우환에게 다가왔다. 값을 이미 알고 있었다. 우환이 알려주기도 전에 돈을 건넸다. 잔돈을 건넬 일도 없었다. 하지만 남자는 우환 앞에서 잠깐 머물렀다. 우환을 한동안 보다가 가게를 둘러보고 다시 우환을 봤다. 그리고 말을 걸었다.

"지낼 만합니까?"

"……?"

"생각 바뀌시면, 언제든 찾아오세요."

남자가 사라진 자리에 명함이 놓여 있었다. 우환은 명함을 집었다. 이름을 확인했다.

*

전화벨이 울렸다. 다급한 목소리였지만 처음엔 누군지 몰랐다. 최성원 형사였다. 정보실이라고 했다. 그 말을 듣자마자 양창근은 전화를 끊고 일어났다. 같은 서에 있으면서 건방지게 전화로 사람 오라 가라 하고 지랄이냐, 같은 소리는 하지도 않았다. 양창근은 강도영처럼 몰상식하지 않았다. 왜 전화를 했는지 알 것 같았다. 양창근과 강도영은 정보실로 들어섰다. 최성원은 며칠 전 양창근이 정보실을 나올 때 모습 그대로 시시티브이 영상 앞에 앉아 있었다. 최성원이 앉은 자리 주변으로 사발면이며 빵부스러기, 먹은 흔적들이 지저분하게 널려 있었지만 그는 정작 며칠 사이 마른 것 같았다. 퀭한 눈으로 한 장면을 반복해서 보고 있었다. 양창근이 옆으로 와서 앉았다.

"찾았어요."

그 말과 함께 최성원이 화면을 재생했다. 그 사내가 있었다. 허리춤의 살덩이도 그대로 있었다. 살아 있었다. 시내 한복판이 아닌 건 분명했고, 어딘가 주택가 같기도 하고 상가들이 보이기도 했다. 사내는 도망치는 중인 듯 뒤를, 자꾸 돌아보며 달리고 있었다. 그러다가 마치 거울에 빛이 반사되듯 반짝거림이 보이는 듯하더니 시시티브이 영상에서 갑자기 사라졌다. 모두 놀랐다. 강도영이 멍한 얼굴로 말했다.

"빛과 함께 사라지다 이런 거가, 뭐고?"

양창근이 물었다.

"상처는?"

"빛입니다. 잘 보시면요."

최성원이 사라지는 화면을 느린 속도로 재생했다. 그리고 빛이 나는 순간에 멈췄다. 빛은 사내의 허리에서 났다. 더 정확히는, 허리에서 빛이 시작된 게 아니라 빛이 허리를 지나가는 것 같았다. 빛은 흩어지지 않았다. 직선이었다. 직선의 빛이 사내의 허리를 지나갔다. 동시에 허리춤이 녹아 없어졌다. 또한 거의 동시에 사내는 서서히 그러나 순식간에 사라졌다. 빛이 모인 열. 레이저가 맞았다. 탁성진의 말을 믿지 않은 건 아니었다. 하지만 막상 두 눈으로 보는 건 전혀 다른 것이었다. 양창근과 강도영은 둘 다 말을 잃었다. 최성원이 생각 없이 입을 열었다. 생각을 하기엔 너무 오래 못 잤다.

"이거 뭐, 레이저는 아닐 거고. 이거 뭘까요? 엄청 큰 돋보기로 옥상에서 따아악, 했나?"

"시간은?"

양창근이 물었다. 최성원이 교실 영상을 다시 틀었다. 아이들이 싸우는 사이 사내의 발이 나타나는 모습. 사내가 사라지는 영상에 적힌 시간과 교실에 나타나는 영상에 적힌 시간을 최성원이 비교했다.

"2춥니다. 2초."

"2초요? 2초요? 뭐, 뭐야 그럼? 이, 이거 뭐, 그거 뭐야, 뭐야, 수, 순간이동이야?"

강도영이 흥분해서 말했다. 셋은 사내가 사라지는 모습과 나타나는 모습을 이어서 봤다. 여러 번 확인하고 또 확인했다. 정확히는 1.5초였다. 사내는 사라지기 직전 빛이 나는 어떤 무기로 허리에 치명상을 입고 그 상태로 교실에 나타났다. 순간이동. 양창근 역시 설명할 말이 그 단어밖에 없었다. 죽은 사내의 머릿속에 든 칩이 어떻게 만들어졌는지는 모르겠지만, 뭘 가능하게 하는지는 알 것 같았다. 레이저 총과 순간이동. 사건이 점점 윤곽을 드러내고 있었다. 하지만 그럴수록, 그들이 맞서야 할 상대는 짐작도 가지 않았다.

세 형사의 눈앞에 한 영상이 계속 반복되고 있다. 한 사내가 뒤에서 누군가가 따라오는 듯 자꾸 돌아본다. 도망친다. 빛과 함께 사라진다.

24

 퇴근 시간을 두어 시간 앞둔 8차선 도로. 차들이 속도를 내며 오가는 대로 한복판에 갑자기 한 남자가 나타난다. 차가 급정거를 시도한다. 남자는 자신이 나타난 곳을 잠깐 둘러본다. 뭔가, 당황스러워하는 얼굴이다.
 급정거에는 한계가 있다. 결국 차가 남자를 덮친다. 하지만 그 순간, 남자는 다시 사라진다. 차는 한참을 더 가서 멈춘다. 운전자가 처박고 있던 고개를 든다. 주변을 살핀다. 잘못 본 걸까. 방금 본 건 무엇인가. 그 남자는 누군가? 사람은 맞나? 운전자는 물론 그곳의 누구도, 잠깐 나타났다 사라진 남자의 얼굴을 알거나 기억하지 못한다.
 하지만 이우환이 그 자리에 있었다면 그 남자를 알아봤을 것이다.
 김화영이었다.

25

 후미진 골목에 사람이 나타난다. 나타난 사람은 다시 사라지지 않는다. 얼굴을 볼 수 있다. 김화영이다. 자세히 보면 발부터 발목, 종아리, 층층이 순서대로 나타나 마지막에야 그 몸뚱이에 얼굴이 붙는다. 하지만 그 모든 게 1초 안에 일어나는 일이라 자세히 본다 해도 알아차리기 힘들 터였고, 그 후미진 골목엔 볼 사람 자체가 없었다. 그래서 화영은 늘 이곳을 선택했다.
 사실, 골목도 아니다. 집과 집 사이, 담과 담 사이의 좁은 공간이었다. 몸 하나가 겨우, 그것도 옆으로 비껴서야 들어갈 수 있는. 그래서 항상 화영은 낀 채로 나타나야 했다. 옆으로 몸을 튼 후에 담과 담 사이를 빠져나왔다. 보는 사람은 아무도 없었다.

 순간이동이 가능할 거라 했다. 그들이 그렇게 말했다. 화영은 생각하는 곳으로 이동할 수 있었다. 생각이 구체적일수록 정확한 곳으로 이동했다. 쉽게 말해, 실제로 가본 곳으로는 이동이 자유로웠지만 그렇지 않은 곳은 어디로 가는지 정확히 알 수가 없었다. 며칠 전에는 빌딩 난간 위에서 나타나 떨어질 뻔했었다. 방금 전은 차들이 다니는 대로에 나타나 또한 죽을 뻔했다. 큰 대로만 떠올렸지 차들은 생각 못했던 거다. 정확한 곳으로 이동할 수 없다면, 순간이동이 꼭 도움만 되는 것 같지는 않았다.

낯선 도시는 거대했다. 그 도시를 통째로 머릿속에 넣으려는 사람에게는 더 그랬다. 화영은 걸었다. 걷고 또 걸었다. 일어나자마자 걷기 시작했고, 밥때가 되면 눈에 보이는 식당에 들어가 대충 먹었고, 걸었다. 걷기만 했다. 걸어서 기억에 남겼다. 한 번 눈에 담은 공간은 뇌가 기억했다. 화영이 정확히 떠올리지 않아도 뇌는 눈이 본 것을 기억했고 화영이 생각하는 곳으로 안내했다. 더 이상 걷기 힘들어지면 한적한 곳을 찾아들어가 주변을 살피고 집과 가장 가까운, 그 벽과 벽 사이를 떠올렸다. 다음 날 아침이 되면, 마지막 걸었던 곳에서 가장 가까운 후미진 곳을 생각했다. 화영은 거기서부터 또 걸었다. 그렇게 걷고 걸어서 부산을 이해해나가기 시작했다. 걷는 동안 수많은 사람들을 만났지만 화영은 사람보다 길에 관심을 가졌다. 화영은 할 일이 있었다. 꼭 해야만 하는 일이었다.

사람을 죽이는 게 업은 아니었다. 하지만, 화영은 아랫동네에 살았다. 돈이 되는 건 뭐든 해야 했다. 그중 하나가 이 일이었다.

화영은 여행사 직원이라는 사람을 따라 아랫동네치고는 제법 바다에서 먼 곳에 있는 한 사무실로 갔다. 화영을 데려온 사람은 사라지고 또 다른 남자가 나타났다. 남자는 말했다. 이곳은 평범한 여행사가 아니다, 시간을 여행하는 곳이다, 라고.

  화영도 들은 기억이 있다. 화영 같은 사람은 누구나 들어봤을 것이다. 배운 것도 가진 것도 없는데, 그런데도 자꾸 돈이 필요한, 그래서 뭐든 하는 사람들. 떠나면서 반이 더 죽고, 돌아오면서 나머지의 반이 또 죽는다 했다. 화영은 아직 목숨을 걸고 싶진 않았다. 남자는 화영의 속내를 들여다보고 있었던 듯, 아주 작은 사각형 칩을 내밀었다. 머릿속에 넣는 것이라고 했다. 이것만 있으면 죽을 확률이 훨씬 줄어든다고, 적어도 이동 중에 죽을 일은 없을 거라고 했다. 이 칩이, 시간 여행 중에 많은 사람들을 죽게 만드는 뇌압을 낮춰준다고 했다. 게다가 이 칩을 머릿속에 넣으면, 순간이동이 가능해진다고 했다. 그럴 일이 없으면 좋겠지만, 이곳저곳 급하게 다닐 일이 생길 수도 있다고 했다.

  일은 간단했다. 여행자들의 신변을 보호하는 거였다. 여행자들을 지켜보고 있다가 빠짐없이 돌아오게만 하면 되는 거였다. 그 간단한 일을 위해, 여행사가 큰돈을 들여 화영을 고용하고 싶다고 했다. 고용이라는 말을 화영은 처음 들었다. 보호라는 말도 낯설었다.

  남자는 정작 화영이 관리하고 보호해서 돌려보내야 한다는 여행자들에 대해서는 어떠한 정보도 알려주지 않았다. 여행자들이 왜 목숨을 걸고 시간 여행을 하는지는 알려줄 수 없다고 했다. 그건 절대적인 비밀이라고. 그 비밀이 지켜지지 않으면 시간 여행이 불가능해질 수도 있다고. 만약 옆자리에 함께 탄 사람이 어릴 때의 자신을 죽이러 가는 길이라는 걸 알게 된다면? 배에 오르기도 전에 칼부림부터 날 게 뻔했다. 그러니 알아야 할 것은 그저, 함께 배에 오를 때의 얼굴, 그게 다였다.

남자는 위안이 되는 말도 했다. 탈 때는 매번 열셋 꽉 채워서 가지만, 내릴 때 보면 어차피 몇 사람 없을 거라고. 살아서 배에서 내리는 사람은 몇 안 될 거라고. 그 얼굴들을 눈여겨보라고. 그래서 돌아가는 배가 있을 때마다 그 배에 오르는 사람들 중에 그 얼굴이 있는지만 확인하면 된다고. 내릴 때 본 얼굴들이 돌아가는 배에 모두 올랐을 때, 화영도 그 배에 올라 돌아오면 된다고.

하지만, 회사에 고용이 되어 타인을 보호하는 일을 이렇게 은밀하게, 게다가 자기 같은 사람에게 맡길 것 같진 않았다. 그것뿐이냐, 화영은 물었다. 남자는 좀더 다정하게 보다 별일 아닌 듯 말을 이었다. 그것은, 만약에 일어날 수도 있는, 어쩌다 생기는 상황들에 대한 것이었다. 그리고 그때 화영이 해야 하는 일들에 대한 것이었다.

모든 일들은 꼭 해야만 하는 일이었다. 만약에 어쩌다 생기는 상황에서 화영이 반드시 해야 하는 몇 가지 일들 중에는, 사람을 죽이는 일도 포함되어 있었다. 남자가 준비한 돈을 보여줬다. 적지 않은 돈이었다. 다녀오면 이만큼 더 주겠다고 했다. 대부분의 시간 여행자들이 그렇게 돈을 받는다고.

집으로 돌아와 화영은 생각했다. 적은 돈이 아니었지만 고민이 생기는 액수였다. 우선 목숨을 걸어야 했고, 어쩌면, 여러 사람을 죽여야 할지도 몰랐다. 하지만, 화영에겐 병든 어머니와 두 살 아래 자신과 똑 닮은 여동생이 있었다. 그 돈이면, 살아 돌아와 나머지 돈까지 받는다면, 세 가족이 몇 년은 걱정 없이 살 수 있었다. 안이하게 보낼 수 있는 몇 년. 내일을 걱정하지 않아도 되는 오늘로 채워진 몇 년. 그러나 망설여졌다. 화영은 이제 열아홉이었다.

화영은 잠든 어머니와 여동생을 봤다. 돈이 필요했다. 주머니에서 칩을 꺼내서 봤다. 그 칩이 이동 중에 죽을 일은 없게 할 것이었다. 그럼에도 화영은 망설였다.

그때, 누군가가 찾아왔다. 화영은 작고 좁은 집의 유일한 문을 열었다.

문 앞에 늙은 남자가 있었다.

늙은이는 주름이 많았다. 노인인 것을 감안하고도 주름이 지나쳐 보였다. 그 모두가 세월이 남긴 것이라면 가혹했다. 주름 때문에 얼굴 전체가 일그러져 보였다. 늙은이는 자신의 집으로 가서 이야기를 나눠도 되겠냐고 물었다. 머뭇거리는 화영에게 늙은이는 돈을 건넸다. 의심을 짓누르는 큰돈이었다. 화영은 돈을 받았다. 돈을 방 안쪽에 두고 등 뒤로 유일한 문을 닫았다.

늙은이가 앞섰다. 화영은 뒤따랐다. 화영은 늙은이가 머리 뒤쪽에 둔탁한 상처를 가지고 있다는 걸 알 수 있었다. 늙은이의 집은 꽤 멀었지만 걸었다. 도착하기 전까지는 멀지 몰랐기 때문에 무작정 따라 걸었다.

 늙은이가 문을 열었다. 집은 출입문 말고도 문이 많았다. 문마다 그 뒤로 공간이 있다고 생각하면 넓은 집이었다. 걸을 때마다 복도 끝에 문들이 나타났지만 화영은 좀처럼 이 집의 구조를 알 수 없었다. 늙은이는 문을 몇 개나 더 열고 나서야 문 뒤에 있는 한 공간에 앉았다. 작은 테이블을 사이에 두고 늙은이와 마주앉아 몇 마디 나누었을 때, 화영은 이 집의 구조가 늙은이의 머릿속을 옮겨놓은 것 같다는 생각을 했다. 늙은이의 기억은 온전하지 못했다. 온전하지 못한 기억들은 모두 일그러져 있었다. 늙은이는 그날 화영에게 많은 이야기를 했다. 기억에 남아 있는 것들은 모두 들려주려는 것 같았다. 화영은 평소에 먹어보지 못한 음식들로 두 끼를 먹었다. 긴 시간이었다. 하지만 화영 또한 뇌가 어떻게 된 건지, 많은 것들이 기억나지 않았다.

 늙은이는 한 사람만 아니었으면, 문이 더 많은 집에 살 수 있었을 거라고 했다. 원래, 문이 많은 집을 좋아한다고 했다. 늘어서 있는 문들을 볼 때마다, 늙은이는 가능성에 대해서 생각했다. 그 문들 뒤에 숨은 하나하나의 공간들이 늙은이를 즐겁게 했다. 공간이, 그 공간을 채우는 무엇 혹은 누군가가 그를 들뜨게 했다. 그 문을 모두 닫히게 한, 그 공간들, 그 안의 모든 사람들을 사라지게 한, 그래서 가능성도 즐거움도 모두 빼앗아간 사람이 있다고 했다.

늙은이는 돌아갈 수 있다면 돌아가고 싶다고 했다. 조금만 더 젊었더라면 그랬을 거라고. 하지만 이 상처가 생긴 이후, 그날에 대한 기억이 없다고 했다. 그날 이전의 기억들도 부분밖에 남지 않았다고 했다. 며칠 전에 떠오른 하나의 기억이 몇 년 전에만 떠올랐어도, 늙은이는 자신이 직접 과거로 갔을 거라고 했다. 가서, 죽였을 거라고. 자신의 머리에 이 상처를 남긴 사람을. 자신의 인생을 망쳐버린 사람을. 하지만 그 사람의 얼굴이 떠오른 것도 아니었다. 나이, 성별 또한 몰랐다.

늙은이는 총 한 자루를 내밀었다. 이것으로 그 사람을 죽여달라고 말했다.

총은 작았다. 처음 보는 생김새였다. 총이라기보다는 의사들이 쓰는 도구 같았다. 주사기에 방아쇠를 붙여놓은 것 같았다. 은색이었다. 집어서 봤다. 빛에 따라서 반짝이기도 했다. 화영이 처음 보는 물건에 빠져 있는 동안, 늙은이가 기다리지 못하고 말을 이었다. 살아서 돌아오면, 머릿속에 그 칩을 심으면 살아서 돌아올 확률이 높을 거고, 그 칩 덕에 사람을 쫓기도 용이할 테니, 그 사람을 찾아 죽이고, 살아서 돌아오면, 받은 돈만큼 더 주겠다고. 화영은 문득, 그 칩에 대해 당신이 어떻게 아냐고 물었다. 노인은 답하지 않았다. 그저 죽여야 될 사람을 알려줬다.

"열둘을 죽인 사람을, 죽여주게."

자신이 그 사람에 대해 아는 전부는 그것뿐이라고 했다. 하지만 그 사람이 모든 문을 부수고 자신의 인생을 망친 건 분명하다고 했다. 늙은이가 들려줄 더 이상의 기억이 없다는 걸 알았을 때, 화영은 일어났다. 여러 개의 문을 열고 그 집을 나왔다.

이미, 수십 년을 살 수 있는 돈을 받았다. 늙은이가 말하는 그 한 사람을 찾아 죽이고, 살아서만 돌아온다면, 그만큼의 돈을 또 받는다. 평생 살 수 있는 돈이 된다. 여행사가 제시한 돈에는 어쩌면 여러 명의 인생이 걸려 있을 수도 있다. 화영은 여행사가 주는 돈을 벌기 위해 여럿을 죽여야 할지도 모른다. 하지만 늙은이가 원하는 사람은 단 한 사람이었다. 화영은 돌아오면서 인생의 값에 대해 생각했다. 그 값이 제각각이어도 되는지 알 수 없었다. 그 일을 안 할 이유가 없었다. 해낸다면 인생은 달라진다. 살아서만 돌아온다면 새로운 인생이 기다린다. 화영은 자신의 인생이 처음으로 무겁게 느껴졌다.

화영은 늙은이가 말한 사람의 얼굴을 몰랐다. 그건 늙은이도 마찬가지였으니까. 하지만 기억해야 할 얼굴 하나가 늘어난 건 분명했다. 화영은 주머니 속의 총을 쥐어보았다.

26

 시시티브이 영상이 교실에서 죽은 사내가 마지막으로 사라졌던 그 골목을 비추고 있다. 거기 한 사내가 나타난다. 시시티브이를 올려다본다. 눈에 익은 얼굴, 양창근이다. 양창근 형사도 이곳으로 이동했다. 순간이동은 아니고. 부산시 시시티브이 관제센터에 와서 확실한 위치를 여러 번 확인하고 이곳까지 오는데 한 시간이 더 걸렸다. 차가 안 막혔으면 조금 더 빠를 수 있었겠지만. 지하철을 탔더라면 조금 더 빠를 수도 있었겠지만. 이곳은 '영도'였다. 제대로 온 것이 맞나 해서 올려다봤다가 의외로 자신의 모습이 쉽게 비치기에 봤다. 저 몰골로 참 오래도 살았다. 양창근은 어쩐지 스스로가 측은하게 느껴진다. 괜히 뚫어져라 본다. 심란하기만 하다.
 시시티브이를 올려다보는 짓은 그만두고 주변을 둘러봤다. 양창근의 추측이 맞았다. 주택가이기도 했고, 상가이기도 했다. 사내가 그 정체불명의 무기에 허리를 맞고 말도 안 되게 사라진 곳, 그 위치에 정확히 서보았다. 다시 주변을 둘러보았다.

"……."

앞쪽으로, 사내가 도망쳐온 멀지 않은 곳에 아파트가 보였다. 경사진 언덕 위에, 한 동짜리의 아주 낡은 아파트.

양창근은 그 아파트를 향해 걸었다. 그 아파트로 가는 동안 양창근은 두 건의 싸움을 목격했다.

첫 싸움은 아파트로 향하기 직전이었다. 발을 옮기려는데, 소란이 들려왔다. 양창근은 돌아봤다. 사내가 도망치던 방향이었다. 거기, 사람들이 모여 있었다. 몇몇 집들이 밀집된 주택가였는데 주민들이 흥분해 있었고, 주민센터 직원으로 보이는 남자가 쩔쩔매고 있었다. 주민들이 흥분한 이유는 구멍 때문이었다. 주민들은 자신의 담벼락에 난 구멍을 용납하지 못했다. 그 구멍은 앞집 담을 뚫고 옆집 담을 뚫고 그다음 집 담까지 뚫고 멈췄다. 그 구멍으로 길고양이나 해롭고 더러운 것들이 들어오면 어쩔 거냐, 민원 넣은 지가 언젠데 아직 해결을 안 해주냐, 범인을 잡아야 한다, 주민센터 직원에게 항의를 하고 있었다. 양창근은 그 구멍을 알아봤다. 그가 본 건 벽이 아니라 사람 몸에 난 것이었다. 양창근도 주민센터 직원에게 말해두고 싶었다. 혹시 그 범인을 잡으면 알려달라고. 아마 같은 범인을 찾고 있는 것 같다고.

아파트 쪽에서 시작된 그 빛은 사내의 몸을 지나면서 반원을 남기고 주택가까지 이어져 세 개의 구멍을 더 낸 뒤 흩어진 모양이었다. 양창근은 이제 그 무기를, 그 무서운 빛의 존재를, 받아들여야 할 것 같았다.

 양창근은 이상하게 쳐다보는 주민들의 시선을 뒤로하고, 뭐 하시는 거냐는 주민센터 직원의 부름을 모른 체하고 구멍에 다가갔다. 구멍은 동그랬다. 구멍 앞에 앉았다. 들여다봤다. 일직선으로 맞은편 구멍이 보였다. 그 구멍까지 걸어갔다. 그 구멍에 앉아 봤다. 또 맞은편 구멍이 보였다. 마지막 구멍에 가서는 반대편을 바라봤다. 일직선으로 구멍들이 나 있고, 그 구멍 안에 건물 하나가 들어서 있었다. 그 아파트가 있었다.

 두 번째 싸움은 아파트에 다 이르러서였다. 작은 부동산 사무실 앞이었다. 손님으로 보이는 중년 여자와 중개인으로 보이는 남자가 있었다. 여자는 왜 사람을 차별하냐고, 사람 가려 받는 거 아니냐고 따지고 있었다. 다 같은 돈이고 손님이지 부동산 따위 하는 게 어떻게 사람을 무시할 수 있냐고, 화를 내고 있었다. 남자는 집이 없다고, 이 아파트는 원래 살던 분들이 쭉 살아서 거래가 거의 없다고 했다. 여자는 며칠 전에 자기가 분명히 이사하는 걸 봤다고 했다. 남자는 그럴 리가 없다고 했다. 최근 몇 년 사이 이 아파트는 거래가 아예 없었다고 했다. 여자는 짜증을 내고 또 화를 냈지만 중개인의 대답은 바뀌지 않았다. 남자는 침착했다. 담배가 돕고 있었다. 그리고, 담배를 들고 있는 왼손이 아닌 오른손은 목 쪽으로 올라간다.

 그 순간, 양창근은 그 오른손이 뭘 할지 알 것 같다. 양창근은 이 행동을 기억하고 있다.

남자의 오른손은 양창근의 기억대로 귀 뒤쪽을 긁는다. 귀 뒤쪽을 긁던 손이 목 뒤쪽으로 더 깊숙이 들어간다. 긁는다. 양창근은 남자의 얼굴을 본다. 흥분한 여자를 침착하게 바라보는, 마치 구경하듯 보고만 있는 그 얼굴을 본다. 서에서 본 그 노파의 아들은 아니다.

기억난다. 무심히 보고만 있는 저 눈, 그 남자다. 유세 차량을 천천히 따라가던 그 남자다. 양창근은 기억해냈다.

*

우환은 명함을 다시 들어 봤다. 영진부동산? 부동산 중개인치고는 너무 무게 잡는 거 아닌가? 사장이랑 나를 헷갈린 건가? 생각 바뀌시면, 언제든 찾아오세요, 라니? 아, 사장이 식당을 내놓은 건가? 아하, 그런 건가? 하지만, 지낼 만합니까?는 뭔가?

아니었다. 남자는 사장과 우환을 헷갈린 게 아니었다. 그건 분명했다. 그렇게 느껴졌다. 그 남자는 우환을 찾아온 것이고, 우환에게 할 말을 전한 것이다. 우환은 이름을 한 번 더 확인했다.

'박종대'였다.

*

여자는 제 흥분에 못 이겨 떠나고 남자는 사무실로 들어갔다.

양창근은 따라 들어갔다. 사무실 책상에는 여느 부동산 중개인들처럼 명함 케이스가 있었고, 그 안엔 명함이 가득했다. 양창근은 명함을 받기도 전에 이름부터 확인했다. '박종대'였다. 박종대는 양창근을 작은 테이블로 안내했다. 묻지도 않고 믹스커피를 타서 건넸다.

말주변이 없다는 게 이럴 땐 난감했다. 양창근은 강도영 형사를 데리고 오지 않은 걸 처음으로 후회했다. 할 말이 없었다. 그렇다고 대뜸 형사라고 본인을 소개하는 것도 웃긴 일이었다. 무엇보다도 양창근은 이 남자에게 본인의 신분을 먼저 밝히고 싶지 않았다. 그 전에 이 남자에 대해서 밝혀내고 싶은 게 많았다. 우연의 연속으로 만났을 뿐이지만 이 남자가 신경이 쓰였다. 어딘가를 긁을 수도 있고, 유세 중인 정치인을 구경할 수도 있다. 그건 하나도 이상할 게 없었다. 그리고 박종대를 다른 곳에서 다시 만났다면, 그것도 이상하지 않았을 거다. 하지만 이제는 그럴 수 없었다. 양창근은 박종대를 이곳에서 만났다. 사건 현장과 아주 가까운 곳에서 말이다. 우연이었지만, 이제는 더 이상 우연이 아니었다. 양창근은 며칠 전 박종대를 볼 수 있게 해준 그 우연에 감사했다. 화젯거리를 찾아 두리번거리던 양창근의 눈에 박종대의 명함이 다시 보였다. '영진부동산.' 그리고, 얼마 전 형사들의 대화가 기적처럼 떠올랐다.

"아! 여기가 그 유명한 영도 영진아파트인 거죠?"

"이곳 분이 아니신가 보네요. 영진아파트에 오서서 영진아파트를 아까부터 보고 이제야 그렇게 놀라시다니."

양창근은 자신도 모르게 흥분한 스스로를 탓했다. 내친김에 몇 가지를 이어 물었다. 아까 그 여자는 왜 그런 건지. 분명히 이사하는 걸 봤다는데, 잘못 본 것치고는 너무 확신이 있지 않나. 상호가 영진부동산인 걸 보니 영진아파트를 주로 거래하는가 본데, 거래가 거의 없다면 뭘 먹고 사시나. 이 아파트 주민 반이 정신병원에 입원했다던데, 그건 진짠가. 박종대는 침착하게 답했다. 시종일관 여유 있었다. 분명 캐묻는 느낌이 있었을 텐데도 전혀 동요하지 않았다. 대화가 오가는 동안 오히려 박종대가 양창근에 대해서 많은 것을 알아내고 있었다. 마지막 질문에 박종대는 이렇게 말했다.

"오래되고 탐나는 물건은 원래 소문이 많이 납니다. 저 아파트가 저래 봬도 인기가 많거든요. 형사신가 봅니다? 물건엔 관심 없이 이것, 저것 묻는 폼을 보니."

어차피 들킨 것 같아, 양창근은 가장 궁금했던 것을 물었다.

"근데, 거긴 왜 그렇게 긁는 겁니까?"

양창근은 아파트에서 멀어지고 있다.

마지막 질문에 박종대는 분명 반응을 했다. '가려워서요'라고 아무렇지 않은 듯 대답했지만, 사실 그런 대답밖에 나올 수 없는 아무럴 것도 없는 질문이지만, 박종대는 잠깐 당황했었다. 양창근은 그 순간을 분명히 보았다.

시시티브이가 있던 곳까지 내려와서 그 주민센터 직원을 다시 만났다. 양창근이 먼저 말을 걸었다. 주민들은 진정이 된 건지 보이지 않았다. 남자는 오늘 근무 반을 주민들한테 들볶이느라 다 썼다고, 퇴근 시간도 늦었다고, 공무원 특유의 엄살을 부리며 더 묻지 말아달라는 뜻을 확실히 전했다. 그는 이미 멀어지고 있었다. 양창근은 내일 주민센터부터 들러야겠다 생각했다. 하지만 이것 하나는 물어봐야 했다. 주민센터 직원을 불러 세웠다. 정말 주민들 반이 정신병원을 간 게 맞느냐고.

"에이 무슨 말도 안 되는…… 많이는 아니고, 몇 명은 간 거 같던데요?"

양창근은 문득 아파트 쪽을 돌아봤다. 아파트는 노을 속에 있었다. 노을은 푸른색이나 노란색이 섞여 있기도 한데, 온통 붉기만 했다.

27

 바다에서 나온 첫날은 길에서 잤다. 해가 뜨자마자 높은 곳으로 올라갔다. 중턱에 집들이 밀집되어 있었다. 더 높은 곳으로 올라갔다. 집보단 공터가, 사람이 사는 곳보단 빈집이 많아졌다. 더 올라갔다. 하늘만 남을 때까지 올라갔다. 아래를 내려다봤다. 집들은 세상 언저리에 매달려 있었다. 화영은 다시 한참을 내려와 작은 부동산을 찾았다. 부르는 월세보다 조금 더 줬다. 어디에서 왔는지, 왜 왔는지, 뭐 하는 사람인지 묻지 않았다. 지도를 보여줬다. 지도로 보는 동네는 적막하지 않았다. 3개월 치를 한 번에 주고 열쇠를 받아서 왔다. 문을 열어 방을 봤을 때, 어머니와 여동생 생각이 났다.
 적게 자고 많이 걸었다. 하루빨리 부산을 머릿속에 넣어야 했다.
 총을 쏘는 연습도 필요했다. 방아쇠를 당긴다고 바로 나오는 게 아니었다. 한 번 쏘고 나면 충전하는 데 또 4, 5초가 걸렸다. 발사가 될 때는 작은 충격이 있었다. 대단히 정확한 무기였지만 자주 흔들렸다. 공터로 나가 빈집들 사이에서 연습을 했다. 주로 한낮에 했다. 낮이 빈집처럼 적막한 동네였다.

손목에 차고 온 시계가 울리는 날이면 바다로 갔다. 자주 있는 일은 아니었지만, 언제나 아주 늦은 밤이나 새벽이었다. 멀지 않은 바다에 빛으로 일렁이는 배가 보였다. 그 배로 향하는 사람들은 언제나 열셋이었다. 여행사 직원 말이 맞았다. 그들은 눈에 띄었다. 그 시간에 열셋이라니. 화영은 그들의 얼굴을 일일이 확인했다. 그들은 바다로 성큼 들어갔다. 발이 땅에 닿지 않게 되면 헤엄을 쳤다. 열셋이 일제히 어둡고 깊은 바다를 향해 헤엄을 치는 모습이 화영은 좋았다. 그들은 망설임이 없었다. 돌아갈 현재가 있는 사람들이었다. 화영은 자신도 곧 저들처럼 돌아갈 거라 생각했다. 그들이 더 이상 보이지 않게 되고 일렁이던 빛이 사라지면 화영은 언덕으로 돌아왔다.

화영이 이곳으로 떠나올 때 함께 온 열셋 중 열한 명이 죽었다. 그러니 화영이 기억해야 하는 얼굴은 하나뿐이었고, 화영이 돌려보내야 하는 사람도 하나뿐이었다. 아직까지는 그 남자를 보지 못했다. 아직 그 남자는 이들의 현재에 살고 있다. 그가 떠나기 전까지 화영은 떠날 수 없었다. 그가 화영을 살렸었다. 그가 화영을 깨우지 않았더라면 화영은 영원히 잠들었을 것이다.

오늘은 귀가가 좀 늦다. 매일 걷는데도 부산은 아직 넓다.

중턱을 지나자 공터가 드러난다. 사격 연습 때문에 생긴 구멍들이 보인다.

*

  늦은 밤. 여자아이가 구멍을 들여다보고 있다. 누군가 맞은편 구멍에 나타난다. 두 시선이 만난다. 아이는 말없이 바라본다. 한참을 더 본 후에 생각난 말을 묻는다.
  "이거 아저씨가 그랬어요?"
  "더 만들어줄까?"
  아이는 고개를 끄덕인다. 남자는 웃는다. 남자가 얇은 점퍼 주머니 속으로 손을 넣는다. 그러자 주머니 속에 서서히 빛이 모이기 시작한다. 아이의 얼굴이 서서히 밝아진다. 주머니 속의 빛이 점점 더 밝아진다. 아이의 눈도 점점 커져간다. 남자가 주머니 속의 빛을 꺼내 하늘을 향해 쏜다. 한 줄기 빛이 하늘로 솟구친다. 아이의 고개가 젖혀진다. 입이 벌어진다. 아이의 눈이 빛난다. 밤을 기다리길 잘했다는 생각을 한다.

28

 우환은 목욕탕을 다녀온 이후로 잠을 잘 못 잤다. 악몽을 꿨다. 악몽에는 늘 유강희의 민얼굴이 나왔다. 목욕탕에서 본 모습 그대로였다. 종인 형님은 보이지 않았다. 우환 혼자였다. 매표소 앞에는 언제나 유강희가 있었다. 그날처럼 민얼굴을 하고. 그 눈에서 피가 나오거나 입속에서 손이 나오거나 귀에서 지네가 나오거나 그러지 않았다. 그 담백한 모습 그대로였다. 그냥 그 민얼굴로 우환을 가만히 쳐다보고만 있었다. 그러나 무서웠다. 우환이 상상치 못한 강희의 얼굴이었다. 속살이라도 들여다본 것처럼 꿈에서도 우환은 당혹스러웠다. 매번 뭔가 잘못되었다고 생각하다가 깼다. 이런 꿈에 땀을 찔찔 흘리며 깨는 것도 무서웠다. 우환은 후회했다. 그토록 바라던 인생 정리가 된 것도 같은데, 막상 기분이 좋지 않았.
 아니다, 인생 정리가 된 거라면, 지금 자신은 이 자리에 없어야 하는 게 아닌가?
 두 어린 남녀가, 기억도 안 나는 어린 시절, 자신을 고아원에

버린 그 천벌 받을 부모가 맞는다면, 지금 둘을 갈라놓았으니까 우환 자신은 이 세상에 존재하지 않아야 하는 게 아닌가?

하지만, 우환은 있었다. 여전히 존재했다.

순희는 가끔 식당 일을 도왔다. 늘 시무룩한 얼굴이었다. 누가 봐도 여자에게 차인 얼굴이었다. 종인은 내색하지 않았지만 좋았다. 아들이 일을 도와서 좋았고, 그 여학생이 자신의 말을 알아들은 게 분명해 보여서 좋았다.

순희와 강희는 만나지 않는 게 확실해 보였다. 그렇게 자주 오던 전화도 오지 않았다. 통화를 하는가 싶어서 나가보면 순희는 담에 기대 앉아 담배를 피우고 있었다. 우환이 본다고 숨기지도 않았다. 우환은 순희가 뿜어내는 담배 연기를 본 날 밤에는 어김없이 같은 악몽을 꾸었다.

29

 주민센터는 영진아파트와 그다지 멀지 않은 곳에 있었다. 그러니까, 박종대의 부동산 사무실과도 가까웠다. 양창근은 주민센터에 들르기 전에 사내가 사라진 자리에 서서 주변을 한 번 더 둘러봤다. 박종대의 사무실을 눈여겨봤다. 눈여겨보는 걸로는 부족했다. 가보았다. 문이 잠겨 있었다. 외출 중입니다, 라는 말과 전화번호가 적힌 메모가 유리문 안쪽에 붙어 있었다. 양창근은 전화를 꺼내 그 번호를 눌렀다. 신호가 가기 전에 끊었다. 번호를 저장했다.

 주민센터에 어제 그 직원은 보이지 않았다. 양창근은 담당 직원에게 영진아파트의 최근 3년 사이의 전출입 자료를 달라고 했다. 담당 직원은 30대 초반의 여성이었다. 직원은 왜 그러시냐고 얼굴로 먼저 물었고, 양창근은 경찰증을 보여줬다. 직원은 더 묻지 않고 일을 시작했다. 더웠다. 더위가 지나가려면 아직 기다려야 했다. 양창근은 기다렸다.

 직원이 말없이 건넨 자료는 3년 동안의 자료치곤 얇았다. 확인하기도 전에, '이게 답니까?'라고 물었다.

하지만, 전출입 내역은 분명히 있었다. 모두 스무 명이었고 하나같이 전입이었다. 어떤 사람들인가, 누가 저 아파트로 이사를 왔나. 가려 받는다는 말이 뭘까. 뭘 가려서 받는 걸까. 양창근은 눈을 반짝이며 봤다. 그러나 전입자들은 모두 가족이었다. 정확히는 자식들이었다. 더 확실히는 아들들이었다. 그러니, 가려 받는다는 말이 무슨 뜻인지 알 것 같았다. 거래가 없다는 박종대의 말도 거짓이 아니었다. 양창근은 당황했다. 분명 그가 뭔가를 숨기는 거라고 생각했다. 그 흥분한 중년 여자가 맞을 거라고 생각했다. 얼마 전 누군가가 분명히 이사했을 거라고 믿었다. 이사는 맞았다. 가장 최근 전입신고가 지난주였다. 그때 502호의 차남이 이사를 왔을 터였다. 그녀는 제대로 알지 못한 채 흥분했을 뿐이다. 양창근은 그전 2년의 자료도 달라고 했다. 그 자료엔 아무 기록이 없었다. 아무도 이사를 들어오거나 나가지 않았다. 저 아파트엔 원래 살던 사람들이 그냥 계속 살고 있었다.

그 아파트에는 오랜 시간 살던 사람들이 변함없이 살고 있다.

그게 이상할 건 없지만, 전혀 이상해할 게 아니지만 양창근은 아파트와 관련된 다른 자료들도 모두 달라고 했다. 그 직원은 이번에도 입 한 번 열지 않고 자료들을 준비하기 시작했다.

말이 적은 사람이 일을 잘하는 경우가 많다. 말이 적은 사람이 말귀를 잘 알아듣는 경우가 많다. 말을 적게 해보면 안다. 입을 좀 닫고 얼굴에 달린 다른 것들을 활용해보면 훨씬 더 많은 게 보이고, 많은 걸 알게 된다. 말로만 말하고 말로 오해를 만들고 말로 싸움을 걸고 말로 인생을 망치는, 문제는 언제나 말이 많은 사람들이었다. 양창근은 그런 사람들을 싫어했다. 물론, 그렇다고 저 공무원이 마음에 드는 건 아니었지만.

그 직원은 다른 부서에도 협조를 요청했다. 공용으로 쓰는 프린터가 쉴 새 없이 가동됐다.

이번에는 꽤 두툼했다. 직원은 친절히 서류 뭉치를 안쪽에 있는 책상 위로 옮겨주었다. 그리고 양창근을 불렀다. 이걸 다 검토하려면, 시간이 꽤 걸릴 거다. 책상이 필요할 거 같다. 괜찮으시다면, 여기서 하는 게 어떻겠냐. 책상이 크진 않지만 쓰는 사람이 없으니 편히 써라. 이 말을 직원은 짧게 했다.

"거기는 사람들 다녀요."

양창근은 그 직원이 조금씩 마음에 들기 시작했다.

서류는 아파트에 관련된 토지대장, 등기부등본부터 시작해서 아파트 입주자 전체의 주민등록등초본까지 있었다. 의도치 않게 호구 조사와 다를 바 없는 짓을 하게 됐다. 이걸 왜 하려고 했나. 곧 후회가 됐다. 특별한 게 없었다. 하지만 서류를 받았으니 훑어보긴 해야 했다. 훑어보는 데만도 시간이 많이 걸렸다. 더운 날 오후, 주민센터에는 사람이 별로 없었다. 직원도 많지 않았다. 그러니 처음 보는 형사에게 자리도 하나 내줬겠지. 직원들은 말없이 틈틈이 무능해 보이는 형사를 구경했다. 오히려 그를 담당했던 여직원이 가장 무심한 편이었다.

정말, 특별할 게 하나도 없다. 당연하게도, 주민등록등본엔 가족들 중 누가 미쳤는지는 나오지 않는다. 아파트는 팔 생각이 없는지, 나란히 자식들에게 권리를 이전했다. 최근 몇 년 사이에 자식들에게 집을 넘긴 아파트 주인이 스무 명 가까이 되었다. 늙어서 자식들에게 자신이 살던 아파트를 물려주는 것 또한 이상할 게 없었다. 대부분 장남이나 차남이 소유권을 이전받았다.

이제 주민센터 직원들의 퇴근 시간이 다가오고 있다. 눈치가 보인다. 하지만 찾아낼 게 없다. 이상할 게 없었다. 지극히 자연스러운, 평범한 아파트였다. 하지만 뭐라도 찾아야 했으니 굳이 생각해보면, 있었다. 이상한 게 있었다. 아주 조금 이상할 수 있는 게 있었다.

소유권을 이전받은 그 자식들은 모두 전입신고를 한 사람들이었다.

그들의 전 주소들을 확인했다. 그들은 모두 영도가 아닌 부산의 다른 곳에서 짧게는 수년, 길게는 10년도 넘게 떨어져 살다가 최근 몇 년 사이에 전입신고를 했으며, 얼마 후 약속한 것처럼 소유권을 이전받았다.

평범한 가정의 대화를 떠올려본다. 연로한 아버지가 수화기를 든다. 큰아들에게 전화를 한다. 큰아들은 젊은 날부터 그놈의 혈기 때문에 말썽을 부리다가 결국 사고를 치고는 줄곧 떨어져 살고 있다. 아버지는 큰 결심을 했다. 시큰둥하게 전화를 받는 아들에게 이렇게 전한다. '나도 이제 늙었고, 네 엄마가 손자도 보고 싶어 하고, 들어와서 사는 게 어떻겠니?' 하지만 그 정도로는 10년도 더 떨어져 산 아들의 상처는 아물지 않는다. '아파트 말이다, 어차피 네가 물려받아야 하고.' 그제야 아들은 참았던 눈물을 터뜨리며 눈물이 마르기도 전에 이사를 온다. 그리고 그다음 날 소유권을 이전받는다. 전혀 이상할 게 없었다. 나이 든 부모가 떨어져 있던 자식들을 곁으로 부르는 건, 지극히 자연스러운 일이었다.

하지만 엄밀히 따지면, 스무 집 가까운 아파트의 새로운 주인들은 최근까지는 이 아파트에 살던 사람들이 아니라는 거다. 그들은 전입 온 사람들이었다.

도저히 더는 못 봐주겠다는 듯, 여직원이 입을 열었다.

"그 소문 때문에 그러는 거예요?"

"……?"

"아니, 치매 걸린 부모님들 병원에 모시는 게 형사가 나와서 조사를 할 만큼 나쁜 짓이에요? 제대로 못 모시면서 집에 가둬 뒀다가 큰 사고 나는 거보다 훨씬 낫지. 안 그래요?"

말수가 적은 사람들은 이렇다. 길게 말했을 때는 꼭 쓸모가 있다.

"그 병원 가신 분들, 몇 호, 몇 혼지, 혹시 아십니까?"

여직원은 알고 있었다. 아니, 주민센터 직원 모두가 알고 있었다. 돌림노래를 부르듯 직원들이 한 명, 한 명, 이름을 부르고, 호수를 불렀다. 퇴근 시간이 임박했으니까. 어서 이 형사를 돌려보내고 싶었으니까. 꽤 많았다. 열셋이었다. 그리고 일치했다. 이상하게도, 일치했다.

그들은 모두 병원에 들어가기 전에 자식들에게 아파트 소유권을 이전했다. 치매 때문에 병원을 갈 정도라면 그건 당연한 절차였다. 소유권 이전을 받은 사람들은 모두 친자식이었다. 그것도 이상할 건 없었다. 하지만 조금 이상한 건, 그 자식들이 모두 최근 5년 사이에 전입신고서를 작성한 사람들이라는 거였다. 전입신고를 한 사람들의 모든 부모가 병원에 있는 건 물론 아니었다. 하지만, 병원에 있는 노인들의 자식들은 모두 전입신고서를 작성한 사람들이었다.

그들은 이사 온 사람들이었다.

30

 오늘도 잠이 들다 깨다 했다. 그리고 잠결에 뽕카 소리를 들었다. 감기라도 걸린 듯한 소리. 시동을 끄는 소리 같았다. 우환은 눈을 떴다. 시동은 평소보다 빠르게 또 은밀히 꺼졌다. 평소 같으면 가게 출입문 바로 앞까지 와서 반항하듯이 꺼졌다. 꺼지기만 하나, 거칠게 출입문 열리는 소리가 들리고, 연이어 순희의 방문이 열렸다가 닫혔다. 하지만 오늘은 그러지 않았다. 뭔가 있었다. 우환은 몸을 일으켰다. 방문을 열고 나왔다. 가게 문까지 열고 밖을 내다봤다. 이 모든 걸 잠결에 해냈다. 그리고 잠이 확 깼다. 거기, 물론 순희가 있었다. 그리고 강희가 있었다.

 반가웠다. 반가워서 잠결이라는 것도 잊은 채, 떼어놓으려 했다는 것도 까먹고, 상반신엔 걸친 게 없다는 것도 모르고, 둘에게 다가갔다. 의외의 상황에 둘은 놀라 있었다.

 우환은 얼른 들어가서 윗옷을 걸치고 바로 주방으로 갔다. 사태와 양지를 썰어서 두 개의 그릇에 담았다. 양을 꺼내 썰고 담았다. 솥에서 국물을 떠서 부었다. 들고 나가려다 다시 놓았다.

냉장고 문을 열고 사태와 양지를 다시 꺼냈다. 사태와 양지를 다시 썰었다. 수북이 담았다. 그릇이 가득 찼다. 두 개의 그릇을 순희와 강희 앞에 놓았다.

꿈은 계속됐다. 꿈속엔 여전히 강희가 있었다. 그리고 이제는 순희도 나왔다. 물론, 꿈의 주인은 우환이었다. 꿈속에서 순희와 강희는 우환이 내준 수북한 곰탕을 맛있게 먹었다.

꿈같은 날들이 이어졌다. 늦은 밤, 혹은 이른 새벽, 종인이 잠들고, 주변 골목 모두가 잠든 시간이 되면 순희는 자주 강희를 가게에 데려왔다. 우환은 꿈을 꾸며 기다리다가 일어나서 곰탕을 내와 두 사람 앞에 놓았다. 두 사람은 우환이 방금 꿈속에서 본 모습처럼 맛있게 먹었다. 아침에 일어나면 우환은 속이 든든했다. 꿈을 꾸었을 뿐인데도, 둘만 먹였을 뿐인데도 속이 든든했다. 무언가가 우환을 채워주고 있었다. 우환은 그 늦은 밤을 좋아하게 됐다. 순희가 혼자 온 밤도, 강희가 함께 온 밤도, 모두 좋아하게 되었다. 우환은 밤을 기다리는 소년이 되었다.

밤이 되면 순희가 돌아왔다. 얼굴에 멍이 있든 없든, 한결같이 늦은 시간이었다. 그 시간에 곰탕을 먹는 게 습관이 되었다. 내오는 사람도 습관이 되었다. 우환은 오토바이 소리가 들리면 방문을 열고 주방으로 갔다. 곰탕을 담으며 기다렸다. 주방에서 목을 빼고 식당 문 쪽을 바라봤다. 문이 열리길 기다렸다. 문이 열리면 언제나 순희가 들어온다. 뒤로 강희가 보이면, 우환은 얼른 한 그릇을 더 담았다.

순희와 강희가 수북한 곰탕을 먹는다. 우환은 보고 있다. 그러다 익숙한 사람들처럼 말이 오간다.

"매일 이 시간까지 뭐 하냐?"

"돌아다녀요, 그냥."

순희는 그냥, 안 가본 곳을 간다고 했다. 안 가본 곳이 어딜까, 우환은 다시 물었다.

"안 가본 곳 어디? 서울은 너무 멀고, 저기, 뭐, 또 어디더라, 그, 뭐, 아, 아! 전주?"

"아뇨. 부산요. 부산이 얼마나 넓은데."

아, 바퀴가 두 개나 되고 어떨 때는 쏭, 가기도 하는 오토바이씩이나 타고, 우주까지 가보겠다는 포부를 보여도 모자랄 10대가, 그것도 사내가, 넓다는 곳이 기껏 부산이라니. 우환은 실망스러웠다. 하지만 순희는 신이 나서 이야기를 이었다. 그런 모습을 우환은 처음 보기에 듣고 있었다. 사실, 우환이 뭔가를 물어본 것도 처음이었는데, 아무도 모르고 있다.

순희는 그냥 부산 곳곳을 다닌다고 했다. 남들 안 다니는 길, 남들이 모르는 골목을 자기는 다 안다고. 그냥 여기저기 돌아다니는 게 재밌다고. 자기는 평생 해외여행 같은 거 안 가봐도 될 거 같다고도 했다. 그냥 이 골목을 돌아 저 골목으로 가면, 너무 낯설고 신기해서 재밌다고. 부산에 있는 거리, 뒷골목들만 해도 끝이 없다고.

아, 여자 마음 하나도 모르는 자식. 우환은 철없고, 게다가 생긴 것과 너무 다르게 지나치게 소박한 남친을 둔 강희가 안타까워 물었다.

"그럼 넌 뭐 해? 지겹겠다. 그지?"

예상대로 강희는 즉각 대답했다. 하지만 전혀 뜻밖의 대답이었다.

"뒤에 타고 있죠. 얼마나 재밌는데. 아, 가끔 내려서 보기도 해요."

천생연분. 이런 말이, 우환의 어릴 적까지는 있었다. 무슨 뜻인지 정확히 기억나지 않지만 그냥, 이런 애들한테 쓰는 말이라는 걸 직감적으로 알겠다. 굳이 끼워 맞춰보면, '하나도 즐거울 게 없는 인생을 즐겁게 보낼 수 있는 유일한 두 사람이 하필이면 서로에게 지나친 호감을 가지고 있는 상태' 정도 될 거 같았다. 강희도 들떠서 이야기했다. 순희가 보여주는 공간들이 얼마나 멋진지. 한번은 어느 골목을 갔는데, 그 골목 끝에 뭐가 보였는지, 뭐가 걸려 있었는지 아냐고 자꾸 물었다. 모른다. 어떻게 알겠나. 알고 싶지도 않다. 너희들 집 나간 정신이나 걸려 있겠지. 강희는 순희가 부산에 모르는 곳이 없다고 자랑했다. 한 번도 강희 입에서 순희 자랑을 들어본 적이 없었다. 한데 굳이 이런 걸 자랑하다니. 강희는 순희가 눈 감고 부산 곳곳을 다 떠올릴 수 있다고, 지도를 그리라면 그릴 수도 있을 거라고 흥분을 했다. 심지어 저런 말까지 뱉었다.

"순희, 은근 멋지죠?"

'구글'이라고 아니 너희들? 지금으로부터 44년 후에도 여전히 남아 있는 기업 중의 하나가 걔들이다. 걔들이 맵 만드는 거 알지? 구글맵. 그게 순희가 그리는 지도보다 못해도 백만 배는 정확할 거야, 라고 꼭 집어서 말해주고 싶었다. 하지만 우환은 그러지 않았다.

  다음 날, 오토바이 소리가 나서 반사적으로 주방으로 갔는데, 출입문 열리는 소리가 들리지 않았다. 우환은 사태를 썰던 칼을 멈췄다. 잘못 들었나? 그럴 리가 없는데? 하지만 문은 여전히 열리지 않았다. 우환은 그 문을 열고 나갔다. 순희와 강희는 있었다. 왜 안 들어오고 있어?라고 물을 참이었는데, 순희가 먼저 입을 열었다. 오토바이의 시동이 켜져 있었다.

  "아저씨, 멀미해요?"

  순희는 운전을 해야 하니 가장 앞에 탔다. 그리고 강희는 여자친구니 그 뒤에 탔다. 남는 자리가 많지 않았다. 우환은 그 뒤에 탔다. 강희의 허리를 잡을 수는 없었다. 강희는 잡으라 했다. 그래도 우환은 잡지 않았다. 그러자 강희가 한마디 했다.

  "아님 떨어져서 뒤지시든가."

  말 참 어여쁘다. 아니, 오토바이가 달려봐야 얼마나 달린다고.

  순희가 오토바이를 출발시켰다. 우환은 자기도 모르게 강희의 허리춤을 붙잡았다. 펄럭이는 옷자락을 엉거주춤하게 잡았다.

멀미가 났다. 어지러웠다. 몰려오는 바람과 풍경들이 벅찼다. 하지만 눈을 감지 않았다. 눈을 뜨고 울었다. 슬프지 않았지만 눈물이 자꾸 났다. 바람이 사람을 울린다는 걸 우환은 마흔이 넘고 중반이 되어서야 처음 알았다. 바람에는 쉽게 익숙해지지 않았지만 우환은 강희 뒷자리가 금방 익숙해졌다. 오토바이는 빠르게 달리고 있었지만 편안했다. 우환은 순희 뒤에 탄 강희 뒤에서 편안했다. 셋이 부산의 밤을 달렸다. 달릴수록 달릴 곳을 내주는 도시였다.

큰길에서 벗어나 골목으로 들어섰다. 언덕으로 향했다. 순희는 어둡고 좁은 길들을 익숙하게 달렸다. 우환은 어둠 속으로, 어둠 속으로만 향하는 것 같았다. 강희의 옷자락을 잡은 손에 힘이 들어갔다. 경사가 급해지면서 속도가 줄었다. 길이 더 좁아지면서 속도가 또 줄었다. 그리고 멈췄다. 주변이 잘 보이지 않았다. 강희가 한곳을 가리키며 보라고 했다. 강희는 들떠 있었다. 내리려는 우환을 말렸다. 그냥 여기서 보라고, 저 끝은 절벽이라고 했다.

어두웠다. 어디가 절벽인지 알 수 없었다. 우환은 강희가 가리키는 곳을 그저 봤다. 눈이 서서히 어둠에 적응했다. 조금씩 빛이 보였다. 눈은 그 빛의 줄기를 따라갔다. 벽과 벽 사이, 빛으로 채워진 골목이 드러나 있었다. 골목을 채운 빛의 끝자락에, 보였다. 그 끝에 강희의 말처럼 걸려 있었다. 그 골목의 끝에, 달이 걸려 있었다. 저 달 아래 바다가 있다고 했다. 낮에는 바다가 보인다고 했다. 다음에, 낮에 한 번 더 오자고 했다. 다음에, 한 번 더, 라는 말을 되새기며 우환은 달을 한동안 더 봤다.

돌아오는 길에는 순희 뒤에 우환이 그 뒤에 강희가 탔다. 남자가 너무 떠는 거 같아서 안 되겠다며, 강희가 굳이 우환을 자기 앞에 태웠다. 그래서 우환은 순희와 강희 사이에 앉게 되었다. 아직 스물도 안 된 애들 사이에 끼어서 달리는 세상이 제법 편했다. 우환은 양손을 들어보기도 했다. '야호!'도 했다. 두 번 했다. 순희는 말이 없었지만, 강희는 몇 번 웃었던 거 같다. 강희를 집 앞에 내려주고 출발하려는데, 강희가 갑자기 우환을 불렀다.

"아저씨! 이름이 뭐예요?"

우환은 놀라지 않은 척, 이우환이라고 대답했다. 강희는, 유강희라고 답했다. 그리고 강희가 인사를 했다. 안녕히 가세요, 라고 목을 베어라 내주며 인사를 했다. 우환은 믿기지 않았다. 격하게 감동했지만 애써 감추며, 그러다 보니 대단히 퉁명스럽게 물었다.

"이제 아는 사람이다 이거냐?"

"아뇨. 계속 볼 사람 같다 이거죠."

바람이 계속 입으로 들어왔다. 입이 다물어지지가 않았다. 여고생에게 인사를 받은 이우환은 그날 남고생이 모는 뽕카 뒤에 타고 뽕 가는 기분을, 입을 벌리고 만끽했다. 바람이 허파까지 들어가 우환은 한참을 더 웃어야 했다. 우환은 방으로 돌아와서도 실실 웃음이 났다.

"아, 나이가 대순가?"

실실거리다가 불쑥 혼잣말을 뱉었다. 우환은 이순희와 유강희에게 홀딱 빠져 있었다. 갖은 억측과 과장으로 그들을 감싸기 시작했다.

뽕카를 잘 모는 순희는 기술이 있는 아이였고, 인사에 대한 강희의 괴팍한 입장은 뚜렷한 주관으로, 가장 앞자리에서 바람을 맞느라 입을 닫아야 했던 순희는 입이 무거운 남자로, 어차피 제일 먼저 내려야 해서 편의상 우환을 둘 사이에 앉힌 강희는 배려심이 깊은 여성으로, 큰길 놔두고 하필 그 좁고 험한 길로만 다닌 순희는 요즘 청소년답지 않게 개척 정신, 도전 정신이 뛰어난 학생으로…… 훌륭한 남고생, 여고생에서, 보기 드물 정도로 훌륭한 남성, 여성으로 그러다 결국 부모로서도 흠잡을 데 없는 어른이 되었다. 그랬다. 나이가 대순가? 게다가 둘은 천생연분이 아닌가! 그 둘 사이에서 태어난 자식은 분명 축복을 받은 거나 다름없었다.

거기까지 생각이 미치자 우환은 시무룩해졌다. 그 자식이, 정말로 나였으면 좋겠다. 이 좋은 시간이 부모와 함께한 시간이었으면 좋겠다.

우환은 처음으로, 자신을 이곳으로 보낸 식당 사장을 떠올려봤다. 주방장이 자신을 설득했지만, 주방장에게 나를 보내라고 지시한 사람은 분명 식당 사장이었다. 그는 뭘 알고 날 이곳으로 보냈을까? 알 턱이 없었다.

답답했다. 그 둘이, 이토록 훌륭한 사람인 순희와 강희가 자신의 부모가 정말 맞는지 궁금했다. 알고 싶었다. 하지만 일어나지도 않은 일을 어떻게 미리 안다?

그때, 우환은 어릴 적 봤던 드라마가 생각났다. 일명 막장 드라마라고 불렸던, 온갖 비극과 희극이 항상 출생의 비밀로만 끝이 나던. (막장 드라마라는 말은 우환이 열 살이 되기도 전, 일반 드라마와 막장 드라마의 구분이 사라짐에 따라 쓰이지 않게 됐다.) 출생의 비밀을 어떻게 밝히느냐에 따라 하막장 중막장 상막장으로 나뉘었다. 막장 중의 막장인 상막장은 어떠한 확인 과정도 없이 호칭을 부름으로서 족보가 정리되는 것이었다. 일테면, '내가 네 아버지다!' 하는 순간, 극의 반 이상을 형으로 지내던 남자가 아버지가 되었다. 하지만, 하막장은 버젓이 의학의 기술을 활용했다. 우환은 하막장을 떠올렸다. 의학의 기술. 거기엔 '유전자 검사'라는 것이 있었다. 길게 말하면 친자 확인 유전자 검사요, 유식하게 말하면, 디엔에이 검사였다. 그렇다. 그 검사를 해보면 되는 거였다. 그것만 해보면 알 수 있을 거였다.

우환은 벌떡 일어났다. 청소를 언제 했더라? 다행히 청소를 한 적이 없다.

우환은 손으로 바닥을 조심스럽게 훔쳤다. 바닥에는 과연 머리카락들이 있었다. 뭉쳐 있는 머리카락들이 꽤 있었다. 지난날, 좋은 분들인 걸 몰라보고 우환이 잡고 흔들었던 순희와 강희의 머리카락들이었다. 하지만 이걸 가지고 어떻게 하나? 병원을 가나? 내가? 병원에 가서 뭐라고 한다? 이 머리카락들, 제 부모님의 것일지 몰라서요. 네? 부모님 나이요? 나의 부모는 현재, 열아홉 살입니다. 이럴 수는 없는 노릇 아닌가.

누군가, 도와줄 사람이 필요할 것 같다.

31

 일이 있는 날은 고기를 구웠다. 고기 냄새에 묻혀 피냄새가 덜했다. 피냄새가 나도 고기 냄샌 줄 알았다. 사람들이 있는 곳에서 일을 하려면 그래야 한다고 '그'가 우겼다. 도깨비는 크게 신경 쓰지 않았다. 사실 도깨비는 피냄새가 나는지도 잘 몰랐다. 그래도 안정적인 작업실이 있는 건 좋았다. 출퇴근할 때 사람들이 보는 시선도 나쁘지 않았다. 설비도 좋은 편이었다. 게다가 이곳은 늘 시원했다. 일을 하다 보면 싱싱해지는 느낌마저 들었다. 이런 일은 장소가 중요했다. 장소를 구하느라 며칠씩 시간을 낭비했다. 결국 장소를 못 구해서 일을 못 하는 경우도 많았다. 그럴 때는 안타까웠다. 사람 목숨이 여럿 달린 일이었다. 그런 일을, 벌일 곳이 없어서 못 하다니, 답답했다. 누군가 나서서 장소를 제공해주면 될 걸, 사람들은 이기적이었다. 너무 자기 생각만 했다. 도깨비는 예전 그 환자가 떠올라 욕지거리가 나왔다. 그년도 자기밖에 모르는 년이었다. 욕이 멈추지 않는다.

욕은 실제로 입 밖으로 튀어나왔다. 도깨비가 욕을 하며 흥분하자 누워 있던 환자의 몸이 떨렸다. 환자 앞에서 이러면 안 되지, 도깨비는 마음을 비우려고 노력했다. 하지만 환자는 그것도 몰라주고 몸을 더 흔들어댔다. 도깨비는 집중하려고 노력하고 있었다. 환자는 신음 소리도 냈다. 입을 막고 있어서 신음은 더 요란하게 느껴졌다. 이기적인 족속들이다. 신음 소리는 도깨비를 압박해왔다. 도깨비는 신중하게 판단을 했다. 시간을 생각해봤다. 목을 지나가는 경동맥이 피를 쏟아낼 시간과 일을 끝내는 시간. 어차피 오늘은 꺼낼 물건이 많지 않았다. 도깨비는 재빨리 환자의 목을 그어 소음을 없애고 뒤이어 환자의 배를 갈랐다. 도깨비의 손에는 메스가 들려 있었다. 도깨비는 의사였다.

 일이 끝나면 고기를 먹었다. 동료 중에는 고기 손질을 잘하는 전문가도 있었다. 도깨비는 그를 예술가라고 불렀다. 고기를 굽던 동료들이 뒤처리를 하느라 분주해지면 도깨비는 불판 앞에 앉았다. 고된 노동 끝의 육고기는 달았다.

 강도영은 한 의사에 대한 소문을 들었다. 그는 유명한 성형외과 의사였다. 그의 병원은 늘 환자로 붐볐다. 성별을 가리지 않고 줄을 섰다. 돈을 끌었다. 몇 번의 마취 실수와 지방 흡입의 부작용으로 위기를 맞기도 했다. 환자 몇이 죽기도 했다. 하지만 폐업과 개업을 번갈아가며 버텨냈다. 재주가 좋았다. 결정적인 위기는 엉뚱한 곳에서 왔다.

앞트임을 지나치게 요구한 여자가 있었다. 안 된다고 하지 않았다. 환자의 만족이 중요했다. 하면 안 된다 싶었지만, 돈을 더 내겠다고 했다. 여자는 만족했다. 그러나 함께 사는 남자는 그렇지 못했다. 하필, 과격한 남자였다. 싸움 도중 여자의 코뼈가 내려앉았다. 코를 덮고 있던 살이 찢어지며 눈과 눈을 구분하던 살을 하나로 이었다. 지나치게 앞을 트느라 살은 이미 코 가까이 찢어져 있었다. 두 눈은 하나의 큰 눈이 됐다. 도깨비들의 외눈처럼.

인상적인 일들은 소문이 빨랐다. 결국 사소한 앞트임 수술 때문에 의사는 성형외과 바닥을 떠나야 했다. 의사생활을 접어야 했다. 그 마지막 환자 때문에 의사는 '도깨비 눈'이라는 별명이 붙었다. 강도영은 바로 그 도깨비 눈에 대한 소문을 들었다. 긴 별명이 으레 그러듯 도깨비 눈은 이제 도깨비로 불리고 있었고, 그 도깨비는 여전히 메스를 들고 있다고 했다.

32

 영진아파트는 7층이다. 한 층마다 세 집이 있다. 스물한 가구가 산다. 어떤 집은 다섯이, 어떤 집은 둘이 살기도 한다. 모두 해봐야 백 명이 안 된다. 하지만 이 정도면 괜찮다. 이 정도면 시작할 만하다, 라고 박종대는 생각하고 있다.

 구급차 한 대가 아파트를 보고 선 박종대에게 다가온다. 박종대는 그 차에 오른다. 구급차는 이른 아침 인적이 드문 길을 골라 아파트를 빠져나간다.

33

 시동은 켜져 있다. 하지만 출발할 기색은 없다. 길고양이마냥 가만히 웅크리고 있다. 구급차는 큰길이 내다보이는 좁은 골목에 있다. 낡은 고가도로가 가로지르는 왕복 6차선 대로가 바로 앞이다. 출근 시간이라 교통량도 많다.

 조수석에 앉은 구급대원은 시계를 자꾸 본다. 고가도로 위로 차들이 정체되기 시작한다. 구급대원이 손목시계로 시간을 다시 한번 확인한다. 큰길 쪽을 본다. 고가도로 아래에는 마침 신호에 걸린 차들이 정차해 있다.

 신호를 기다리는 승용차 보닛 위로 작은 시멘트 덩어리들이 떨어진다. 운전석의 남자가 차 앞 유리 쪽으로 고개를 밀어 올려다본다. 낡은 고가도로의 지지대가 보인다. 거기, 균열이 일어나 있다. 갈라져 터진 틈은 점점 더 벌어지고 있다. 그때, 더 큰 시멘트 덩어리가 쿵, 하고 보닛 위로 떨어진다. 놀란 운전자가 어이없는 얼굴로 차에서 내려 보는데, 그 위로 고가도로가 기울어지기 시작한다. 고가도로 위의 정체되어 있던 차들이 순식간에 한쪽으로 쏠린다. 운전자가 다급히 차 안으로 다시 들어간다. 신호가 바뀌기도 전, 차를 출발시킨다. 하지만 몇 미터 가지도 못하고 차는 고가도로 아래에 깔린다. 고가도로가 땅으로 추락한다. 지지대가 힘없이 부러진다. 고가도로에 있던 만원의 버스가 바닥으로 내동댕이쳐진다. 고가도로가 그 아래에 있던 차들을 덮친다. 고가 위에 있던 차들이 아래에 있는 차들과 뒤엉킨다. 부서진다. 박살난다. 비명이 터져나온다. 차에서 내리지 못한 채 사람들이 눌려 있다. 차문을 열고 내리던 사람이 떨어지는 차에 찍혀 눌린다. 반만 열린 차창으로 힘들게 빠지고 있던 몸뚱이가 뒤에서 달려오던 차에 날아간다. 고가가 끊어진 걸 모르는 차들이 멀리서 달려와 고가 아래로 점프를 한다. 날아온 차가 벗어나려 달리던 사람들을 깔아뭉갠다. 어디서든 피가 흐른다. 어디서든 비명이 들린다. 하늘 위의 길과 땅 위의 길이 만나 지옥이 된다. 이 모든 게 불과 3분 안에 일어난다.

골목의 구급차는 그대로 있다. 고가 위에서 차 몇 대가 더 떨어진다. 그리고 아무것도 움직이지 않는다. 더 이상 달리는 차도 나는 차도 없다. 움직이는 것은 움직이려는 다친 사람들뿐이다.

구급차가 천천히 현장으로 간다. 사이렌도 켜지 않은 채 조용히 다치고 부서진 것들 사이를 달린다. 차 아래에 깔린 사람이 구급차를 보고 손을 뻗는다. 하지만 구급차는 지나친다. 피를 흘리며 기절한 사람들이 널려 있다. 구급차는 그 사이사이를 지나간다. 갈 곳이 있는 것 같다.

　구급차는 만원이었던 버스 옆에 선다. 부서진 차량들 사이 유일하게 온전한 구급차를 사람들은 알아보지 못한다. 의식이 있는 사람은 아프다는 생각만 들었고 기절한 사람은 의식이 없다. 구급차에서 마스크를 쓴 구급대원 셋이 내린다. 그중 한 명은 산소호흡기와 산소통을 들었다. 구해야 하는 누군가가 분명히 있는 모양이다. 앞장선 구급대원이 옆으로 눕혀진 버스를 본다. 한 구급대원이 하늘로 향해 있는 버스 앞문 쪽으로 올라간다. 열려고 한다. 하지만 선두에 있던 구급대원은 금이 간 버스 앞 유리를 매만진다. 주머니에서 작고 끝이 뾰족한 망치를 꺼내 한 번에 유리를 깬다. 유리가 깨지면서 버스 운전기사를 비롯한 사람 몇이 쏟아져나온다. 구급대원은 그들을 뒤로하고 버스 안으로 들어간다.

　안전벨트에 매달린 채 죽었거나, 그러지 못한 승객들은 한쪽으로 몰려 있다. 구급대원은 그들 사이를 걷는다. 떨어져나온 팔이 발에 밟힌다. 구급대원은 누군가를 찾고 있다. 죽었거나 다친 사람들을 뒤적거린다. 그리고 한 남자 앞에 멈춘다.

　남자는 쓰러져 있다. 하지만, 몸 어디 크게 상한 곳은 없는 것처럼 보인다. 남자는 의식도 있다. 남자는 스스로 몸을 일으키려고 한다. 다리가 의자 아래에 끼여 있지만 곧 빠질 것 같다.

　"빨리 오셨네요? 이것 좀,"

　남자는 구급대원을 보고 말을 할 여유도 있다. 하지만 구급대원은 아무런 대답도 조치도 하지 않고, 본다. 자신의 얼굴을 남자의 얼굴로 가져간다. 확인한다. 그리고 뒤를 돌아본다. 두 대원이 바로 뒤에 와 있다. 가장 뒤에 있던 대원이 산소통과 산소호흡기를 앞 대원에게 전한다. 앞 대원은, 산소통은 자신이 들고 산소호흡기만 가장 앞에 선 대원에게 전달한다. 산소호흡기를 건네받은 대원은 산소호흡기를 그대로 남자의 얼굴에 댄다.

"아, 전, 괜찮, 다른 분들,"

괜찮다는 남자의 얼굴에 구급대원은 산소호흡기를 밀착시킨다. 남자는 당황스럽지만 호흡을 시작한다. 그리고 더 당황한다. 산소호흡기가 호흡을 돕고 있지 않은 모양이다. 남자는 점점 더 다급하게 호흡을 한다. 하지만 산소는 나오지 않는다. 구급대원은 산소호흡기로 남자의 입을 더 거세게 막는다. 남자는 몸을 뒤척인다. 뒤에 선 대원이 지그시 남자의 몸을 누른다. 쓰러진 한 여자가 산소호흡기로 환자를 구하는 구급대원들의 뒷모습을 본다. 어서 자신에게도 와주기를 바란다.

남자는 더 이상 호흡하지 않는다. 산소호흡기를 누르고 있던 구급대원이 산소호흡기를 거둔다. 남자는 죽어 있다. 구급대원은 남자의 입에 귀를 기울인다. 한참을 듣는다. 호흡은 없다. 남자는 확실히 죽었다.

구급대원들은 버스에서 나가기 시작한다. 자신에게 와주기를 바랐던 여자가 의자에 끼여 빼지 못하는 팔 대신 고개를 쳐들어 구조를 청한다. 구급대원들은 보지 못하고 지나친다. 그들이 보지 못한 게 어쩌면 다행인지도 모른다.

    진짜 구급대원들은 출근길 정체로 15분이 더 지나서야 도착한다.

    방금 목숨을 거둔 그 남자는 그 15분 동안, 다섯 명의 목숨을 구한다. 그리고 작은 영웅이 된다. 5년 뒤에 정치인이 되고 10년 뒤엔 대통령 후보가 된다. 그 후로 정계를 은퇴할 때까지 대통령이 되지는 못하지만 매번 강력한 후보였고 누군가에게는 불편한 경쟁자였다. 아무도 그가 이렇게 죽을지 몰랐다. 이렇게 죽을 목숨이 아니었다. 하지만, 어쨌든 남자는 죽었다. 대통령 선거에서 그를 만나게 될 경쟁자들에게는 반가운 일이었다. 누가 대통령 후보가 되는지 아직은 알 수 없었지만 말이다.

    들어갈 때와는 달리 가장 늦게 버스에서 나온 구급대원은 주변을 둘러본다. 다른 두 명은 이미 구급차에 올라 있다. 버스 앞에 서 있던 그 대원도 구급차를 향해 걷는다. 갑갑한지 마스크를 벗는다. 얼굴이 드러난다. 박종대다. 박종대는 조수석에 오른다.

    구급차가 사고 현장에서 멀어진다. 구급차는 좁은 골목으로 다시 들어갔다. 그리고 지체 없이 다른 길로 빠졌다.

*

    '박종대'는 얻은 이름이었다. 다른 이름으로 이곳에 왔다. 이 시간에, 지금의 현재로. 박종대는 처음 온 사람이었다.

돈에 눈이 먼, 모두가 그랬지만 특별히 더 그랬던 한 여행사가 사람이 뻔히 죽을 걸 알면서도 시간 여행이라는 상품을 개발했다. 사람이 죽는다는 걸 숨기지 않았지만 타려는 사람들이 있었다. 돈을 많이 가진 자들이 그 배에 탈 사람들을 샀다. 박종대는 그 첫 배를 탄 사람이었다.

돈을 가진 자는 더 가지게 되었고 그러지 못한 자들은 기회조차 잃은 시대였다. 머리가 좋다고, 공부를 잘한다고, 성실하다고, 노력한다고 기회를 가지던 시대는 이미 오래전에 사라졌다. 가진 자들의, 가진 것을 지키려는 힘은 무엇보다 강했다. 어떤 이념, 어떤 가치보다도 확고했다.

박종대는 머리가 좋은 사람이었다. 암기력이 뛰어났다. 모든 걸 외웠다. 하지만 부모는 가진 게 없는 사람들이었고, 그래서 박종대도 없이 살았다. 좋은 머리는 쓸 곳이 없었고, 뛰어난 암기력은 보여줄 곳이 없었다. 몸으로 하루를 벌어도 하루를 살지 못했다. 부모는 줄줄이 셋을 더 낳았다. 먹고살 길이 막막했다. 시간 여행을 권한 건 아버지였다. 돈 많은 누군가가 자신에게 권한 걸, 아들에게 다시 권한 아버지였다.

시간 여행은 과거로 가는 것만 가능했다. 그걸 그다지 미더워하지 않았던 탓인지 역사를 바꾸겠다거나, 인생을 다시 쓰겠다는 대단한 목적을 가지고 배에 오르는 사람은 없었다. 그럴 사람이라면 아랫동네의 뒷골목에 자리잡고 있는 여행사를 알 리도 없었다.

　박종대를 돈으로 산 고객은 중년의 여자였다. 그녀가 의뢰한 일은 박종대의 목숨처럼 하찮았다. 박종대가 목숨을 걸고 과거로 가서 할 일은 너무나도 대단한 게 아니었다. 2044년의 그 물난리 때 여자는 많은 걸 잃었다고 했다. 젊은 시절의 사진들도 모두 잃었다고 했다. 진짜 과거로 갈 수 있는지 모르겠지만, 크게 믿지도 않지만, 가게 된다면 그곳에 살고 있을 젊은 자신의 사진을 한 장 찍어 오라고 했다. 그뿐이었다. 박종대는 하겠다고 했다. 지금도 크게 늙어 보이지 않는 여자가 주소를 건넸다. 처음 보는 박종대에게 적지 않은 돈을 건넸다. 박종대는 받은 돈의 대부분을 아버지에게 줬다.

　최초의 시간 여행자가 될 다른 당사자들이 떠벌리고 다니며 인심 쓰듯 사람들의 헛된 바람들을 받아 적고 그 바람을 이루어주겠노라 푼돈을 더 챙길 때, 박종대는 도서관으로 갔다. 그가 가게 될 2014년부터, 자신이 태어나고 기억이라는 걸 하기 시작한 2030년(박종대는 2024년에 태어났고, 일곱 살 이후의 기억하고 싶은 일들은 다 기억했다. 기억하고 싶은 일이 많지 않았지만)까지의 신문을 모두 살폈다. 각종 크고 작은 사건들을 모두 외웠다.

　특히 정치 쪽의 사건들에 관심이 많았다. 어떤 정치인이 어떤 실수를 했는지, 비리를 저질렀는지, 누가 어떻게 대통령이 됐는지, 그 대통령이 얼마나 오래 해먹었는지, 박종대는 모두 외웠다.

박종대는 권력이 돈 위에 있다고 생각했다. 그리고 지금 자신이 외우고 있는 정보들이 그 권력에 쉽게 다가가도록 도울 거라는 걸 알았다. 이 현재에선 천하고 하찮았지만, 그곳으로 가게 되면 그는, 미래를 아는 사람이 될 수 있었다. 그게 곧 권력이라는 걸 박종대는 빨리 깨달았다. 돈 많고 허영심 많은 여자에게 젊은 시절의 사진을 가져다주는 것에는 애초에 관심이 없었다.

물론, 오랜 시간 공을 들여서 세운 계획은 아니었다. 무능하고 무책임한 아버지가 자신에게 시간 여행 이야기를 꺼낸 순간, 박종대는 모든 걸 계획했다. 박종대는 머리가 좋은 사람이었고, 준비가 된 사람이었다. 그런 그가 쓸모가 있는 곳으로 떠나는 거였다.

최초에도 열셋이었다. 하지만 훨씬 더 들떠 있었다. 죽음을 실감하지 못했기 때문이다. 수십 년 전의 과거로 간다는 데, 아니, 어렵지 않은 일을 하고 돌아오기만 하면 큰돈이 생긴다는데, 가져본 적 없는 사람들은 손에 쥐어지지도 않은 것들로 들떴다. 대부분은 들뜬 채로 죽었으니 다행인지도 모른다.

박종대가 눈을 떴을 때, 눈앞에 한 사람이 있었다. 어려 보였다. 열다섯 살이나 되었을까. 그 소년이 전부였다. 열셋 중 열한 명이 죽었다.

박종대와 소년은 밤의 바다를 헤엄치기 시작했다. 멀리, 빛의 도시가 보였다. 박종대는 아직도 충분히 깊은 바다에서 앞서가는 소년의 다리를 잡았다. 바닷속으로 끌고 들어갔다. 숨이 찼다. 숨을 참았다. 버둥거리는 소년과 그 소년을 잡고 있는 자신 중 누가 더 숨이 찰까, 박종대는 어두운 바닷속에서 생각했다. 다행히, 소년의 버둥거림이 먼저 멈췄다. 박종대는 잡고 있던 소년의 다리를 놓았다. 소년은 아래로, 박종대는 위로 향했다. 남은 힘으로 간신히 해변에 닿았다.

  바다에서 30대의 남자가 걸어나오고 있었다. 미래에서 온 최초의, 유일한 사람이었다. 박종대는 그 사실을 아무도 모르길 바랐다. 박종대는 돌아갈 생각이 없었다. 이곳의 현재에, 이 시간의 틈에 새 인생을 끼워 넣을 생각이었다.

  바다를 등지고 서서, 이곳에서 살기 위해 해야 할 것들을 생각했다. 힘을 갖기 위해 만나야 할 사람들, 돈을 벌기 위해 팔아야 할 것들을 생각했다.

34

 아침부터 갈 곳이 있다는 사람을 굳이 잡으려는 건 아니었다. 종인은 걱정이 되어 물었다.
 "근데, 부산에 누구 아는 사람이 있었나?"
 그런 게 아니고, 그냥 요기 가까운 데, 잠깐 다녀오면 된다고 우환은 답했다. 점심 전에는 꼭 돌아올 테니 걱정 말라고 했다. 종인은 괜찮다는 사람에게 굳이 자전거를 찾아서 내밀었다. 오래전에 장을 볼 때 종인이 가끔씩 타던 자전거였다. 뒷자리에는 장을 본 물건들보다 아내가 더 자주 탔었다. 아내가 죽은 후 찾지 않게 된 물건 중 하나였다. 많이 낡아 있었다.
 삐걱거리는 소리가 자주 나긴 했지만 자전거는 잘 나갔다. 우환은 종인이 빌려준 자전거 덕에 정말 금방 다녀오겠구나 싶었다. 가게가 안 보이자 우환은 자전거를 세웠다. 주머니에서 명함을 꺼내 확인했다. 영진부동산은 영도라는 곳에 있었다. 영도. 물론, 어딘지 몰랐다. 지나는 사람에게 물었다.
 "여, 영도요? 영도를요? 자전거로요? 힘들 낀데?"

뭘 자꾸 묻나. 간다는데. 이 자전거는 낡았지만 꽤 잘 나간다. 좀 멀다는 얘기 같은데, 나는 아직 젊은 축이다.

하지만 영도는 멀어도 너무 멀었다. 마흔 중반이 어느 축인지 고민하게 됐다. 그리고 순희의 말을 실감하게 됐다. 부산은 넓었다. 원하지 않게 부산 구경을 하게 됐다. 이렇게 매번 다리에 힘을 주지 않아도 절로 굴러가는 바퀴 위에 있으면 이 구경이 재밌기도 하겠다. 처음으로 순희의 말에 공감도 되었다. 오토바이 뒤에 타고 있으면 심심하진 않겠다. 강희 말도 틀린 말은 아니었다. 지나가면서 수많은 부동산들을 봤다. 아무 부동산이나 들어가고 싶었다. 하지만 우환에게 먼저 찾아와도 된다고 한 사람은, 뭔가 우환에 대해서 알고 있는 것 같은 사람은 박종대뿐이었다. 이렇게 고생해서 갔는데, 집 보러 오셨어요? 할 것 같진 않았다.

도대체 누군지. 그도 우환처럼 다른 시간에서 온 사람인지. 그렇다면 이미 돌아간 건 아닌지. 한데, 그 사람은 남한테 들킬 걱정 없이 자유롭게 다니는 것 같았다. 그런 게 어떻게 가능한 건지. 영도에 가까워질수록 박종대에 대한 궁금증도 커져갔다.

여행사에서 들은 말들을 우환은 기억해봤다. 그중에는 절대 정체를 들키면 안 된다는 말도 있었다. 미래에서 왔다는 말을 믿어줄 사람도 없겠지만, 신분이 확실하지 않다 못해 아예 없는 거나 마찬가지인 사람을 반길 나라도 없었다. 박종대는 어째서 자유로운가. 이곳 사람인데 비밀을 알고 있는 자일까? 아니면,

여행사 직원? 아, 직원일 수 있겠구나. 문제가 생기면 도와주는 여행사 직원. 그렇게 생각하자 많은 의문이 풀렸다. 생각해보니 말투도 어딘가 사무적인 것 같았다.

우환은 한결 가벼워진 마음으로 다리에 힘을 실었다. 지지난 밤에 순희 뒤에 탄 강희 뒤에 타고 갔던 그 언덕이 어딘지 찾아보려고 했지만 힘들었다. 그러고 보니 그날의 기억은 좋은 기억이 아닌가? 생각이 들다가도, 힘들었다. 망할 너무 힘들었다. 긴 다리를 건너고 나서야 영도에 이르렀다. 영도에 와서도 꽤 힘들게 영진부동산을 찾았다.

하지만 박종대는 없었다. 외출 중이라는 메모뿐이었다. 문은 잠겨 있었다. 연락처가 적혀 있었지만 우환은 전화기가 없었다. 난감했다. 그때, 뒤에서 목소리가 들려왔다.

"생각이 바뀌신 겁니까?"

돌아봤다. 박종대였다. 우환은 금방 답하지 못했다. 박종대는 기다리지 않고 문을 열었다. 어딘가 사무적인 태도로 자리를 권하고 커피를 내놓았다.

무슨 생각을 묻는 건지, 그래서 어떻게 바뀐 걸 알고 싶은 건지 우환은 언뜻 알 수 없었다. 하지만 박종대가 자리를 잡아 앉고 좀더 추가적인 설명을 하려고 했을 때, 우환은 알 것 같았다. 박종대는 여행사 직원이 분명했다. 우환은 답했다. 또 부탁했다.

"아, 아뇨. 갑니다. 일을 마치면 바로 갑니다. ……그런데, 가기 전에 꼭 좀 알았으면 하는 게 있어서요."

우환은 주머니에 넣어온 걸 꺼냈다. 휴지에 싼 걸 열어 보였다. 머리카락들이었다. 순희와 강희와 자신의 머리카락이었다. 박종대는 조심히 받았다. 다시 휴지로 쌌다. 우환이 머뭇거리며 또 난처해하며 상황을 설명하려 했지만 박종대는 어떤 상황인지 이미 짐작하는 듯했다. 자신이 도울 수 있는 일이라고 했다. 며칠 시간이 걸릴 뿐이라고 했다. 너무도 흔쾌히 부탁을 들어주는 박종대가 우환은 고마웠다. 망설인 시간이 아까울 정도였다. 찾아오기를 정말 잘했다는 생각이 들었다. 우환은 고맙다는 말을 여러 번 전했다. 정말이지, 고마운 사람이었다.

우환은 박종대의 사무실을 나서다가 한 남자와 마주쳤다. 남자는 사무실 앞에 서 있었다. 사무실 안에 있는 박종대도 그가 보일 것 같았다. 남자는 집을 보거나 땅을 보러 온 것 같지 않다. 남자는 사무실 안으로 들어가지 않고 그곳에 서 있기만 했다. 그곳에 서서 사무실을 보는 게, 혹은 그 안을 들여다보는 게 유일한 볼일인 사람 같았다. 남자는 우환이 다가오자 우환이 느낄 정도로 유심히 우환을 살폈다. 누구든 기분이 좋을 리 없겠지만, 처지가 처지인지라 우환은 무시했다. 사실, 겁도 났다. 서둘러 자전거에 올랐다. 빠르게 내려왔다. 언덕을 내려와 큰길로 접어드는 동안, 우환은 남자의 시선이 뒤따르고 있음을 느꼈다.

양창근은 자전거를 탄 남자가 언덕을 내려가 큰길로 사라질 때까지 봤다. 경사 때문에 속도가 붙긴 했겠지만, 대놓고 쳐다보는 자신의 시선이 부담스러웠겠지만, 그럼에도 남자는 어딘가 서두르는 티가 났다. 하지만 자신을 보고 빠른 속도로 멀어진 사람이 한둘이어야 말이지. 그런 사람들을 매번 달려가 잡진 않았다. 양창근은 원래의 볼일로 돌아갔다.

사무실을 들여다봤다. 박종대가 보였다. 불과 몇 미터 정도니, 표정까지도 보인다. 양창근은 사무실로 들어가진 않았다. 박종대도 굳이 나오지 않았다. 양창근은 박종대와 아파트를 번갈아 봤다. 박종대가 확실히 알아볼 때까지, 양창근은 여유를 가지고 한 번 더 반복했다.

박종대는 양창근이 하는 꼴을 본다. 저 형사가 뭔가를 알아내긴 했구나. 하지만 들어와서 따지기도 뭣한 작은 것이구나. 물론, 아주 잠깐, 혹시나 아침의 일을 저 형사가 벌써 안 것은 아닐까, 생각을 해봤다. 하지만, 그럴 리 없었다. 알 수도 없었고, 알았다면, 문을 열고 들어와 물었을 것이다.

티브이를 틀었다. 모든 뉴스 채널이 충격적인 소식에 달려들고 있었다. 고가도로 참사. 누가 얼마나 어떻게 죽었는지 다투어 알리고 있다. 그들이 정작 알아야 할 사실은 오늘 아침 역사의 일부가 바뀌었다는 것이나, 짐작도 못 할 것이다.

양창근은 주민센터에서 영진아파트에 관련된 온갖 서류를 모조리 들여다본 어제, 퇴근하는 그 여직원을 불러 세웠었다. 시간을 좀 내줄 수 있냐고 물었다. 잠깐 생각하던 여직원은 밥을 사라고 했다. 둘은 저녁을 먹었다. 스파게티 따위를 먹었다.

 여직원은 밥값을 하는 사람이었다. 양창근은 틈틈이 물었다. 여직원이 아니라, 영진아파트에 대해서. 그리고 박종대에 대해서.

 영도 같은 오래된 지역은 부산시라고 해도 예전 동네 같은 분위기가 있다. 게다가 저런 한 동짜리 아파트라면, 아파트 입주자들끼리 서로 잘 알고 지낼 터였다. 소유권 이전은 물론 등기소에서 했을 것이다. 하지만 동네에 아주 싹싹하고 일까지 잘하며 심지어 믿을 만한 청년이 있다면? 어르신들은, 등기소까지 직접 가지는 않을 것이다.

 노인에게 뭔가를 얻어내려는 젊은 사람은 언제나 노인들 곁을 지킨다. 하지만 그들의 자식들처럼 뭘 달라는 이야기를 절대 먼저 하지 않는다. 듣기 싫어하는 잔소리도 물론 절대 하지 않는다. 그들이 알아서 다 내놓을 때까지, 그는 친부모님 같아서 그런다, 그냥 좋아서 하는 거다, 라는 말만 여러 번 되풀이한다. 자식들까지 곁을 떠나는 노인들에게, 친절한 청년은 쉽게 신뢰할 만한 사람이 되어간다. 노인들은 관심을 가져주는 친절한 젊은 사람에게 많은 걸 맡기게 된다.

 양창근은 그 친절한 젊은 사람이 박종대일 거라고 확신했다.

 박종대는 이 동네 사람이 맞았다. 다른 젊은이들처럼 영도를 떠나 살다가 5년 전쯤 동네로 다시 돌아왔다. 나이는 서른 후반 정도 되었고, 부모님은, 아버지는 일찍 죽고, 어머니가 혼자 부동산을 계속하셨는데, 아들이 온 후로는 일을 하지 않았다고 했다.

박종대는 처음엔 혼자가 아니었다. 5년 전에 왔을 때는 같이 일하는 사람이 있었다. 하지만 1년 후, 일하던 사람도 내보내고 박종대는 혼자 일을 했다. 성실하고 싹싹하고 친절해서 어른들 사이에서 평판도 좋았다. 아파트 사람들은 아버지가 돌아가시자 바로 어머니를 모시러 들어온 박종대를 기특하다 여기고 또 좋아했다. 나중에 구의원을 시켜야 된다는 말들이 자주 오갔다.

늙은 어머니보다는 젊은 박종대가 부동산 일도 더 잘했다. 얼마 가지 않아 어머니가 노망이 드는 바람에 더 이상 모시진 못했지만, 박종대가 어머니를 병원으로 보낼 때도 아파트 사람 누구도 박종대를 탓하지 않았다.

아파트에 관련된 일은 당연히 박종대에게 일임했다. 소유권을 이전할 때도 박종대가 매번 대리인 역할을 했다. 302호 할머니의 치매가 심해져 병원으로 옮길 때도, 701호 할아버지가 노망 때문에 병원으로 가야 할 때도, 202호 할머니가 자긴 미친 게 아니라며 미친 사람처럼 굴었을 때도, 언제나 박종대가 사람들을 도왔다.

여직원은 스파게티를 능숙하게 포크로 말아 입에 넣으면서, 아무렇지 않게 짧지 않은 이야기를 들려줬다. 여직원 말의 요점도 박종대는 괜찮은 사람이라는 거였다. 여직원은 뭐가 더 없나 생각하더니 마지막으로 덧붙였다.

"게다가, 생긴 것도 뭐."

하지만 양창근의 생각은 좀 달랐다. 직감이랄 거밖에 없지만, 박종대는 아파트 사람들을 돕고 있는 게 아니다. 박종대는 그들 위에 군림하고 있다. 아무도 그걸 모르고 있는 걸 보면, 박종대는 보통내기가 아니다. 되게 나쁜 놈인 거다. 양창근은 그렇게 생각했다.

그러니 박종대에게 알려줄 필요가 있었다. 너에 대해서 달리 생각하는 사람이 있다는 걸.

양창근은 부동산 문이 열렸을 즈음에 맞춰 박종대를 찾았고, 박종대가 충분히 불쾌해할 만큼 사무실 앞에 서 있었다.

*

점심때, 종인은 바빴다. 원래는 혼자 하던 일이었다. 이제는 혼자 못할 것 같았다. 식당 문이 열릴 때마다 봤다. 우환을 기다렸다. 우환은 오후에나 돌아왔다.

"순희, 라는 이름은 누가 지은 겁니까? 형님이?"

우환이 돌아온 오후, 손님도 없었다. 우환은 미안해했다. 돌아왔으니 됐다. 종인은 그런 말을 전하려다가, 주방으로 가서 찬장을 열어봤다. 믹스커피가 있었다.

아내는 믹스커피를 좋아했다. 한 번도 돈을 주고 산 적은 없었다. 거래하는 단골들이 아내가 좋아한다는 걸 알고 하나씩 끼워줬다. 아내가 죽은 후로도 단골들은 하나씩 끼워줬고, 종인도 거절하지 않았다. 찬장에 믹스커피 수십 통이 쌓여 있다. 종인은 그중 한 통을 꺼내 뜯었다. 커피 두 봉지를 탔다. 우환에게 건네고 마주앉자, 우환이 저렇게 물어왔다.

순희의 이름을 지은 건, 아내였다. 순할 순에 빛날 희였다. 아내는 무던한 사람이었다. 그런 아내는 아들이 그저 순하기만 바랐다. 빛나는 거야, 바라지 않아도 그랬으니까. 아내의 눈에는 태어나는 순간부터 눈이 부신 아들이었다. 아내는 남편의 솜씨를 믿었다. 아들이 어른이 될 때까지 남편은 흔들림 없을 거라는 걸 알았다. 순하게 잘 자라기만 하면 흔들림 없는 남편이 아들에게 식당을 물려줄 거였다. 둘째를 바라지도 않았다.

아들은 순했다. 아내에겐 특히 더 순했다. 유치원을 다니기 시작하면서 자기 이름이 여자 이름 같다고 싫어했지만 그래도 아내에게 순했다. 종인에게도 모난 아들은 아니었다. 이름을 싫어했지만 이름처럼 순한 아이였다.

아내는 대장암이었다. 알았을 때는 말기였다. 치료를 받는다 해도 살 확률이 희박했다. 아내는 요란스럽게 치료받고 싶어 하지 않았다. 몇 달 더 살자고 죽을 때까지 산송장처럼 지내는 거, 싫다고 했다. 아내는 남편과 아들 곁에서 건강하게 죽어갔다. 종인은 아내의 마음을 이해했다.

하지만 순희는 그렇지 않았다. 순희는 종인이 엄마를 죽게 내버려뒀다고 생각했다. 순희는 못난 아빠가 엄마를 죽였다고 믿었다.

아내는 그해 아들의 초등학교 졸업을 보지 못했다. 종인은 아들이 아내에게만 순한 아이였다는 걸 알게 됐다. 순희는 언제나 싸울 준비가 된 아이가 되어갔다.

"아, 열 살 넘으면 애들 뭐 말 듣나요, 지 인생이지, 형님 탓이 아니지요."

종인은 우환을 봤다. 달래려고 하는 말 같았지만, 종인은 위로가 필요 없었다. 모든 건 자신의 잘못이었다. 이제 종인의 인생에서 유일하게 의미 있는 것은 순희뿐이었다. 그런 아들의 삶이 잘못된다면, 모두 종인의 탓이었다. 종인은 한 번도 아들이 진 무게를 가늠해본 적 없지만 언제나 모두 짊어질 수 있을 거라고 확신했다. 매일 저녁 아들이 탓하는 소리를 듣고, 매일 아침 아들이 원망하는 소리를 들으며 깨도 좋았다. 아들의 인생이 망가지지만 않는다면.

"인생 하나가, 지 혼자 망쳐지나."

종인은 그렇게 중얼거렸다.

35

 친구들은 부러워했다. 학교 앞에 멈춰 있는 검은색 승용차를 아이들은 타고 싶어 했다.
 해마다 이맘때가 되면, 검은색, 흰색, 은색 세 가지 색 중 하나가, 승용차, 승합차 두 종류 중의 하나로 학교 앞에 나타났다. 그럼 학교에서 좀 친다, 잘 친다, 젤 잘 친다, 하는 형들이 그 차에 올랐다. 검은색 승용차를 진짜배기로, 흰색 승합차를 하바리로 쳤다. 순희에게도 그 차가 왔다. 검은색 승용차였다. 순희에게도 좋은 기회가 온 거였다. 아마 가장 돈줄이 굵은 조직일 거였다. 들어가는 순간, 그 조직의 힘만큼 어깨에 힘이 들어가고 그 조직의 크기만큼 큰 중국집에서 회식을 할 거였다. 돈줄이 길면 명줄도 길었다. 돈줄이 끊어진 조직은 사람이 수시로 죽어나갔다.
 학교를 다니며, 물론 배운 것도 있다. 순희는 기술을 배우는 게 제법 재미있었다. 선생들도 머리는 좋은데 조금만 노력하면 좋은데, 라는 말을 여러 번 했다. 한데 순희는 그냥, 그렇게 살게 될 것 같지 않았다. 학교에서 배운 걸 써먹어가며 또 인생에서 배우며, 뭐 그렇게 어른들 말처럼 살게 될 것 같지는 않았다.

나쁠 것 없었다. 검은색 승용차다. 명줄이 가장 긴 조직이라는 뜻이었다. 순희는 죽고 싶지 않았다. 물론, 친구들에게는 달리 말하곤 했다. 죽는 건 무섭지 않다. 뭐 돈도 많이 줄 거고, 다 좋은데, 딱 한 가지 걸리는 게 있다면, 남의 조직이라는 거. 나는 남 밑에서 일하는 거 적성 아니거든. 나는 내 조직을 갖고 싶다고. 큰소리를 쳤다. 그때마다 친구들은 웃었지만, 부러워하는 눈치였다. 하지만 현실은 언제나 무서웠다. 저 검은 차를 볼 때마다 마음이 무거워졌다.

운전석 창이 열린다. 그리고 언제나,

"어이, 이순희,"

라고 낮게 부른다. 눈치를 보는 목소리가 아니다. 크지도 않은, 바닥에 깔려 발끝부터 올라오는 목소리였다. 발끝을 타고 올라온 목소리는 순희의 발목을 지나 다리를 타고 귀에 닿기 전에 소름 돋게 했다. 언제나 팔등에 닭살이 돋았다. 운전석에 탄 걸 보면, 높은 놈은 아닐 거라고 친구들이 얘기해줬지만, 순희는 높은 놈은 본 적이 없기 때문에 이놈이 제일 무서웠다. 한 번도 그 차에 오른 적은 없었다. 그냥 지나쳤고, 지나치면 따라오지 않았다. 하지만 오늘은 달랐다.

횡단보도에 섰을 때, 그래서 강희의 학교가 보이기 시작했을 때 그 차가 다시 보였다. 순희는 오토바이를 길가에 대충 세웠다. 키를 뺐다. 뒤따라 멈춘 차로 다가갔다. 조수석의 문을 열고 차에 올랐다.

차 안에는 운전석의 그 남자 혼자였다. 가까이서 보니 생각보다 젊었다. 남자는 잘 왔다는 뜻인지, 올 줄 몰랐다는 뜻인지, 뒷목을 긁적거렸다. 남자의 손이 이번엔 귀 뒤쪽을 긁기 시작했을 때, 순희는 입을 열었다. 준비했던 말들을 했다. 좋은 조건인 거 알고 좋은 조직인 거 알지만, 자기랑은 안 맞는다고. 순희는 거절 의사를 충분히 밝혔다. 남자는 별말이 없었다. 순희는 차에서 내렸다. 곧장 앞으로 걸었다. 오토바이에 키를 꽂았다. 강희의 학교를 지나쳐 직진을 했다.

여느 날처럼 낯선 길들을 다녔다. 밤이 늦어서야 집으로 돌아갈 생각이 들었다.

익숙한 길에 접어들었을 때, 그들이 기다리고 있었다. 어디에서 온 누구라는 소개 없이 순희에게 주먹을 또 발을 날렸다. 오토바이에서 끌어내렸다. 왼팔을 준비할 새도 없이 순희는 맞았다. 순희가 정신을 잃기 직전에 그들은 때리는 걸 멈췄다. 하지만 그들은 떠나지 않았다. 더 때리지도 않았다. 순희는 힘들게 고개를 들었다. 뒷목을 긁는 그림자가 잠깐 보였다. 가까운 거리는 아니었다. 빛을 등지고 어둠 속에 있는 그 그림자를 한 번 더 분명히 보이고 나서야, 그들은 떠났다.

순희는 몸을 일으켜 앉았다. 오토바이를 세웠다. 키는 꽂혀 있었다.

오늘 강희를 태우고 다니지 않기를 잘했다.

*

 더 늦는 날도 있었다. 안 오는 날은 없었다. 오토바이 소리가 들렸다. 우환은 주방으로 가서 사태를 썰었다. 출입문이 열리는 소리가 들렸다. 한 사람이었다. 수북이 담은 곰탕 한 그릇을 들고 식당으로 나섰다. 순희는 멍들고 찢어진 얼굴로 앉아 있었다. 눈에서 시작된 피가 볼을 타고 입에서 흐르는 피와 만나 가슴까지 흘러 있었다. 흰 교복 가슴이 붉었다. 우환이 국그릇을 내려놓자, 순희는 휴지로 얼굴에 묻은 피를 대충 닦았다. 입이 찢어져 아파하면서도 순희는 먹었다. 국물을 떠서 넣고 덩어리들을 씹었다. 밥을 말았다. 먹는 모습을 보니 우환은 마음이 조금 놓였다. 마음이 조금 풀리니 화가 났다. 왜 저러고 다니는지, 왜 이렇게 사는지, 우환은 걱정이 됐다. 걱정이 시작되자 화를 멈출 수가 없었다. 무슨 말이든 터져나올 것 같았다. 그때, 순희가 먼저 입을 열었다.
 "아저씨 있으니까 좋네. 고기도 많이 넣어주고."

36

 출장은 위험하다는 걸 안다. 누구보다 '그'가 절대적으로 싫어한다는 것도 안다.
 하지만 문제는 늘 돈이었다. 오전에는 일도 잘 없다. 여기서는 할 일이 없고, 거기 가면 적지 않은 돈도 있었다. 도깨비는 자꾸 돈냄새가 났다. 피냄새는 인이 박인 건지 잘 맡아지지도 않았다. 하지만 돈냄새는 멀리 있어도 코를 벌름거리게 했다. 도깨비는 망설였다. 몸만 빠져나가면 되었다. 장비는 거기에 다 있을 거였다. 환자와 돈이 기다리고 있었다.
 고기를 굽지 않는 날엔 동료들도 한가했다. 동료들이라 해봐야 같이 지내는 사람은 둘이다. 언제 일이 있을지 몰랐기 때문에 늘 대기 중이었다. 일은 주로 아주 늦은 밤이나 이른 새벽에 있었다. 일을 나가는 시간, 해야 할 일을 정하는 것, 모두 그가 했다.
 도깨비는 소파 위와 아래에 나란히 누워 티브이를 보는 두 사람을 지나쳐 현관문으로 향했다.

"어디 가세요?"

현관문을 열 때, 소파 위에 누운 동료가 궁금해하는 기색 없이 물었다.

"사우나."

도깨비는 짧게 답했다. 문을 닫고 나섰다.

자리는 아늑하고 좋았다. 환자도 신선했다. 꺼낼 물건도 많을 것 같았다. 돈을 더 달라고 했다. 돈 가방이 열리고 5만 원권 다발 두 개가 더 들어가는 걸 확인하고, 도깨비는 메스를 들었다. 배를 갈랐다. 테이프로 봉해진 입 사이로 흘러나오던 소음도 사라졌다. 도깨비는 돈값을 했다. 지켜보는 사람들은 다음에도 이 미친놈을 불러야겠다고 생각했다. 안에서 들어낼 것들을 모두 들어내고, 양쪽 안구까지 뽑아낸 후에도 도깨비는 뭔가 더 없나, 살피고 있었다. 사람들에게 환자를 뒤집으라고 했다. 도깨비가 환자의 엉덩이에서 허벅지로 이어지는 부드러운 피부를 벗겨내고 있을 때, 밖이 어수선해졌다. 도깨비는 집중하느라 몰랐다.

벗겨낸 피부를 한쪽에 척, 하고 내려놓고 다른 쪽 엉덩이에 메스를 가져갈 때, 주변이 너무 조용하다는 느낌을 받았다. 피냄새도 아닌, 돈냄새도 아닌 냄새가 났다. 땀냄새가 진동했다. 도깨비는 고개를 들었다.

유도나 역도를 했거나 씨름은 분명히 잘할 것 같은 사내들이 있었다. 한 사내가 도깨비의 얼굴을 향해 주먹을 휘둘렀다. 사내는 부산에서 태어나 부산에서 놀다가 부산에서 형사가 된, 강도영이었다. 도깨비는 나가떨어졌다. 사내가 뭐라 더 거친 말들을 뱉어왔지만, 도깨비는 잘 들리지 않았다. 어지러웠다. 땀냄새만 계속 났다.

*

  이번에는 더 노골적이었다. 순희의 오토바이 앞을 검은 승용차가 가로막았다.
  강희의 호출이 있었다. 수업 시간이 중요한 사람들은 아니지만, 이 시간에 호출은 드물다. 꼭 가봐야 하는 일이었다. 순희는 빨리, 또 안전하게 벗어나야 한다 생각했다. 도망치면 따라올 것이다. 순희는 오토바이를 한쪽으로 세웠다. 다시 조수석에 탔다. 오늘은 뒷자리에 사람들 둘이 더 있었다. 모두 평범해 보이는 얼굴들이었다. 순희는 서둘러 다시 거절 의사를 밝혔다. 아주 잠깐 정적이 돌았다. 뒷자리 남자가 순희의 안전벨트를 채웠다. 운전석의 남자가 내렸다. 운전석 뒷자리의 남자가 그 자리에 앉았다.
  차에서 나온 운전석의 남자가 목뒤를, 또 귀 뒤를 긁으며 담배 한 대를 피우는 동안 차가 가끔씩 들썩거렸다. 순희의 얼굴이 가끔씩 창에 짓눌리는 것이 보였다.

*

 취조실에는 강도영과 도깨비 둘뿐이었다. 도깨비는 쉽게 입을 열지 않았다. 독고다이냐, 조직이 있냐, 조직의 머리는 누구냐, 조직원이 몇이나 되냐, 통나무 장사만 하는 조직이냐, 근거지가 어디냐, 질문은 많았지만 답은 하나도 없었다. 변호사가 와야 이야기를 하겠다고 했다. 자신을 때린 값도 치르게 하겠다고 했다.

 하지만 변호사가 올는지는 몰랐다. 도깨비는 사실, '그'가 어떤 사람인지 잘 몰랐다. 함께 일한 지 몇 년이나 지났지만, 가까워지는 사람이 아니었다. 불안했다. 하지만 불안한 티를 내지 않았다. 입을 열 기미조차 보여주지 않았다. 말없는 시간이 이어졌다.

 덩치가 질문을 점점 줄여나갔다. 수위도 낮춰갔다. 그러다 결국, 조직원, 가장 말단 조직원 하나만 불라는 말이 나왔다. 도깨비에게 할 짓을 대신 할 사람을 찾는 거였다. 조직원 아무나 하나만 불면, 나가게 해주겠다고 했다.

 도깨비는 고민했다. 고민은 길지 않았다. 어차피 평생 함께할 사람들도 아니었다. 가장 먼저 생각나는 사람을 말하기로 결정했다. 한 명의 얼굴이 떠올랐다. 하지만 도깨비는 그 조직원의 이름을 몰랐다. 무슨 일을 하는지는 알았다. 어디 있는지도 알 것 같았다.

강도영은 도깨비가 곧 이름 하나를 말할 거라는 걸 알았다. 그 이름이 다른 이름들도 말하게 될 거였다. 강도영은 갑자기 기분이 좋아졌다.

괜한 입을 연다.

"잘나가던 성형외과 의사 선생님께서, 몸뚱이 열어서 냄새나는 내장이나 만지고 있고, 속이 상하시겠어요? 아무래도 이 뭐냐, 레벨이 다른 일이잖아? 고충이 크겠어?"

그 말에 도깨비가 강도영을 바라본다.

도깨비의 눈이 먼저 웃기 시작한다. 입이 한쪽으로만 길어지더니 비웃음이 삐져나오기 시작한다. 어깨가 들썩이며 소리를 키운다. 기이한 웃음소리는 점점 높아진다. 이제 도깨비는 온몸으로 웃고 있다. 손톱으로 칠판을 긁는 것처럼 날카롭고 불쾌한 높은 톤의 웃음소리가 취조실을 채운다. 순식간에 강도영은 기분을 망친다. 도깨비가 웃음을 참으며 겨우 입을 연다.

"나 가끔 내 전공도 살리는데?"

37

 돌아갈 날이 다가오고 있었다. 내일, 아니 오늘이라고 안 될 것도 없었다.

 우환은 이제 곰탕 끓이는 법을 안다. 아직 혼자 모든 과정을 다 해보지 않았지만, 할 수 있을 것 같았다. 짧은 기억력을 대신해 메모도 충분히 해뒀다. 사실, 곰탕 끓이는 게 그리 어려울 건 없었다. 대단한 비법이 있는 것도 아니었다. 하지만, 오랜 시간이 걸리는 음식이었다. 기다림을 배우는 게 쉽지 않았다. 아롱사태와 양지머리, 양을 살 곳도 알고 있었다. 종인의 단골집에서 사면 속을 일이 없었다.

 배에 실을 곳이 있을까. 우환은 돌아갈 날에 대해서 구체적인 것들까지 생각해보고 있다. 하지만 날짜는 쉽게 정해지지 않았다. 돌아가면, 봉수가 일단 반겨줄 거고, 사장에게 곰탕 끓이는 법을 알려주면, 식당 하나 내준다고 했으니까, 그럼 봉수한테 얘기해서 같이하자고 해야겠다. 아닌가, 봉수는 안 나오려나. 사장이 말을 바꾸진 않겠지? 한데, 거기서 이 좋은 고기들을 대체

할 수 있는 게 있으려나. 결국은 없더라도 종인에게 배운 대로 곰탕을 끓여보면 그때보단 먹을 만한 걸 만들겠지.

여기 더 있을 이유가 없었다. 돌아가지 않을 이유는 없었다. 부모와 이름이 같은 소년, 소녀를 만나서 즐거운 시간을 보냈지만, 그런 게 이유가 될 수는 없었다.

하지만 뭉그적거리고 있었다. 돌아갈 날짜를 잡지 못하고 있었다. 여행사에서 준 손목시계만 켜면 돌아갈 시간을 알 수 있는데, 왜 켤 생각을 안 하는지, 정말 막장 드라마에서 보던 그 유전자 검사 결과를 기다리고 있는 건지, 우환은 스스로도 알 수 없었다.

불이나 확인해야겠다 싶어 우환은 방을 나왔다. 종인은 보이지 않았다. 아마 방에서 낮잠을 자거나, 잠깐 외출을 했을 거다. 우환과 종인 모두에게 한가한 오후였다.

솥을 열었다. 떠 있는 기름들을 국자로 걷어냈다. 불을 조금 낮췄다. 그리고 주방에 좀 앉았다. 어느새 익숙해진 공간이다. 어느새 정이 가는 곳이 되었다. 우환은 냉장고를 열고, 삶은 고기들과 양이 넉넉한지 확인했다. 파를 좀더 썰어서 담아뒀다. 종인은 파를 너무 많이 썰어두는 것도 싫어했다. 모든 걸 미리 준비했지만, 적당히만 했다. 우환은 이상하게 종인이 어려웠다. 또래라면 또래인 종인이 한참 어린 순희보다 훨씬 가까울 만도 한데, 그렇지 않았다. 어쩌면 한 세대를 건넜기 때문인지도 모른다. 하지만 어떤 경우, 할아버지가 아버지보다 더 편하지 않나? 우환은 그런 생각을 해보곤 웃었다. 고등학생 아버지와 또래의 할아버지는 생각만 해도 웃겼다. 심지어 우환은 종인에게 형님이라고 부르지 않나, 파격적으로.

"뭘 실실 쪼개고 있어요?"

우환이 주방에 앉아 혼자 키득거리고 있는데, 여고생이 말을 걸었다. 강희였다.

"니가 여기…… 수업 시간 아니냐?"

"수업 시간에 목욕탕으로 불러낸 사람들은 누군데?"

"아, 아니, 그거는, 종인 형님이,"

형님이라는 말 때문에 우환은 또 웃었다.

되도록 멀리 좀 가자고 했다. 식당에 있을 기분이 아니라고 했다. 굳이 식당을 찾아왔으면서도 식당에 있을 기분이 아니라는 건 무슨 말인지. 우환은 페달을 힘껏 밟았다.

강희는 보기보다는 무거웠다. 강희는 우환의 허리춤을 잡았다가, 놓았다가, 잡았다. 우환의 다리에 없던 힘이 생겼다. 자전거가 힘차게 치고 나갔다. 없던 바람이 생긴다. 없던 기분이 든다. 우환은 좋다. 우환은 강희와 하나의 자전거를 나눠 타고 같은 곳으로 가는 게 좋았다. 뒷자리에서 말이 없던 강희가 한마디 한다. 그 말에 우환은 웃는다.

"아, 드럽게 느리네."

가장 가까운 바다에 멈췄다. 앞뒤로 앉았을 땐 몰랐는데, 나란히 앉고 나니 어색했다.

"내가 사는 데는 바다가 훨씬 멀리 있는데."

우환이 쓸데없는 이야기를 꺼냈다. 오죽했으면. 다행히 강희는 대답도 없다.

우환은 이야기를 꺼낸 김에 조금 더 길게 이야기를 했다.

"바다가 멀리 있어서, 예전에 알던 바다 위를 한참 달려야 바다가 나와."

그리고 강희가 대답했다.

"아저씨, 나 임신했어."

38

 그냥 '소망병원'이었다. 소망이 희망과 어떤 차이가 있나, 양창근은 잠깐 생각해봤다. 희망이 좀더 낙관적이지만 소망이 좀더 절실한 거였나? 양창근은 그런 생각을 하면서 병원으로 들어갔다.

 정신병원이라 해서 별다를 게 없었다. 기대한 모습과는 달랐다. 병원은 그늘 한 점 없었다. 쾌적했고 평화로웠다. 간호사, 의사, 직원 들은 모두 전문가였고 친절했다. 자식들이 노망든 부모를 이곳에 보내기로 마음먹었다면 과연 잘한 일이라고 말해주고 싶은 마음이 절로 들었다. 치매와 정신 질환으로 고통받고 있는 분들이 있다면 하루라도 빨리 모셔오고 싶었다. 어디에도 의심스러운 곳은 없었다. 학대나 폭력 따위를 상상했던 양창근은 스스로를 비웃었다.

 그럼에도 양창근은 일일이 모두 확인했다. 열셋 모두 거기 있었다. 노인들은 모두 안전했고, 적당한 치료를 받고 있었다. 물론, 그중에는 미치지 않았다는 사람도 있었고, 자신을 이곳으로 보낸 자식들을 원망하는 사람도 있었다. 대부분의 노인들은 자신을 이곳에 보낸 자식들을 친자식이 아니라고 했다. 그런 '부정'은 치매에 걸린 노인들의 가장 전형적인 증상이라고 했다. 이렇게 좋은 곳으로 보내줬는데도 우리나라는 여전히 자식이 부모를 모시지 않는 것 자체를 불효라 생각하며, 늙어서 이런 곳에 오는 것을 부끄러워하는 경우가 많다고 했다. 이제는 안 그럴 때도 되지 않았나, 동행한 젊은 간호사가 자신의 의견인지 설명인지, 덧붙였다.

열셋 중에는 아는 얼굴이 한 명 있었다. 얼마 전 경찰서로 찾아와 자기 아들이 자기 아들이 아니라고 했던 그 할머니.

양창근은 그녀를 알아봤지만 노인은 그러지 못했다. 노인은 말없이 티브이를 보고 있었다. 체념한 건지 아니면 치료가 되고 있는 건지 얼굴에 불안은 없었다. 돈이 많이 들 텐데, 그 아들도 고생이네, 효자네, 양창근은 자기도 모르게 경찰서에서 본 아들 걱정을 하고 있었다.

결론적으로, 이성적 판단의 범주 안에서 문제가 되는 사람은 없었다. 할머니, 할아버지들 모두 이곳에 있는 게 훨씬 좋아 보였다.

그럼에도 양창근은 전혀 마음이 놓이지 않았다. 오히려 혼란스러워졌다. 누군가 자신의 팔을 잡고 어서 날 내보내줘,라고 했어야 했다. 열셋 중, 서넛은 어딘가로 행방불명되었어야 했다. 누군가의 마른 몸에는 학대의 흔적이라도 있길 바랐다. 하지만 아무것도 없었다. 연기를 하는 것 같지도 않았다. 양창근이 뭐라고, 언제 올 줄 알고 쇼를 하고 있겠나. 강도영의 말이 갑자기 떠올랐다. 내가 영화를 너무 많이 봐서 그런가. 양창근은 이곳의 노인들이 어떤 식으로든 불행하길 바랐던 마음을 조금씩 거두어야 했다.

이들이 이곳으로 올 수 있도록 박종대가 도왔다면 그건 칭찬받을 만한 일일 수 있었다. 이곳이 부산에서 가장 영업이 잘되는 병원인 데에는 이유가 있었다. 양창근도 며칠 쉬고 싶었다. 앉아 있으면 밥도 입에 넣어줬다. 손만 뻗으면 티브이가 절로 켜졌다. 고개를 저으면 채널을 바꿔줬다. 간호사의 눈을 말없이 보고 있으면 화장실로 데려다줬다. 천국이다. 박종대는 천사였다. 목뒤를 좀 긁는다고, 귀 뒤를 좀 긁는다고 나쁜 사람 취급을 했다니.

입원 환자 리스트와 자신이 가지고 온 리스트를 양창근은 다시 한번 확인했다. 눈으로 실제 입원해 있는 노인들을 다 본 후였다. 그럼에도 한 번 더 확인했다. 열셋은 모두, 분명히, 있었다.

이제 양창근은 병원을 나와서 박종대를 찾아간 후, 영도구 구의원에 출마하면 꼭 한 표 던지겠습니다, 인사를 하면 되는 거였다. 그간 지켜본 건, 미래의 정치인에 대한 흠모였다고 고백을 해도 되었다. 아닌 게 아니라, 박종대가 유세 차량에 올라 있는 그 정치인을 바라보던 눈빛도 이해가 되었다. 박종대는 미래의 자신의 모습을 보고 있었던 것이다. 모든 게 이해되기 시작했다. 양창근은 직업상 의심이 많고, 성격상 정치인들을 싫어하니 박종대가 그냥 의심스럽고 싫었던 것이다.

그럼, 박종대가, 이제는 좋은 곳에서 입원 치료를 받고 있는 그 할머니의 아들과 같은 곳을 긁는 건? 대다수의 대한민국 성인 남성이 배를 긁는다. 그래서 이상한가? 하나도 이상한 게 아니다. 양창근은 박종대를 다시 찾아가 그가 뒷목을 긁을 때 손이라도 내어줘야 할 판이었다.

절대 정치인과는 적이 되어서는 안 됐다. 그들과의 사사로운 감정 때문에 틀어지는 사건을 양창근은 종종 봤다. 양창근은 세상을 이미 충분히 알 만큼 아는, 그래서, 잘못된 것은 웬만해선 바로잡을 수 없으며, 그러니 더러운 것은 피해 가야 한다는 걸 아는 노련한 형사였다. 우스갯소리가 아니라 박종대를 찾아가 소속을 밝히고 좋은 이야기로 마무리를 해야 한다는 생각이 들었다. 현재 박종대는 영진아파트의 대표 격 아닌가. 이런 일은 싹을 키우면 안 됐다. 박종대 한 사람이 주동해서 아파트 전체가 애먼 민원을 넣을 수도 있었고, 만에 하나, 영도구 구의원이 된 후라면 괜히 한두 마디 걸고넘어질 수도 있었다. 양창근은 그들이 두렵지 않았다. 눈치를 보는 것도 아니다. 다만, 어떤 경우에도 자신이 동료들과 고생해서 잡은 범인을 다른 이유로 풀어줘야 하는 일을 만들고 싶지 않았다.

이 병원이 정말 문제가 있었다면, 부산에서 태어나 부산에서

산 강도영과 그 동료들이 이미 의심스러워했을 것이다. 강도영이 뭔가 알아냈기를 바라며, 양창근은 박종대를 만나 일을 마무리하고 사무실로 가야겠다고 생각했다. 하지만 감사했다는 인사를 하고 떠나려고 했을 때, 오히려 간호사가 잡았다.

"폐쇄병동은 안 보서도 돼요?"

*

도깨비가 말한 조직원은 스카우터라고 했다. 요즘이 한창 바쁠 때라고. 지금쯤 고등학교 앞을 얼쩡거리고 있을 거라고. 검은 승용차를 타고 있다고 했다.

부산에는 고등학교가 많았다. 그 학교 앞을 다 돌 수는 없었다. 그럴 생각도 없었다. 강도영은 어디부터 돌아야 할지 알 것 같았다. 조직에서 스카우트하고 싶을 정도의 아이들은 강도영도 이미 알고 있었다.

이순희의 학교를 가장 먼저 갔다. 하지만 없었다. 학교 다섯 군데를 더 돌았다. 없었다. 내일부터 다시 돌아야 했다. 도깨비는 아직 취조실에 있으니, 경찰에서 쫓고 있다는 걸 그가 알 리 없었다. 스카우터는 내일도 학교를 돌 터였다.

차를 돌리는데, 길가에 주차되어 있는 차가 눈에 들어왔다. 검은색 승용차였다. 그냥 지나칠 수도 있었지만 승용차가 주차된 길가에 중국집이 보였다. 검은색 승용차와 중국집. 참 조화롭다. 강도영은 일단 근처에 차를 댔다. 중국집 안으로 들어갔다.

중국집은 크지 않았다. 손님이 많지도 않았다. 아직 저녁 전이었고 점심시간은 한참 지난 후였다. 강도영은 둘러보았다. 검은 양복 두엇이 고등학생 한둘을 앉혀놓고 탕수육과 짜장면을 소주와 함께 마시고 있는 테이블이 있다면, 거기였다. 하지만 어디에도 검은 양복들은 없었다. 손님은 모두 네 테이블이었다. 어른, 아이들이 함께인 가족 단위가 둘, 성인 남자들만 있는 한 테이블, 그리고 나머지 한 테이블은 성인 남자와 남고생이었다. 남자는 뒷모습이, 남고생은 얼굴이 보였다. 남자는 검은 양복 차림이 아니었다. 오랜 형사생활을 통해 얻은 직감이라는 게 있었다. 저 남자의 뒷모습은 조직원이 아니었다. 남고생의 얼굴도, 물론 급부상한 일진일 수도 있었지만, 모르는 얼굴이었다. 아무래도 내일 다시 돌아야 했다.

강도영과 동료 형사는 출입문 쪽으로 몸을 틀어 걸었다. 마침, 식사를 끝낸 남자가 일어났다. 남고생이 먼저 강도영과 형사들을 지나서 출입문을 열었다. 남자는 지갑을 꺼내며 계산대에 섰다. 계산대는 출입문 바로 앞에 있었다.

강도영은 출입문을 잡다가, 그 남자를 본다. 평범한 얼굴인데, 어딘가 눈에 익었다. 그냥 눈에 익는 사람은 없었다. 동료 형사도, 남자를 알아봤다.

밖으로 먼저 나간 남고생이 골목 사이에 세워둔 오토바이에 오르는 게 보인다. 오토바이는 평범하지 않았다. 치장이 요란하다. 직감상, 저놈은 일진이 맞았다. 그럼 이 남자가 도깨비가 말한 그놈이어야 했다. 한데, 이 얼굴은 조직원의 얼굴이 아니었다. 일전에 경찰서에서 본 얼굴이었다. 치매 노모를 걱정하던 그 아들이었다.

남자가 강도영 쪽으로 고개를 돌린다. 출입문 앞에 선 강도영과 형사를 본다. 반듯한 얼굴이다. 목 뒤쪽을 긁적인다. 출입문 쪽으로 다가온다. 목뒤를 긁던 손이 귀 뒤로 옮겨온다. 겸연쩍은 듯 눈인사를 하고 강도영과 동료 형사를 지나치려 한다. 강도영은 자기 앞을 지나치려는 그 남자를, 잡는다.

*

병동은 개방병동과 폐쇄병동으로 나뉘었다. 노인들이 있는 곳은 개방병동이었다. 그들은 모두 개방병동에 있었다.

폐쇄병동은 말 그대로 모든 문이 열쇠로 잠겨 있었다. 그리고 '생각의 방'이라는 곳이 있었다. 문제를 일으키는 환자가 가는 곳이었다. 생각의 방에서는 혼자서 생활하게 되는데, 특별한 이유가 있지 않는 한은, 72시간 이내에 나오게 되었다. 하지만, 특별한 경우도 있었다.

그 방에서 1년 동안 지낸 환자가 있었다. 환자는 자신의 얼굴을 보려 하지 않았다. 방에 있는 어떤 거울도 모두 없애야 했다.

반사가 되는 유리도 없앴다. 여러 번의 자살 시도가 있었다. 손을 못 쓰게 묶어둬야 했다.

신분도 불확실했다. 게다가 자발적으로 이곳에 왔다. 왔을 때는 이미 제정신이 아니었다. 젊은 간호사는 근무한 지 3개월밖에 안 돼서 그 당시 상황을 자세히는 모른다고 했다. 어쨌든, 이런 환자를 거리로 내치지 않는 좋은 병원이지 않냐며, 자신의 의견을 말했다. 젊은 간호사는 이 병원 자체가 자랑거리고 방문객 모두에게 병원 곳곳을 보여주고 싶은 모양이었다. 양창근은 그 환자를 한 번 보고 싶다고 했다. 단순한 호기심이었다.

열쇠로 잠긴 문에는 작은 창이 있었다. 창은 들여다보기 전용이었다. 방 안에 있는 환자가 창을 봐도 밖이 보이지 않았고, 자신의 얼굴을 비출 수도 없었다. 양창근은 그 창을 통해 들여다봤다.

남자가 있었다. 얼굴을 아래로 하고 구부정하게 앉아 있었다. 기다려도 고개를 들지 않았다.

양창근은 갑작스럽게 문을 쾅, 하고 두드렸다. 남자가 놀라 고개를 들었다. 문 쪽을 봤다.

하지만 얼굴이 보이지 않았다. 분명, 양창근을 보고 있는데도, 얼굴이 보이지 않았다.

남자는 얼굴이 없었다. 그렇게 보였다. 얼굴을 감싸고 있는 피부가 사라진 남자는 얼굴이 없는 것처럼 보였다. 양창근은 그 얼굴 없는 남자를 뚫어져라 봤다.

　　　　　　　　　＊

　강도영은 노모의 아들과 마주보고 앉았다. 취조실이다. 도깨비는 남자의 얼굴을 확인해주고 풀려났다.
　도깨비는 없다. 한데도, 도깨비의 웃음소리가 들려오고 있다. 손톱이 긴 도깨비가 칠판을 긁고 있다. 강도영은 남자의 얼굴을 뚫어져라 본다. 남자의 얼굴을.

39

 많은 것을 알고 있음에도 입이 무거워 한곳에서 오래 일하는 사람들이 가끔 있다. 이 수간호사가 그랬다. 나이가 쉰은 되어 보였다. 간호사는 얼굴 없는 사내에 대해서 이 정신병원을 통틀어 가장 잘 알고 있었다. 하지만 말했듯이, 입이 무거웠다. 수간호사는 양창근이 형사임을 확인한 후에도 말을 아꼈다. 오히려 더욱 아끼는 것 같았다.
 남자의 얼굴은 병원에 올 때 이미 벗겨져 있었다고 했다. 정신 질환으로 스스로가 벗겨낸 건지, 타인에 의해 강제로 벗겨진 건지, 알 수 없었다고 했다. 자신의 얼굴을 인정하지 않으려는 증상이 오래된 거라면 스스로 벗겨냈을 가능성도 충분히 있고, 피부가 벗겨진 후에 그런 증상이 생겼다면, 타인에 의해 강제로 벗겨내졌을 가능성이 높다고 했다. 그렇다면, 그건 범죄였다.
 왜 신고하지 않았냐고, 양창근은 물었다. 따진 게 아니었다. 하지만 수간호사는 방어했다. 꼭 범죄가 아닐 수도 있지 않겠냐고. 그 벗겨낸 사람이 의사라면, 치료나 수술의 일종이었을 수도 있지 않겠냐고. 게다가 정신병원에 왔을 때는, 말했듯이, 벗겨진 피부가 제때 치료되지 않아서 피부조직이 얽어진 후였기 때문에 상처 난 마음을 치료하는 게 순서였다고. 수간호사의 말은 빈틈이 없었다. 저 남자가 어디서 왔는지 알고 있냐고, 양창근은 물었다. 이미 제정신이 아니었기 때문에 횡설수설하는 말을 신뢰할 수 있는 상황이 아니었다고, 수간호사는 답했다. 근데 왜 이 정신병원으로 왔을까요? 수간호사는 그 질문에 답하지 않았다.

"제정신이 아닌 사람이 자기 발로 정신병원을 오는 게 이상하지 않나요?"

수간호사는 이어지는 질문에도 답을 하지 않았다.

만약에, 누군가 강제로 자신의 얼굴 피부를 벗겼고, 위험을 느껴서 그 현장에서 도망쳤다면, 그러다 피부가 돌이킬 수 없을 만큼 뭉개질 때까지 어딘가에서 헤매다가 집도 아닌 이곳으로 왔다면, 왜 이곳을 택했을까. 혹시 안전하다고 느껴서 온 건 아닐까. 이 병원으로, 도망쳐 온 건 아닐까…… 양창근은 수많은 질문을 속으로만 했다. 그리고 수간호사에게 물었다.

"여기 누가 입원 중인지, 아무에게나 알려주는 거 아니죠?"

"말이라고 하세요?"

수간호사의 대답 중 가장 빨랐다. 양창근은 생각에 잠겼다. 한 가지 더 물었다. 저 환자가 생각의 방에서 나와, 폐쇄병동을 벗어나, 개방병동으로 갈 수도 있는 건지. 당연하다고 했다. 그러기 위해 우리가 치료 중인 거라고. 수간호사는 덤덤하지만 확신에 차서 말했다. 양창근은 갑자기 궁금해지는 게 있었다. 치료 중이라는 말 때문이었다.

"근데, 그 치료, 수술요. 만약에 수술이었다면, 얼굴 피부를 벗겨내야 하는 수술이란 게, 뭐가 있습니까?"

"정신병원 간호사가 그걸 어떻게 알겠어요. 뭐, 성형수술 같은 거겠죠."

뻔한 답이 들려왔다. 이제 질문을 끝내야 할 때가 왔다. 양창근은 알았다. 오늘은 더 물어봐도 소용이 없다. 다시 와야 했다. 다시 온다고 해도 더 얻어낼 게 있을지 모르지만. 더 중요한 건, 사실 그 환자가 지금 사건과 어떤 연관이 있을 것 같지는 않다는 거였다. 그럼에도 양창근은 정신병원에서 꽤 오랜 시간을 보냈다.

*

이름은 '류정훈'이었다. 영진아파트 403호에 거주하며, 최근 그 노모는 병원으로 보내졌고 아버지는 죽었다. 아버지가 죽기 전에 어묵 공장을 물려받았다. 부산에 어묵 공장이 한둘이 아니지만, 류정훈은 생긴 대로 꼼꼼하게 관리를 잘 한 모양이었다. 나름 성공한 젊은 사업가였다. 의심을 살 만한 이력이 아니었다. 류정훈을 조사했던 형사는 자기도 그 어묵 먹어봤다고, 진짜 맛있었다고, 잘못 짚은 것 같다는 말을 돌려 했다. 그래, 아쉬울 게 없는 인생이다. 조직이라니. 그것도 통나무.

학생 이름은 '유재혁'으로 같은 아파트에 산다고 했다. 지나가다 마침 만나서 밥을 같이했을 뿐이라고 했다. 동네 주민들끼리 식사를 한 것도 죄가 되냐고 류정훈은 물었다. 차는 자기 차고, 원래 검정색을 좋아한다고. 조직이라니 뭔 소린지 모르겠고, 스카우터라니, 공장 일만 해도 바쁜데 그건 또 무슨 소리며, 도깨비는, 무슨 도깨비 같은 소리냐고 흥분했다. 재혁이는 보기에는 좀 껄렁해도 애가 진국이라는 말까지 했다. 류정훈은 여유가 있었다. 배짱부릴 스타일로 보이진 않았다. 강도영은 유재혁의 신분을 확인했다. 같은 아파트 주민이 맞았다. 친한 사이일 수 있었다. 영진아파트는 한 동짜리에 실거주자가 대부분 아파트 주인들이었으니까.

류정훈의 얼굴은 조직과는 어울리지 않는다. 게다가, 오래된 공장이긴 해도 아버지 때부터 해온 가업이 있는 남자다. 굳이 조직원이 될 이유가 없다. 그리고 검은색, 강도영도 좋아하는 색이다. 하지만 도깨비. 도깨비가 왜 그랬을까? 그냥, 내빼려고? 아무나? 아니다. 그렇지는 않을 거였다. 도깨비는 자신이 살기 위해서 확실한 걸 팔았을 것이다. 산 사람의 몸을 갈라 장기를 꺼내는 의사에게 인정이라는 게 있겠나. 도깨비는 확실한 놈을 골랐을 것이다.

류정훈은 말을 하며 가끔씩 목뒤를 긁었다. 그리고 귀 뒤도 긁었다. 의도적으로 긁지 않으려고 하는 것 같았다. 그럼에도 자기도 모르게 긁었다. 하지만 그게 강도영의 신경을 건드리진 않았다. 누구나 자기도 모르는 습관이 있었다. 의도적으로 숨기고 싶지만 못 숨기는 습관도 있다.

강도영은 사실 도깨비 생각을 하고 있었다. 자꾸 그 웃음소리가 들렸다. 자꾸 도깨비가 생각났다. 왜 도깨비는 조직원으로 류정훈을 이야기했을까. 도깨비가 유독 류정훈을 골라낼 수 있었던 뭔가가 있을 거다. 하지만 알 수 없었다. 그냥 도깨비의 그 기이한 비웃음소리만 자꾸 들려왔다. 그러다 웃음소리 너머로, 그 비웃음을 참으며 했던 말이 기억났다.

'나 가끔 내 전공도 살리는데?'

그러자, 달리 보였다. 류정훈은 마침 목뒤를 긁고 있었다. 강도영은 달리 봤다. 자세히 봤다. 목뒤에는, 짧지 않은 머리에 가려져 있긴 했지만, 흉터가 있었다.

달리 보면, 수술 자국 같기도 했다.

40

 강희는 우환을 보고 환하게 웃었다. 쓸쓸해 보이지 않았다. 앞으로 보이는 바다도, 임신했다고 말하는 여고생의 옆얼굴도 쓸쓸하지 않았다. 그래서 일단 마음이 놓였다.
 강희의 말이 맞았다. 더 멀리 갔으면 더 좋았을지도 모르겠다. 이런 말을 식당에서 듣는 건 아닌 게 맞다. 자전거라도 끌고 나오길 잘했다. 그리고 바다. 바다까지 나오길 잘했다. 우환은 그런 생각들을 하며 기다렸다.
 강희는, 아저씨에게 처음 말하는 거라고 했다. 우환은 물었다. 왜, 굳이 나냐고. 강희가 차분하게 대답했다.
 며칠을 고민했다. 철없는 우리 순희, 너 애아빠 됐어, 라고 해버리면 머리가 터지거나, 누가 터지거나 그럴 거 같았지만, 그래도 순희에게 먼저 말하려고 했다. 그가 아이의 아빠니까. 그래서 보자고 했는데, 눈치를 챈 건지, 아니면 어쩐 일로 수업을 빠질 수 없는 건지, 어쨌든 오지 않았다. 기다리다가, 더 기다리다가 기분을 망치면 안 되는데, 그래서 무작정 왔는데, 혹시나 목욕탕 노인과 마주치면 어쩌나, 그건 정말 지랄인데, 걱정을 했는데, 다행이라고. 목욕탕 노인은, 그분은 뭐, 말해 뭐 하겠어요? 강희는 목욕탕 사건 이후로, 종인을 목욕탕 노인이라고 불렀다. 차분해서 어쩐지 잠겨가던 강희의 목소리에 갑자기 생기가 돌았다.

"하지만, 누군가에게는 그래도, 이 기쁜 소식을 말해줘야 하지 않겠어요?"

"좋냐?"

우환은 괜히 따지듯 물었다. 주눅이 들었으면 싶었다. 너희 같은 철없는 것들이 며칠 들뜬 기분으로 낳은 인생이 어떤지 아냐고.

우환은 이상하게도, 좋은 순간에는 강희와 순희가 자신의 부모일 리가 없다고 여겨지고, 불안함을 느낄 때는 분명히 이 연놈들이 내 부모다 싶어, 화가 났다.

좋냐, 좋아? 어른들한테 혼날 거고, 학교도 못 가게 될 수 있고, 평생 손가락질 받을 수도 있는데, 좋아? 이런 이야기들을, 문장보다 격한 감정으로 화를 내듯이, 몰아세우듯 뱉었다. 하지만 강희는 망설임 없이 답했다.

"좋아…… 어른들이랑 어차피 안 친하고, 학교는, 지금도 수업 시간인데? 손가락질은 뭐? 부러워도 수군거리는 것들이니까. 그건 그냥, 그런 인간들 찌질함이 문젠 거고. 난 좋은데?"

강희는 이어서 말했다. 좋다고. 사랑하는 순희와 나의 아이여서 좋고, 내가 엄마가 될 수 있어서 좋고, 게다가 젊은 엄마여서 좋다고. 애가 대학 갈 때 자기는 완전 섹시한 엄마로 입학식 갈 거라고. 이순희와 다르게 똑똑하고 책임감 있는 아이로 키울 거라고 했다. 강희는 준비했던 말을 연습한 대로 옮겨놓는 것 같았다. 하지만, 좀더 자세히 들여다보면 오래 준비했던 말임을 알 수 있었다. 말에 진심이 있었다.

    우환은 생각해본다. 형제는 없다. 자매도. 우환은 혼자다. 그럼, 자신은 똑똑하고 책임감 있는 아이인가.

41

 해가 지고 있다. 아파트 하나가 거대한 그늘을 만든다. 그 그늘 속에 영진부동산이 있다. 박종대는 그 속에서 생각을 하고 있다.
 '언제 찾아가는 게 좋을까.'
 선거 결과 발표 전에 찾아갈 수도 있었다. 그럼 자신을 더 빨리 납득시킬 수 있을지도 모른다. 하지만 초를 치는 게 된다. 그건 적군이나 할 짓이다. 박종대는 그의 아군이 되려는 거였다. 첫인상은 중요했다.
 영도구 구의원으로 출마한 '김주한'은 이번 선거에서 떨어졌다. 며칠 전 그를 찾아가 당신이 떨어질 겁니다, 라고 말해줄 수도 있었다. 큰 표 차이는 아니지만 앞서고 있었으니 웃어넘길 수도 있고, 큰 표 차이가 아니었으니 크게 불쾌해할 수도 있었을 거다. 하지만 오늘쯤 다시 찾아가, 내 말이 맞지 않았냐, 내 말을 좀 듣겠느냐, 나는 좀더 많은 걸 미리 알고 있는 사람이다, 한다면 납득이 빠르긴 할 것이다. 하지만 이제 그 기회는 놓쳤다.

 언제 찾아가 어떤 이야기로, 내가, 박종대가, 당신이 대통령이 되는 데 가장 확실한 파트너가 될 거란 뜻을 전해야 할까. 알고 있는 사실을 어디까지 말하고, 어디까지는 숨겨야 할까. 가지고 있는 그 어마어마한 정보의 권력을 어디서부터 드러내줘야 할까.

 그사이 해가 넘어갔다. 사무실 불을 켜야겠다고 생각했지만 박종대는 그대로 앉아 있었다. 어둠 속에서 목소리가 들렸다.

 "뭐가 그리 심각해? 돈 벌 궁리 해?"

 그리고 웃는다. 기이한 하이 톤의 웃음소리. 도깨비가 찾아왔다.

 도깨비가 사무실로 찾아오는 경우는 드물다. 박종대는 일어나 블라인드를 내렸다. 밖에서 들어오는 얼마 남지 않은 빛이 완전히 차단되었다. 박종대는 사무실 불을 켰다.

 도깨비는 오늘 오후의 일을 이야기했다. 도깨비는 솔직한 사람이었다. 적어도 돈을 주는 사람한테는 그랬다. 그리고 영리한 사람이었다. 그건, 태생이 그랬고 그 영리함을 교활하게 부렸다.

 푼돈 때문에 혼자 알바 뛰다가 현장에서 잡혔다. 본인만 잡혔기 때문에 누가 말을 흘린 건지 모른다. 하지만 일부러 그런 거 같지는 않다. 형사는 강도영이라고 했고, 그가 정확히 아는 건, 우리가 조직이라는 것과 통나무 장사를 한다는 것 두 가지다.

"근데, 잡혔으니 어떡해? 일단 내가 살아야 되잖아?"

그래서 류정훈을 말했다고 했다. 그리고 자신은 약속대로 풀어줬다고 했다. 류정훈은 지금 경찰서에 있다고 했다. 잡혀온 류정훈의 얼굴을 확인하고 풀려난 거라고.

"내가 걔랑은 인연이 있잖아. 모르는 애들을 함부로 말하는 건, 예의도 아니고."

박종대는, 이런 개 같은 짓을 하고도 뻔뻔하게 자기 발로 먼저 찾아와 솔직하게 이야기하는 도깨비를 좋아했다. 적어도 판단에 혼선이 생기진 않으니까. 그러니까, 기술자는 나오고 돈줄은 잡힌 거다. 돈은 또 벌면 되지만, 기술은 익히는 데 시간이 걸렸다. 도깨비는 확실히 영리했다. 하지만 류정훈이 유일하고 안전한 돈줄이라는 게 문제였다. 게다가 앞으로 돈 쓸 일이 많았다. 당장, 선거에 떨어져 낙심하고 있을 사람에게 빈손으로 찾아갈 수도 없는 노릇이었다. 고민을 해야 할 문제였다. 박종대가 목 뒤를 긁적였다. 도깨비는 담배를 물었다.

"아직 마흔네 시간 정도는 남았을 거니까, 천천히 생각해. 걔는 그래도 얼굴이 좋으니까."

도깨비는 얼굴이라는 단어를 말할 때, 또 키득거렸다.

*

네 시간이 지났다. 마흔네 시간 안에 증거를 못 찾으면, 구속영장이 나오지 않는다. 조직원이라 확신하고 긴급체포를 했다. 하지만 마흔여덟 시간 안에 구속영장을 받지 못하면, 풀어줘야 한다. 증거가 없으면 구속영장도 없다.

류정훈은 취조실 책상에 엎드려 자고 있었다. 지금 저렇게 한가하게 자게 둘 일이 아니었다. 하지만 형사들은 보이지 않는다. 취조실 한쪽 벽 전체를 차지하고 있는 반사유리 속에서도 류정훈은 한잠을 자고 있다. 천천히 그 반사유리를 통과해보면 거기 양창근과 강도영이 있다. 두 형사는 취조실을 들여다보고 있다. 가까이 붙어 서서 경쟁하듯 류정훈을 훔쳐보고 있다. 강도영은 양창근이 사무실에 들어오자마자 도깨비부터 류정훈의 이야기까지 모두 전했다.

도저히 생긴 것도 조직원이라 볼 수 없고, 당연히 조직원이라는 증거도 없고, 스카우터라고 했는데 같이 있던 애는 아파트 주민이 맞고, 한데, 볼수록 느낌상 뭔가 이놈 같아서 자꾸 처넣고 싶고, 그래서 이놈 얼굴을 계속 보고 있는 건데, 어쩐 일인지 그 도깨비의 웃음소리가 계속 들리더니, 말소리까지 들렸고, 환청은 아니고, 어찌됐든, 그 모든 게 희한하게 자꾸 류정훈의 얼굴을 살피게 만들었고, 목뒤를 긁는 손을 보다가, 결국 저 흉터까지, 수술 자국처럼도 보이는 흉터까지 발견했다는, 순서는 맞지만 잘 이어지지 않는 강도영의 이야기를 양창근은 귀담아들었다.

한참 양창근과 강도영은 류정훈의 그 흉터를 보았다. 자면서 조금씩 움직여서 보였다 안 보였다 했다. 그때마다 두 남자도 목을 빼고 몸을 틀고 했다. 그 흉터는, 강도영의 말처럼 수술 자국처럼도 보였다. 그 자국은 목뒤에서 귀 뒤로, 희미하지만 턱 아래로도 길게 이어져 있었다.

긁는 부위가 같다고 흉터까지도 같을까? 가려워한다고 다 수술 자국이 있는 걸까? 하지만 그럼에도 양창근에게선 가장 먼저 이런 말이 나왔다.

"박종대도 흉터가 있는 건가, 그럼?"

"박종대가 누구야?"

강도영이 물었다. 양창근은 교실에서 죽은 사내가 사라진 현장을 보러 영도에 갔다가 영진아파트를 발견한 이야기와 그 앞 영진부동산에서 만난 박종대의 이야기를 했다. 주민센터에 간 일과 여직원 이야기, 정신병원에 간 것과 얼굴 없는 남자에 관해서는 강도영에게 말하지 않았다. 아직은 들려주지 않는 게 좋을 것 같았다. 박종대의 이야기는 대부분 박종대에 대한 오해인데, 어쩌면 그게 오해가 아닐지도 모르겠다고 양창근은 방금 생각하게 됐다.

그나저나, 마흔네 시간은 길지 않다. 자고 먹고 하다 보면 하루 조금 넘는 시간이다. 그사이 무슨 수로 증거를 찾나. 찾아야 할 증거는 뭔가. 통나무 장사를 하는 조직원은 그럼, 류정훈과 도깨비라는 의사 둘뿐인가. 그럴 리는 없고. 도깨비는 원래 성형외과 의사라고 했던가. 한데도 통나무 기술자가 되었고, 그럼에도 가끔씩 전공도 살린다.

양창근은 강도영의 이야기를 잘 이어지게 다시, 여러 번 정리하고 있었다. 그러다, 그럼에도 가끔씩 전공을 살린다?에서 그 흐름이 끊겼다. 마흔네 시간은 짧다. 시간이 없다. 뭐든, 해봐야 한다. 양창근도 알고 강도영도 알았다.

강도영은 취조실 문을 거칠게 열었다. 양창근도 따라 들어갔다. 류정훈은 일어나지 않았다. 강도영이 앞자리에 앉았다. 양창근은 류정훈 뒤에, 문 쪽에 서 있다. 강도영이 쾅! 하고 주먹으로 책상을 친다. 류정훈이 일어난다. 자고 일어난 사람치고 눈이 맑다. 강도영이 묻는다.

"류정훈 너 이 새끼, 도깨비한테 수술받았지?"

42

 혼자 탄 자전거는 가벼웠다. 꽤 묵직한 대화였는데, 마음은 가볍다. 우환은 강희를 울리고 싶었는지도 모른다. 하지만 쉽게 울 여자가 아니라는 걸 한 번 더 확인했을 뿐이다. 그리고 제법 멀리 나왔다는 걸 알았다. 우환은 내심 강희의 부탁을 들어주고 싶었던 거다. 되도록 멀리 좀 가자고 했던, 강희가 처음으로 한 부탁을.
 식당에 이르는 마지막 골목을 도는데, 애아빠가 있었다. 오토바이는 깨지고 애아빠는 멍이 들었다. 저러느라고 애엄마가 부르는데도 안 갔구나. 불쑥 화가 났다. 하지만, 참았다. 우환은 자전거를 오토바이 옆에 세우고 순희 옆에 앉았다.
 우환은 매일같이 보는 순희 얼굴의 멍이 오늘따라 걱정이 된다.
 "저거는 아무나 못 타나? 자전거는 좀 타는데."
 우환은 엉덩이를 털며 일어났다. 오토바이 위에 올랐다. 순희도 따라 일어났다. 시동을 걸어줬다. 오토바이는 출발했다. 하지만 그 골목을 벗어나지 못하고 넘어졌다. 앞에 탄 우환도 뒤에 탄 순희도 같이.

"아무나 못 타겠는데?"

뒷자리가 편했다. 오늘 달릴 일이 많네. 우환은 좀더 익숙하게 순희의 허리춤을 잡았다. 순희는 갈 곳이 마땅하지 않아 일전에 강희와 모두가 함께 갔던 언덕으로 향했다. 낮에도 다시 오자고 했던. 약속을 지키려던 건 아니었지만, 남자 둘이 어딜 가겠나. 달이 있던 곳 아래로 바다가 보일 시간이었다.

낮에 가보니 훨씬 열악한 동네였다. 늦은 밤에도 그랬지만, 낮인데도 동네는 텅텅 비어 있었다. 오토바이가 멈추자 골목이 보였다. 골목의 끝에 달 대신 바다가 있었다. 둘은 오토바이에서 내려 그 골목의 끝까지 걸었다. 골목의 끝은 절벽의 시작이었다. 그곳에 앉아서 바다를 봤다. 앞을 봐도 아래를 봐도 바다였다. 순희에게는 망할 지겨운 바다였고, 우환에게는 강희와 함께 본 바다를 떠올리게 했다. 강희의 말도 생각났다. 임신했다는 말. 아무한테도 하지 말라는 말. 애아빠를 이토록 빨리 만나고 나니, 입이 들썩거렸다. 하지만, 딱히 해서 뭐 하나 싶기도 했다.

우환은 이제 곧 떠날 사람이었다. 그러나 우환은 어른이 아니었던가. 어른이 그런 이야기를 듣고 무책임하게 떠나버릴 수는 없는 게 아닌가. 잘 알아듣게, 신중하게, 강희와의 약속은 지켜가면서, 그러니까 비밀은 지켜내면서도 어른으로서, 뭔가 멋진 말이라도 해줘야 하는 게 아닌가. 우환은, 멀찍이 떨어져 말도 없이 어색하게 앉아 있는 순희를 보며 적당한 말을 찾기 시작했다. 입을 열었다.

"넌 어쩌면, 잘하면, 좋은 아버지가 될 수도 있을 거야."

 순희는 할 말이 없을 때는 안 하는 편이었다. 어색하다고 말을 하다 보면 더 어색해진다. 어색함을 극복할 정도의 말재주는 아무에게나 있는 게 아니다. 우환 아저씨는 물론 그런 재주가 있는 사람이 아니다. 더 어색해졌다. 꼭 더 어색하게 만들어놓고 입을 닫는다. 저런 부류는.
 순희의 표정을 보니, 적절한 말을 한 건지 우환은 확신이 안 섰다. 우환도 일단은 입을 다물었다. 오가는 말이 없지만, 말이 없어도 될 정도의 사이는 됐다. 두 사람은 바다를 봤다. 심심해지면 파도를 봤다.
 우환은 문득 깊은 한숨을 뱉어냈다. 조언을 해줄 만한 인생이 아니라는 생각이 자꾸 들어 초라해졌다. 하지만, 어린 아버지에게 마음이 쓰였다. 다시, 입을 열었다.

"그냥, 잘할 수 있는 거 해. 답답하게는 살지 말고. 나처럼 된다."

 그 말에 순희는 우환을 봤다. 굳이 답을 하지 않는 게 좋았을 테지만, 순희는 생각난 대로 말했다.

"난 아저씨 괜찮은데?"

"……!"

뭐가 괜찮다는 건가. 내가? 내가 어떻게 괜찮다는 건가.

순희가 별 뜻 없이 던진 말에 우환은 심각해졌다. 임신했다고 말하던 강희의 목소리가 들려왔다. 그리고, 나 같은 놈을 괜찮다고 하는 애아빠가 여기 있다. 자식이 생긴 걸 가장 먼저 알았어야 할 애아빠는 어디서 싸움이나 하고 멍든 얼굴로 와서는, 고아원이 쫓아낼 때까지 버티다가 그 후로는 식당에서 주방 보조만 하던 나 같은 놈을 보고, 아무렇지도 않은 얼굴로, 괜찮다고 하고 있다. 우환은 화가 났다. 멍든 얼굴을 한 순희를 골목에서 마주쳤을 때부터 누르던 화가 결국은 터져왔다.

"내가, 뭐가 괜찮은데?"

우환은 물었다. 누가 봐도 시비였다.

순희는, 거짓말을 한 건 아니었지만, 나름으로 속을 헤아린답시고 던진 말이었지만, 깊게 따져보고 한 말은 아니었다. 게다가 저런 얼굴로 물으니. 답할 말을 찾기 힘들었다. 순희는 말재주가 없었다. 우환과 달리, 할 말이 없을 때는 안 하는 편이었다. 순희는 입을 다물었고, 우환은 내처 물었다. 점점 더 따지고 들었다. 네 여자친구가 아이를 임신했다는 말을 안 했을 뿐, 우환은 순희를 무책임한 아버지로 몰아세웠다.

도대체 갑자기 이런 듣기 싫은 소리를 왜 자꾸 하는지, 순희는 이해하기 힘들었다. 며칠 가깝게 지냈다고 꼴에 꼰대 짓을 하는구나, 고까워지기 시작했다. 그렇잖아도, 어긋나지 않으려다가 오늘 이 지경이 되도록 맞지 않았나 말이다. 잘할 줄 아는 건 싸움밖엔 없지만, 그것 말고 다른 걸로 먹고 살아보려고 힘든 결정을 내리지 않았나 말이다. 그래서 강희한테는 가보지도 못하고 얼굴은 또 이렇게 된 게 아닌가. 전화도 안 받는 강희 때문에 그렇잖아도 속상한데, 이 아저씨는 왜 갑자기 이런 이야기를 자꾸 지껄이나. 책임이고 나발이고 어쩌란 말인가. 순희는 화가 났다. 화가 나서 먼저 일어났다. 자리를 떠나며 한마디 뱉었다.

"씨발, 국밥 좀 말아줬다고 오버는."

순희는 혼자 오토바이에 올랐다. 시동을 걸었다.

43

 신문엔 온통 고가도로 참사에 대한 소식이었다. 성수대교 붕괴, 삼풍백화점 붕괴, 대구 지하철 참사, 갖은 참사들이 다시 불려와 그 정도를 비교 당하고 있었다. 보수공사가 계획되어 있었지만 차일피일 미루어졌으며, 출근길 정체가 더 큰 참사를 낳았다는 것이 주된 내용이었다.

 며칠 전 있었던 지방선거에 대한 기사는 눈에 띄게 줄어 있었다. 그리고 어디에도 사고 직후 출동한 한 구급차에 대한 기사는 없었다. 살 수 있었던 누군가가 살해당했다는 것도 아무도 몰랐다.

 화영은 신문 몇 개를 더 살펴보고 도서관을 나왔다. 올 때마다 어색했지만, 공짜로 여러 신문을 마음 편하게 볼 수 있는 곳이었다. 열두 명이 한꺼번에 죽는다면, 그 또한 기사화될 것이다. 화영이 찾는 기사는 오늘도 없었다.

 화영은 큰길에서 벗어나 작은 길로, 다시 외진 길로 들어섰다. 보는 사람들이 없다는 걸 확인하고, 머릿속으로 집과 집 사이, 담과 담 사이의 그 좁은 공간을 떠올렸다. 1.5초 후 화영은 지대가 높은 동네의 그 좁은 공간에 낀 채로 나타났다.

몸을 돌리려는 순간, 지나가던 뭔가가 멈추면서 자신을 보는 걸 확인했다. 오토바이였다. 당황한 화영은 재빨리 이전의 위치를 머릿속에 떠올렸다. 1.5초 후, 외진 길로 돌아왔다. 그리고 바로 후회했다. 화영은 오토바이를 탄 사람에게 나타나고 게다가 사라지는 모습까지 보여준 꼴이 됐다.

*

순희는 믿을 수 없었다. 자신이 방금 본 것은 무엇인가? 아주 잠깐이지만 봤다. 확실히 봤다. 분명히 뽕, 하고 나타났다가 뽕, 하고 사라졌다.

'뽕맨?'

순희는 수준에 맞게 이런, 새롭지만 뭔가 조잡하고 어쩐지 낯설지 않은 새 단어를 조합했다. 순희는 보는 순간 뽕맨에 홀딱 빠져들었다. 사람이 어찌 저럴 수 있는가. 누가 내 말을 믿어줄 것인가. 또래 같은데, 하늘은 왜 불공평한가. 저건 어떤 회로로 가능한 것인가. 전자과 장 선생님은 알 것인가. 이 모든 부러움과 감탄과 한탄과 궁금증이 씨발과 죽인다로 표현됐다.

"씨발, 죽인다, 뽕맨, 아 씨발, 진짜 죽이네!"

오토바이가 언덕을 내려오고 시내를 가로지르는 동안에도 순희는 뽕맨과 죽인다와 씨발을 반복했다. 그렇게 흥분해서 집까지 와서야, 순희는 자신이 혼자인 걸 알았다. 우환에게 화를 냈다는 것과, 우환을 그곳에 두고 왔다는 것도 알았다. 하지만, 돌아가긴 좀 그랬다. 만나서 뭐라고 해. 할 말을 제대로 못 해서 싸운 건데. 내일, 오늘 말고 내일, 아니면 그다음 내일, 사과하면 되지 뭐. 순희는 생각했다. 박정규에게 전화를 걸어 자러 간다고 전했다. 오토바이를 돌렸고, 다시 집에서 멀어졌다.

우환은 그곳에 혼자 남아 있었다. 그래, 내가 뭐라고. 자신이 끼어들 문제가 아니었다. 자신이 살던 곳이 아니었다. 자신의 현재는 따로 있었다. 떠나야 할 사람이었다. 여행객이 여행지에서 만난 현지인에게 너 왜 그렇게 사냐고 혼내지는 않으니까. 그래, 내가 뭐라고. 밤이 다가오며 바다는 멀어져갔다. 바다와 하늘이 구분 없이 어두워졌다. 처음 이곳에 올 때는 이보다도 한참이나 늦은 밤이었지, 그래도 그때는 혼자는 아니었지, 하고 생각할 즈음, 누군가 말을 걸었다.

"아직 안 떠났네요?"

"……!"

우환은 짧은 순간 그런 질문을 할 수 있는 사람을 떠올렸다. 한 사람뿐이었다. 해가 졌고 낯선 곳이긴 했지만, 목소리 또한 귀에 익었다. 우환은 돌아봤다.

"맞네."

목소리가 먼저 말했지만, 우환도 같은 말을 할 참이었다. 우환이 생각한 사람이 맞았다. 김화영이었다. 소년은 골목의 반대쪽 끝에, 며칠 전 우환이 서서 달을 바라보던 그곳에 서 있었다. 우환은 반가운 마음에 몸을 일으켰다. 다가갔다.

"국 끓이는 법 배운다고 하셨나? 그건 다 배우셨어요?"
"아, 그거? 다 배웠어!"

우환은 반가운 마음에 제법 큰 목소리로 대답했다. 그렇잖아도 네 생각을 하던 참이다. 그때는 더 어두운 바다였지만, 그래도 혼자가 아니었지, 그래도 두 사람이었지, 우리가 함께, 바다를. 마음을 키우며 점점 더 다가갔다. 어둠 속에 있던 화영과 점점 가까워져갔다. 더 가까워져 화영의 얼굴이 드러나고, 표정까지 보일 즈음 화영이 말했다.

"근데, 왜 안 가세요?"

우환은 걸음을 멈췄다. 화영의 표정이 보였다. 화영은 반기고 있지 않았다. 웃고 있지 않았다. 왜 가지 않았나. 할 일을 끝냈는데, 왜 아직 머물러 있나. 화영은 의아해하고 있었다. 우환은 더 이상 다가가지 못했다. 예상치 못한 물음과 표정 앞에 당황했지만, 이해가 되는 의아함이었다. 그 물음에는 답 또한 있었다.

"가야지."

아저씨 때문에 나도 못 가잖아요. 하마터면, 그렇게 말할 뻔했다. 하지만 하지 않았다. 해서는 안 됐다.

왜 안 가고 있냐는 질문에, 남자는 한참이나 멍하게 있었다.

가야지, 라는 말을 몇 번이고 중얼거렸다. 그렇게 중얼거리며 멀어지다가 문득 돌아봤다. 그리고 물었다.

"너는 찾았니? 죽일 사람?"

화영은 답했다. 찾지 못했다고. 남자는, 그 말에, 아, 하더니, 그 사람을 꼭 찾길 바란다고 하더니, 또, 아니다 그런 게 아니다, 하더니, 잘 지내라, 했다. 횡설수설하는 모습에서 화영은 자신을 걱정하고 있는 남자의 모습을 보았다. 처음 이곳에 왔을 때 자신을 살렸던 저 남자가, 처음 이곳에 왔을 때 자신을 보던 눈빛처럼, 여전히 나를 걱정하고 있구나. 화영은 그렇게 느꼈다.

하지만 그뿐이다.

화영은 부산을 등지는 그의 뒷모습을 하루빨리 보고 싶었다.

44

 우환은 장사를 마치고 방으로 들어가려는 종인을 불러세웠다. 내일은 자기가 탕을 끓여봐도 되겠냐고 조심스럽게 물었다. 종인은 한동안 말없이 서 있었다. 그리고 그러라고 했다. 방문을 닫기 전, 첫 월급은 주방에 됐다는 말을 전했다. 바쁠 때 와서 욕봤다는 말과 함께.
 우환은 단골 고깃집에 전화를 걸어 주문을 했다. 평소보다 많은 양이었다. 종인은 고기를 미리 받아두는 것도 싫어했다. 고깃집 사장은 의아해하면서도 알았다고 했다.

45

 고기는 새벽에 왔다. 신선했다. 뭉텅이로 잘랐다. 고기와 사골을 물에 담갔다. 피가 빠지는 동안 기다렸다. 솥을 비워 새로 물을 담고, 사골과 사태, 양지와 양을 함께 중불로 끓였다. 기다렸다.
 떠오르는 것들을 걷어냈다. 사골과 고기, 내장을 꺼냈다. 육수는 다른 솥에 부었다. 고기와 내장은 따로 보관하고 사골은 물을 새로 받아 다시 끓였다. 기다렸다.
 기다림을 반복했다.
 사골은 끓일수록 우러났다. 솥에 뽀얀 국물이 가득 찼다. 국은 약불에 끓고 있다. 떠오른 것들을 걷어냈다.
 파를 썰었다. 수육을 썰었다. 그릇에 수육을 담고 국을 펐다. 파를 올렸다. 깍두기를 냈다. 밥을 떴다. 쟁반에 담아 들었다. 종인에게 가져갔다. 종인이 곰탕을 다 먹을 때까지, 우환은 바로 옆이 아닌 바로 앞도 아닌 주방에서 기다렸다.
 먹는 동안 종인의 표정에는 특별한 변화가 없다. 하지만 천천히 먹는다. 종인이 직접 쟁반을 들고 주방으로 가져왔다. 쟁반을 우환에게 건네며 고개를 끄덕였다. 그릇은 깨끗이 비워져 있다. 우환은 몰래 웃었다.

오늘은 우환이 끓인 곰탕으로 장사를 했다. 손님들은 우환이 만든 곰탕을 종인이 만들 때처럼 맛있게 먹었다. 더 맛있다는 사람은 없었다. 하지만 이상하다는 사람도 없었다.

점심때가 지났다. 우환은 방으로 들어와 시계를 찾았다. 여행사 직원이 준 시계였다. 직원이 여행자들에게 일일이 시계를 건네며 했던 말이 떠올랐다.

아무 때나 켜는 게 아니다. 의뢰인이 부탁한 일을 끝냈을 때, 그때 켜는 거다. 시계를 켜면 가장 가까운 시기에 오는 배의 시간을 알려준다. 그 시간에 맞춰 처음 내렸던 곳으로 돌아가면 된다. 처음 배를 놓치면, 다음 배를 타면 되지만, 언제가 될지는 모른다. 우환은 그 시계를 켰다.

네 개의 칸에 네 개의 숫자가 모두 떠오를 때까지는 시간이 걸렸다. 마치 네 개의 자릿수가 서로의 눈치를 보는 듯 0부터 9까지 빠르게 흘러가기만 했다. 그러다 첫 칸의 숫자부터 하나씩 멈췄다. 첫 칸의 숫자는 0이었다. 그다음은 3, 그리고 2와 4였다. 0324. 새벽 3시 24분. 바다에 배가 떠오르는 시간이었다. 돌아갈 시간이었다. 우환이 살던 그곳의 현재로.

*

오후 4시. 류정훈이 경찰서로 잡혀온 후로, 벌써 24시간이 흘렀다. 류정훈은 수술받은 사실을 쉽게 인정했다. 목뒤에 혹이 있었는데 나름 유명하다는 의사에게 제거 수술을 받았다고. 돈도 많이 줬는데, 이상하게 수술한 후로는 자꾸 가렵다고. 그 상처는 수술 자국이라고. 형사님들이 보기보다 노련하다고 칭찬까지 했다. 하지만 목뒤에서 귀 뒤로 턱 아래까지 길게 이어진 그 희미한 상처에 대해선 기억 또한 희미하다고 했다. 도깨비에 대해선, 요즘도 그런 걸 믿으세요?라고 놀렸다.

류정훈은 알고 있었다. 이 형사들은 지금 쥐뿔도 아는 게 없다. 그냥 찔러보는 거다. 구속영장을 준비 중인 검사는 없다. 하루만 더 버티면 나간다.

*

식당을 마감하고 우환은 주방으로 들어왔다. 설거지를 끝냈다. 물건들을 제자리에 뒀다. 제자리에 있는 물건들도 한 번 더 만졌다. 손이 자꾸 갔다. 한동안 앉아 있다.

이 순간의 기억을 우환은 가져가고 싶다. 주방에서의 다른 일들도 떠올랐다. 그 기억들도 가져가고 싶다. 월급봉투는 그대로 두었다. 대신, 냉장고에서 새벽에 배달받은 아롱사태와 양지머리, 양, 사골 등을 챙겼다. 월급으로 그거면 충분했다.

방으로 와서 짐을 쌌다. 챙길 게 없다. 거기서 떠나올 때도 그랬다. 가져갈 건 기억뿐이었다.

짐을 다 싸고 식당에 나와 앉았다. 잠든 종인의 숨소리가 들린다.

좋았구나. 아, 좋았었구나. 우환은 순희를 기다리며, 떠오르는 기억들을 들여다보며 좋다, 좋다, 좋다, 했다.

이곳에서의 한 달, 즐거웠다. 우환이 혼자 보내던 날들보다 행복했다.

아직 유전자 검사 결과를 듣지는 못했다. 하지만 자전거를 타고 다시 영도까지 가지 않아도 좋다고 생각했다. 그냥 이대로 충분했다. 이제 우환은 돌아가서 자신이 살던 시간을 보내야 한다는 것을 안다. 이곳은 그들의 것이었고, 우환은 이방인이었다. 평생 이방인으로 살 수는 없는 것이다.

우환이 때로는 달래고 때로는 다짐하는 동안 밤이 깊었다. 순희가 올 시간이 되어간다.

오토바이 소리가 들리면 우환은 주방으로 들어가 불을 켜고 수육을 썰 것이다. 수북하게 담고 국을 가득 뜰 것이다. 처음으로 자신이 만든 곰탕을 맛보여줄 것이다. 강희도 같이 온다면 더 좋을 것이다. 우환은 그런 생각들을 하며 순희를 기다렸다. 하지만 순희는 늦었다.

우환은 벽에 걸린 시계를 봤다. 새벽 2시가 조금 넘어 있다. 우환은 움직여야겠다고 생각한다.

*

  오늘 배는 새벽 3시 24분에 있었다. 곧 3시다. 화영은 미리 바다로 와서 기다리고 있다.

  여행사에서 화영을 고용한 이유는 여행자들의 신변 보호 때문이 아니었다. 여행사는 여행자들의 신변엔 관심이 없었다. 여행사가 관심이 있는 건 오직, 돈이었다.

  여행사는 여행자들이 돌아올 경우에만 고객에게 잔금을 받을 수 있다. 고객 또한 여행자들이 돌아와 그들의 요구를 충족시켜주기를 바랐다. 잔금 정도야 어차피 그들에게는 큰돈이 아니었으니까. 하지만 문제는 다른 곳에 있었다.

  언제부턴가 과거로 떠난 여행자들이 돌아오지 않기 시작했다. 물론 아주 일부이긴 했다. 살길이 없었으니까. 과거에서 그들은 신분도 없고 돈도 없고 가족도 없었다. 과거에서는 살아갈 수 있는 방법이 없었다. 하지만 그럼에도 어떤 여행자들은 과거를 택했다.

  그건 좋지 않았다. 돌아오지 않는 여행자들이 있다는 소문이 나면, 고객들이 좋아할 리가 없었다. 확실한 일에 돈을 더 쓰는 거야 별게 아니었지만, 불확실한 일에 들어가는 돈은 조금이라도 아까운 법이다. 돈을 주고 보낸 심부름꾼이, 여행 자체가 위험해서 죽을 수 있는 것까지는 받아들이겠는데, 자신들을 속이고 돌아오지 않는다는 걸, 고객들이 알게 된다면 몹시 곤란해질 일이었다.

 게다가 여행사가 신경 써야 할 일인지는 모르겠지만, 미래의 사람이 과거에 살면 안 되는 것이었다. 혹시라도, 이 여행이 미래에 조금이라도 영향을 끼친다면, 그건 안 될 일이었다. 정해진 미래에서 온 그들이지만, 그들이 과거로 가는 순간 미래는 더 이상 정해진 것이 아니니까.

 그래서 여행사는 이들을 고용한 것이다. 떠나는 배마다 한 명씩, 몰이꾼을 태웠다. 짐승이나 물고기를 잡기 위해 그것들을 한쪽으로 몰아넣는 몰이꾼.

 화영은 몰이꾼이었다. 여행자들을 감시하기 위해 배를 탔다. 그들은 여행에서 돌아오지 않으려는 여행자들을 미래로 돌려보내는 일을 맡았다.

 정확히는 돌려보내는 일은 아니었다. 돌아가지 않으려는 여행자가 생기면, 그들을 찾아 죽이는 일이었다. 설득하는 게 아니었다.

 간혹, 몰이꾼이 죽는 경우도 있었다. 하지만 순간이동이 가능한 그들을 죽이기는 쉽지 않았다.

 돌아가는 배는 늘 만석이었다. 열세 개의 시계가 켜지기 전까지 배는 오지 않았다. 배를 보내는 것도 돈이었다. 여행사는 헛돈을 쓰는 걸 원하지 않았다.

 화영의 배에서는 열한 명이나 죽었다. 보통은 반 정도 산다고 했다. 많이 죽은 덕분에 화영의 일은 수월해졌다. 화영이 감시

해야 할 사람은 한 사람뿐이었다. 이우환밖에 없었다.

사람들이 보이기 시작했다. 어둠 속에서 하나둘 모습을 드러냈다. 어김없이 열셋이었다. 화영은 유심히 봤다.

그들 중 한 사람의 뒷모습이 눈에 익었다. 그 남자는 무엇 때문인지 도시 쪽을 돌아봤다. 얼굴이 보였다. 이우환이었다.

*

우환은 도시를 돌아본다. 빛의 도시. 빛이 우환의 표정을 들여다볼 수 있게 한다.

우환은 미련을 거두듯 천천히 고개를 돌렸다. 그리고 주변을 둘러봤다. 뭔가를 들고 혹은 메고, 사람들이 있었다. 어딘가에서 자신처럼 숨어 지내다가 떠나기 위해 나타난 사람들. 이방인처럼 살다가 자신의 인생으로 돌아가려는 사람들. 열둘이었다. 우환까지 모두 열셋이었다.

그들은 주저 없이 밤의 바다로 뛰어들었다.

우환도 그 뒤를 따랐다.

열셋의 사람이 동시에 어두운 바다로 뛰어드는 모습은 언제나 장관이었다.

우환은 헤엄쳤다. 숨이 찼다. 고깃덩어리들은 무거웠다. 하지만 우환은 두 번째였다. 두 번째 가는 길은 늘 더 가깝다. 바다도 그랬다.

우환은 오래지 않아 흰색인 듯 투명한, 파도를 타고 일렁이고 있는 배를 발견한다.

사람들이 가까워지자 하늘을 향해 자동으로 배의 문이 열렸다. 사람들은 순서 없이 배 위로 올라탔다. 내릴 땐 몰랐는데 자리마다 뒤쪽에 보관함이 있었다. 사람들은 제각각 보관함을 열어 들고 있는 것들을 넣었다. 다들 짐이 많지는 않았다. 그리고 망설임 없이 벨트들을 착용했다.

우환은 아직 벨트를 매기 전이다.

열셋이 모두 의자에 앉자, 자동으로 문이 내려와 닫혔다. 그리고 우환의 벨트가 자동으로 잠겼다. 모든 안전벨트가 채워지자, 의자 손잡이에 있는 케이스가 열렸다. 거기 파란색 알약이 있었다. 사람들은 꺼내서 입에 넣고 케이스를 닫았다. 우환도 케이스를 닫았다. 모든 케이스가 닫히자, 배가 소리를 내기 시작했다. 은은하고 묵직한 소리였다. 배는 천천히 바다 아래로 내려갔다. 약을 미처 먹지 못했던 몇 사람이 급히 약을 입에 넣었다.

사람들은 묘하게 들떠 있다.

*

순희는 우환 아저씨가 한 말을 자꾸 생각하게 됐다.

'그냥, 잘할 수 있는 거 해. 답답하게는 살지 말고. 나처럼

된다.'

아마 우환은 순희에게 자신처럼 답답하게 살지 말라는 이야기를 하고 싶었을 테지만, 한참 진로에 대한 고민이 많은 순희에게는, '그냥, 잘할 수 있는 거 해'만 들렸다. 생각이 정리되자, 강희를 한 번은 더 보고 싶었다.

강희를 만나 시간을 보내다가 함께 집으로 왔다. 평소보다 조금 늦었다. 오토바이를 세우고 식당 문을 열 때까지 주방에 불이 켜지지 않았다. 식당으로 들어서면, 주방에 우환 아저씨의 뒷모습이 보였었다. 하지만 오늘은 주방에 불조차 켜져 있지 않았다.

엉거주춤 서 있는 순희를 비집고 강희가 먼저 식당 안으로 들어갔다.

"내가 할까?"

강희는 성큼 주방까지 들어갔다. 불을 켰다. 순희는 말리고 싶었지만, 어쩐지 그냥 두고 싶기도 했다.

강희는 냉장고에서 삶아놓은 고기를 찾아 대충 썰고, 솥을 열어 국도 푸고 파도 숭숭 넣었다. 솥은 엄청 큰데 불이 너무 약한 것 같아서 불도 좀 올렸다. 순희는 강희가 가지고 나온 곰탕을 함께 먹었다.

한데 뭔가가,

"뭐 좀 다르지 않나?"

순희가 물었다. 강희는 오늘 유별나게 잘 먹었다. 먹는 게 는 사람처럼.

"아니? 똑같이 맛있는데?"

강희는 그렇게 말했지만, 순희는 무언가 다름을 느꼈다. 순희는 이 곰탕을 종인이 아닌 다른 사람이 끓였음을 느낄 수 있었다. 어쩌면 순희는 이 곰탕을, 우환이 끓여놓았다는 걸 느꼈을지도 모른다.

뭐랄까 이 맛은,

"좀 찐한데?"

순희가 중얼거렸다.

*

김화영은 멀리 흔들리던 빛이 사라지는 걸 본다. 바다 위에 있던 배는 더 이상 보이지 않는다. 지금쯤 충분히 깊이 내려갔을 것이다. 이우환은 떠났다. 이제 화영도 떠날 시간이었다.

하지만 화영을 고용한 사람은 여행사뿐만이 아니었다. 화영은 노인의 얼굴을 떠올렸다. 주름이 지나쳤던 늙은이. 아직 화영은 늙은이가 말한 사람을 만나지 못했다. 알지도 못했다. 그래서 죽이지 못했다. 화영은 고민했다.

여행사의 일은 끝났다. 저 배가 도착하고 거기 탄 이우환을 보면 알게 될 거였다. 하지만 늙은이는, 늙은이는 어떻게 알 것인가?

알 수 없었다. 알 방법이 없다. 돌아가, 못 찾았다고 하면 되는 거 아닌가?

사실 그랬다. 매일같이 신문을 훑고 있지만 그뿐이었다. 열둘을 죽인 사람을 찾는다는 건 애초에 불가능한 이야기였다. 받은 돈은 돌려주면 그만이었다. 돌아가 여행사로부터 나머지 돈을 받으면 당분간은 사는 데 문제없을 거였다.

사실, 화영은 누군가를 죽이는 게 싫었다. 무엇보다 화영은 열아홉, 아직 소년이었다. 책임감만으로 낯선 도시가 주는 외로움을 이기고 살인에 대한 불안함을 이길 수 있는 그런 나이가 못 되었다.

화영은 시계를 리셋했다. 네 개의 칸에 네 개의 숫자가 모두 떠오를 때까지 시간이 한참 걸렸다. 화영은 집으로 돌아가 기다리기로 했다. 바다에서 사라졌다.

*

배는 아래로 내려가고 있다. 바다는 점점 어두워지고 있었다.

배 안의 사람들은 모두 잠들어 있다. 그래야 했다.

하지만, 한 사람이 깨어 있다.

눈을 감지 못하고 있다. 손을 펴 본다. 그 안에 알약이 있다. 파란색이다. 그 파란색을 40대의 남자가 노려보고 있다. 어둠 속에 그 남자만이 눈을 뜨고 있다.

바다는 더 깊어지고, 어둠은 더 짙어지고 있다. 남자는 그 두통을 안다. 먹어야 한다는 걸 안다. 먹지 않으면 더 큰 두통이 그를 죽일지도 모른다.

그는 호기심이 생긴 게 아니다. 떠나올 때 보지 못했던 블루홀이 새삼 보고 싶은 게 아니었다. 거기까지 내려가면 늦는다. 점점 늦어지고 있다.

남자는 두고 온 것들에 대해 생각했다.

두고 온 사람들에 대해서 생각했다. 그들과 함께 보낼 수 있는 앞으로의 시간들에 대해서 생각했다. 그 시간 속에서 가능할지도 모르는 행복에 대해서 생각했다. 남자는 자신의 아버지와 이름이 같은 소년을, 자신의 어머니와 이름이 같은 소녀를, 그리고 그 소녀가 가진 아이를 생각했다. 그리고 그들과 함께할 수 있는 세월을 생각했다. 그리고 다시 행복에 대해 생각했다. 왜 한 번도 행복할 수 있을 거라 생각하지 못했는지 생각했다. 왜 이제야 행복할 수 있을지도 모르겠다는 생각을 하는 건지, 생각했다.

바다는 더 깊어지고, 어둠은 더 짙어지고 있다.

남자는 왜 이곳에서 살 수 없다고 생각했는지, 의심했다.

남자는 왜 자신이 행복해지면 안 되는지, 의심했다. 남자는 왜 여기서 흐르는 시간이 자신의 현재가 되면 안 되는지, 의심했다.

가져가는 기억들은 하찮은 것이었다. 기억은 사라지는 것이다.

하지만 여기 현재가 있었다.

함께 누리며 호흡할 수 있는 시간이 저 위에 아직 있었다.

남자는 손에 들고 있던 알약을 떨어뜨렸다.

그리고 그 손으로 비상벨을 눌렀다.

배에 소리 없이 빨간불이 반짝이기 시작했다. 하지만 문은 열리지 않는다. 배는 이미 너무 깊이 내려와 있었다.

남자는 안전벨트를 풀었다. 문 쪽으로 다가갔다. 그리고 수동 레버를 당겼다. 쉽게 열리지 않았다. 온 힘을 실어 레버를 당겼다.

문은 조금씩, 아주 조금씩 열렸다. 열리며 물이 들어오기 시작했다. 물이 들어오면서 문은 순식간에 활짝 열린다. 그리고 안전벨트들이 자동으로 모두 풀려버린다.

남자는 위로 올라갔다. 배는 가라앉고 있다. 남자는 위로, 위로만 올라갔다. 숨을 참고, 위로, 헤엄쳤다. 어둠 속에서도 빛을 찾아 남자는 쉬지 않고 몸을 움직였다.

달빛 아래 고요한 바다. 한 남자가 떠오른다.

우환은 달렸다. 바다를 벗어나면서부터 계속 달렸다. 온통 젖은 몸으로 달렸다. 그러다 웃었다. 우환은 살아 있는 게 좋아서 웃었다. 우환은 여기서 살 생각에 웃었다. 살아 있는 게, 이렇게 즐거웠던 적이 없다. 새 인생이라도 얻은 듯 좋았다. 감사했다.

즐거웠다.

　미친 사람 같다. 우환은 웃으며 달리고 있다. 한달음에 부산곰탕까지 가려고.

　부산곰탕엔 불이 꺼져 있다. 우환은 불 꺼진 식당 앞에서 당황했다. 자신을 돌아봤다. 여전히 온통 젖어 있다. 뛰어온 몸에서는 김이 난다. 망설이게 됐다. 불 꺼진 집에 들어갈 자신이 안 생긴다. 한 달을 일한 곳이지만, 이 늦은 시간에 불 꺼진 곳을, 잠들어 있는 사람을 깨울 자신이 없었다. 난감했다. 처량해졌다.

　잘못 왔다는 생각이 들었다. 잘못했다는 생각이 들었다. 기다리는 사람은 없다. 순식간에 몸이 식었다. 문을 두드릴 자신이 없다. 하지만 돌아갈 곳도 없었다. 우환은 조심스럽게 출입문을 밀었다. 우려와는 다르게, 문은 잠겨 있지 않았다.

　우환은 울었다. 한 번 터진 눈물이 계속 흘렀다. 우환은 주방부터 갔다. 눈물을 닦으며 둘러봤다. 누가 솥의 불을 키워놨다. 설거짓거리도 있다. 우환은 솥의 불을 줄이고, 설거지를 시작했다.

46

 담이 낮았다. 아주 작은 키가 아니라면 목을 빼고 발뒤꿈치를 들면 안이 들여다보였다. 그럼에도 들여다보는 사람이 없는 집이었다. 1년에 한 번을, 누군가 찾아온 적이 없는 집에 강희는 할머니와 둘이 살았다.
 할머니는 어디서 들었는지 요양원 이야기를 자주 했다. 돈 많고 자식 잘 둔 사람들은 다 거기로 간다고. 자기도 어디든 가고 싶다고. 강희는 그 말이, 병들고 짐이 되는 자신을 탓하는 게 아니라, 함께 사는 손녀에게 미안함을 둘러말하는 것이 아니라, 진심임을 알았다. 할머니도 강희처럼 이 집을 떠나고 싶어 했다.
 언제가 딱 한 번 할머니가 이 집의 장점에 대해서 말한 적이 있다. 혼자 있는데, 숨이 넘어갈 것 같거든 어떻게든 기어서라도 마당까지만 나가라고. 그럼 지나가는 누군가가 보게 될 거라고 했다. 낮은 담 때문에 누구 하나는 보게 될 거라고. 그러니 아무리 아파도 꼭 마당에 나가서 죽으라고.

강희는 그 말이, 죽을 날이 얼마 안 남은 할머니 자신이 그리 하겠다는 다짐인 건지, 너도 하릴없이 이 집구석에서 늙을 텐데 너 죽을 날 다가오면 꼭 그렇게 하라는 저주인 건지 헷갈렸다.

 그 마당에 먼저 비가 내렸다. 비는 쏟아져서 그렇지 않아도 단단하지 못한 땅을 질척이게 했다. 다음엔 툭, 열쇠가 떨어졌다. 아직 해가 뜨기 전이라 무슨 열쇠인지는 보이지 않았다. 질척이는 땅속에 반은 가려져 더욱 눈에 띄지 않았다.

*

 걷는 동안 날이 아주 조금씩 밝고 있었다. 아직은 푸른빛이 많다. 소나기는 그쳤다.

 순희는 여느 때처럼 교복 차림이다. 하지만 늘 메는 가방 위에 좀더 큰 가방이 있었다. 학교까지는 꽤 멀었다. 박정규가 집에서 학교까지 딱 한 번 걸어가봤는데, '뽕카의 소중함을 존나 깨달았다'고 한 말이 떠올라서, 순희는 웃었다. 꼭 그러리라는 법도 없는데, 마치 다시는 못 볼 사람들인 것처럼, 순희는 여러 사람들을 떠올리며 웃었다. 강희가 대부분이었고 우환 아저씨도 꽤 많았고, 아버지도 있었다. 순희는 그들을 생각하며 학교까지 걸었다.

 횡단보도만 건너면 학교였다. 때마침, 학교 앞에 승합차가 한 대 와서 멈춘다. 횡단보도 쪽으로 문이 활짝 열렸다. 차 안은 어두웠다. 순희는 학교 앞 횡단보도를 건너 승합차에 올랐다. 차가 어딘가로 출발했다.

47

아직도 푸른빛이 더 많다. 바다와 세상의 구분이 어렵다. 한 20대 여성이 해변을 달리고 있다. 운동을 시작하는 첫날이었지만, 늦게 나온 탓에 시간에 쫓기고 있다. 출근 시간을 계산하느라 달리면서도 자주 시계를 봤다. 모래사장 위에서 달리는 건 과연 운동이 될 만했다. 달릴 때마다 발목을 잡아주는 듯한 느낌도 나쁘지 않았다. 발을 옮길 때마다 힘이 들어갔다. 집에서 자전거로 얼마 오지도 않았는데 인적이 없어 조용하고 좋았다. 그런 생각들을 하랴 시계를 보랴, 그러다 넘어졌다.

넓고 평평한 해변에 걸려 넘어질 것이 있을 리 없었다. 하지만 걸려서 넘어졌다. 여자는 일어나 돌아봤다. 아, 이러다 늦는 거 아냐? 이런 생각을 먼저 했다. 그러고 나서야 자신의 발목을 잡은 게 뭔지 알아봤다. 처음 보는 것이 아니었는데도 알아보는 데 시간이 좀 걸렸다.

손이었다. 그 손 위로 팔과 어깨, 몸이 온전한 사람이었다. 사람은 온전한 채로 죽어 있었다. 여자는 비명을 질렀다.

48

 바다만 푸르다. 한 사내가 담배를 피우고 있다. 시끄러운 쪽을 본다. 형사들이 순경들을 도와 사람들을 막고 있다. 폴리스 라인이 위태롭다. 형사들 틈에 있는 20대 여성도 위태로워 보인다. 양창근은 담배를 새로 문다. 그리고 이제 조용한 쪽을 본다.
 언젠가 죽은 고래들이 떠내려왔다는 이야기를 들은 적이 있다. 사진도 본 적이 있다. 죽은 거북이들도 해변으로 떠내려온다는 이야기를 들었었다. 사진도, 글쎄, 본 거 같다. 하지만 사람들이 떠내려온 건 처음이었다.
 담배를 문 양창근의 눈앞에 바다에서 밀려온 사람들이 길게 늘어져 있다. 모두 죽어 있었고, 열둘이었다.
 너무 많은 사람들이 이 광경을 보지 않았으면 좋겠다는 생각을 양창근은 했다. 죽어 창백해진 사람들이 푸른 바다를 뒤로하고 흰 모래사장에 길게 늘어진 기이한 광경을.
 양창근은 주저앉아 죽은 사람의 손을 잡았다. 부어 있지 않은 걸 봐서 오래된 사체는 아니었다. 그렇게 빨리 떠밀려왔다면, 가까운 바다에서 온 사람들이었다. 가까운 바다에 난파된 배가 있는지 먼저 알아봐야 했다. 그리고 어디에서 온, 아니 어디로 가려고 했던 사람들인지 알아봐야 했다. 누군가가 사진을 찍고 있었다.

49

  우환은 아침 일찍 종인의 자전거를 빌렸다. 영도다리를 건넜다. 사무실 앞에서 박종대를 만났다. 마침 박종대는 나가는 길이었다. 검은색의 큰 가방을 들고 있었다. 박종대는 시계를 잠깐 보더니 우환과 함께 사무실 안으로 다시 들어갔다.

  우환은 사무실에 들어서자마자 박종대에게 말했다. 그러니까, 생각이 바뀌었다고.

  "여기서, 사시기로 한 거예요?"

  박종대가 확인했다. 우환은 고개를 끄덕였다.

  "어떻게, 해야 됩니까? 뭐, 뭘 해야 합니까? 그쪽은 어떻게 하셨습니까? 그, 그쪽은 어떻게,"

  박종대는 우환의 두서없는 말을 잘랐다.

  "이종인 씨랑은 많이 친해졌어요?"

  "……?"

  "그래도 한 달인데."

  "네, 네, 사장님이랑 친한 편이죠. 네, 그럼요, 친합니다."

박종대는 빙긋 웃었다. 그리고 다른 이야기를 했다.

"아, 유전자 검사, 결과 나왔습니다."

"……!"

"그 머리카락들, 누구 거죠? 셋이 가족인 거 같던데."

그 말에 멍해지는 우환을 보며 박종대는 피식 또 웃었다.

박종대는 이제부터 여기선 자기만 믿으면 된다고 했다. 늘 함께할 거라고 했다. 남은 생을 여기서 살려면 준비할 것들이 많으니 천천히 하자 했다. 하지만 지금은 볼일이 있으니, 다시 만나 계획을 세우자며 우환을 내보냈다.

박종대는 사무실 문을 잠그고 나오는 동안 사무실 앞에 그대로 서 있는 우환에게 한마디 더 던졌다. 그리고 멀어졌다.

"사장님이랑 더 친해지세요."

우환은 그 말을 들으면서도 '셋이 가족이다'라는 말을 생각했다.

50

 열두 구의 사체를 수습하고 기자들을 방어하고 상부에 보고한 후, 사체들을 탁성진에게 넘겼다. 사체들 손가락을 일일이 닦아서 지문을 뜨고, 얼굴을 명함사진처럼 낱낱이 찍어와 안면인식 시스템에 돌리고 나니, 오후 2시가 넘어 있었다.
 해양경찰서들과 여객선터미널들에 지난밤에 출항한 배들의 출항 신고서를 모두 보내달라고 했다. 주민등록이 된 사람이라면 안면인식 시스템이 일치하는 얼굴을 찾아낼 거고, 그럼 신분이 확인될 터였다. 둘 다 시간이 걸리는 일이었다. 기다려야 했다. 이 와중에 누군가 밥이라도 먹자고 했고, 양창근과 강도영, 최성원 형사는 정보실에 몰려 앉아 정보실 담당 경찰의 눈치도 보지 않고 청국장을 시켜 먹었다.
 셋의 시선은 정신없이 돌아가는 얼굴들로 향해 있었다. 뻘리, 사체들의 신분을 알아야 했다. 사람이 죽었다고 알려야 할 곳이 많았다. 하지만 일치하는 얼굴은 쉽게 나오지 않았다.
 드디어 비슷한 얼굴이 발견되고, 비교 화면까지 떴다. 셋은 모두 긴장했다. 하지만 일치하지 않았다. 그 후로 몇 번 더 비교 화면이 떴고, 그때마다 셋은 긴장했지만, 일치하는 얼굴은 아직 없었다. 화가 날 만도 했다.

"아이 씨발, 그놈의 얼굴."

강도영이 짜증을 냈다. 그리고 갑자기,

"아, 류정훈이 어딨어?"

이어서 물었다.

"취조실에요."

최성원이 대답했고,

"지금 몇 시야?"

강도영이 다시 물었다. 3시가 넘어 있었다. 류정훈을 잊고 있었다.

오후 4시가 되면 마흔여덟 시간이 지난다. 류정훈에 대해서 보고받은 검사는 애초에 있지도 않았으니, 구속영장 같은 건 없었다. 그러니, 45분 뒤면 류정훈을 풀어줘야 했다.

류정훈은 정말 통나무 장사를 하는 조직원이 아닐 수도 있었다. 정황상 그랬다. 그러니 풀어주는 게 맞다. 지금까지 별말 없이 조용히 취조실에 있어준 것만도 고마워해야 할 수 있다. 하지만 양창근은 뭔가가, 류정훈에게 뭔가가 있다는 생각이 사라지지 않았다. 그건 강도영도 마찬가지였다. 게다가 이렇게 풀려난 사람을 다시 잡는 건 쉽지 않았다. 다시 잡을 일이 있는 사람은 풀려난 뒤에 숨거나 사라졌다. 도깨비도 그랬다.

양창근과 강도영은 부리나케 취조실로 달려왔지만 3분이 지났다.

　류정훈은 그대로 있었다. 42분이 남아 있다. 류정훈은 여유가 있었다. 47시간 18분을 기다린 사람이다. 42분 정도야. 양창근과 강도영은 초조했다. 그리고 답답했다. 47시간 18분 동안에도 안 나오던 단서가, 42분 안에 나올 리 없었다. 그 사이 2분이 또 흘렀다.

　양창근과 강도영은 류정훈 앞에 앉았다. 뚫어져라 그 얼굴만 보고 있다. 망할, 오늘 봐야 할 얼굴이 왜 이렇게 많은지.

　뭐가 없을까.

　얼굴. 류정훈의 저 얼굴이 뭔가 단서가 될 것 같은데. 그리고 흉터, 수술 자국. 박종대와 같은 곳의 흉터. 뭔가 류정훈과 박종대를 이을 게 있을 텐데. 도깨비가 조직원이 아닌 사람을 불렀을 리는 없는데.

　도깨비가 널 찔렀다, 이미 조직원인 걸 다 알고 있다. 강도영은 마지막으로 한 번 더 몰아세워봤지만 류정훈은 끄떡없었다. 이제 10분이 남았다.

　"죄 없는 사람을 이 정도까지 잡아뒀으니까, 10분 정도는 먼저 갑시다."

　류정훈이 말했다. 그러게, 10분 정도 먼저 보낸다고 해서 달라질 건 없을 것 같다. 교실에서 허리춤의 살이 사라진 채로 죽은 남자를 쫓는 일은 이즈음에서 끝내야 할 것 같았다. 사실 어쩌다 여기까지 왔지만, 그 남자의 죽음과 류정훈은 너무 멀었다. 둘을 잇는 건 불가능해 보였다. 강도영이 씨발, 욕을 뱉으며 먼저 일어났다. 류정훈도 따라 일어섰다. 그때, 취조실 문이 바깥에서 열렸다. 최성원 형사였다.

"양 형사님, 전화 왔는데, 받아보셔야겠는데요? 소망병원이라고, 그 정신병,"

양창근은 재빨리 뛰어나갔다. 강도영은 류정훈을 자리에 다시 앉혔다. 그때 류정훈의 얼굴이 아주 미세하게 떨렸다. 무딘 강도영이지만 단번에 알아봤다.

"왜? 뭐 걸려? 야, 10분? 5분도 길다. 알지?"

*

수간호사였다. 당황한 목소리였다. 예상한 대로 얼굴 없는 남자에 대한 이야기였다. 동시에 한 노파에 대한 이야기이기도 했다.

소망병원은 개방병동과 폐쇄병동이 분리되어 있다. 하지만 딱 한곳 맞물리는 곳이 있었다. 화장실이었다. 모든 층이 그렇지는 않았고, 4층의 화장실이 맞물려 있었다. 물론 두 병동 사이에는 열쇠로 잠긴 쇠창살이 있었다. 다시 말해, 꽉 막힌 벽은 아니었다.

사람들은 화장실을 자주 갈 테고 두 병동의 화장실이 나란히 있으니 두 병동의 환자들이 종종 마주칠 것 같지만, 사실 그런 일은 생각보다 자주 없었다.

일은 우연히 일어났다.

얼굴 없는 남자는 간호사의 동행하에 화장실을 가고 있었다. 마침 개방병동 쪽에서도 한 노파가 화장실로 오고 있었다. 얼굴 없는 남자는 평소처럼 고개를 숙이고 걸었기 때문에 노파가 다가오는 걸 몰랐다. 화장실 앞엔 남자가 먼저 이르렀다. 한데, 남자가 고개를 들었다. 가까이 다가오고 있는 그 노파를 보게 됐다. 남자는 무너지듯 주저앉았다. 그리고 노파를 보며 울기 시작했다.

노파는 당황했다. 자신을 보며 울고 있는, 얼굴이 흉측한 남자가 노파는 무서웠다. 하지만 절절한 울음이 노파의 걸음을 멈추게 했다. 남자는 울음을 멈추지 않았고, 오히려 쇠창살 사이로 손을 넣어 노파를 향해 팔을 뻗었다. 그때 노파도 남자를 물끄러미 봤다. 늙은 여자는 남자의 얼굴을, 뻗은 팔을, 손을 보고 있었다. 노파가 천천히 남자에게 다가갔다. 남자의 손이 떨리고 있었다. 노파는 더 가까이 다가가 남자의 팔을 봤다.

팔에는 상처가 있었다. 노파가 잘 아는 상처였다.

노파는 남편과 젊은 시절부터 어묵을 손으로 만들었다. 하나뿐인 아들은 일을 하는 부부의 곁에서 놀았다. 그리고 상처를 얻었다. 남자의 팔에 난 상처는 어릴 적, 어묵을 증자할 때 수증기에 덴 상처였다.

노파의 눈에도 눈물이 고이기 시작했다. 노파가 남자의 손을 잡고 울기 시작했다. 노파는 남자를 보며 이름을 불렀고, 남자는 고개를 끄덕였다.

하지만 수간호사는, 둘 다 정신이 온전하지 못하기 때문에 어디까지 받아들여야 할지는 모르겠다고 했다. 게다가 최근 치매로 입원한 이 노파는 입원 수속을 아들이 했다고 했다. 일단 남자는 다시 생각의 방으로 옮겨졌고, 여전히 기억은 불확실한 것 같다고 했다.

하지만, 노파는 진짜 아들을 찾은 게 분명하다고 우기고 있으며, 아들의 얼굴을 저렇게 만든 놈들을 잡아 죽여야 한다며 흥분한 상태라고 했다.

끝으로, 그 노파가 자신의 친아들이라 우기는 그 얼굴 없는 남자의 이름은, '류정훈'이라고 했다.

양창근은 충분하다고, 곧 들르겠다고 했다. 감사하다는 말도 전했다. 그리고 취조실로 갔다.

류정훈은 강도영에게 항의를 하고 있었다. 48시간이 다 된 거 아니냐고. 하지만 강도영은 아직 1분이 남았다고 말했다. 실제로 그랬다.

양창근은 류정훈 앞에 앉았다. 그리고 물었다.

"그 얼굴은, 류정훈 건지 이제 알겠고…… 넌 누구냐?"

류정훈은 대답이 없다. 긴장한 탓인지 가려운 곳을 긁는다.

양창근은 이어 묻는다.

"그렇게 긁어대는 게, 박종대도 그럼 다른 사람 얼굴 덮어쓴 거냐? 도깨비가 수술했고?"

51

 여자들은 아이돌마냥 예쁘게 생긴 남자를 보느라 정신이 없었다. 백화점에 입점한 지 얼마 안 된 이 브랜드는 10대 여성들에게 인기가 있었다. 어떤 여자이기에 저런 남자가 혼자 와서 옷을 사게 만들까, 여자 점원들은 부러워했다. 남자는 세심하게 옷을 골랐다. 그리고 꼭 자기 몸에 옷을 대어봤다.

 세 벌의 옷을 고른 남자는 하지만 계산대로 오지 않고 탈의실로 향했다. 점원들은 혼란스러워졌다. 저 옷들, 본인이 입을 거였나? 남자가 아니었나? 분명 남자였는데? 수군거리면서도 점원들은 남자가 옷을 입고 나올 모습을 기대했다. 잘 어울릴 거 같지 않아? 기대는 높아만 가는데, 남자는 나오질 않았다.

 한참이 지나도 문은 열리지 않았다. 문제가 생긴 게 아닌가, 가서 노크를 했다. 하지만 답도 없었다. 남자가 들어간 탈의실 문을 여자 점원이 열어보는 게 아무래도 아닌 것 같아 옆 매장 남자 점원까지 불러왔다. 남자 점원은 한 번 더 노크를 하고 문을 열었다. 남자는 없었다.

화영은 여동생에게 줄 옷들을 가방에 대충 구겨넣었다. 가방 속엔 어머니에게 줄 선물도 있었다. 다가오는 새벽에 배에 오르면 아침엔 이 선물들을 건네줄 수 있을 터였다.

어차피 새벽이면 떠날 거, 잡힐 것 같으면 사라지면 그만이었다. 번화가를 마음껏 걸었다. 이곳에 온 후 처음으로 즐거운 시간을 보내느라 화영은 부산에 그 난리가 난 것도 몰랐다. 지나가는 사람들의 말소리가 화영을 멈춰 세웠다. '바다에서 떠밀려'라는 말이 귀에 들려왔고, '열둘이나'라는 말에서 발걸음이 멈췄다.

화영은 주변을 둘러봤다. 번화가 한복판에 대형 스크린이 있었다. 거기, 사람들이 수군거리던 이야기가 상세히 보도되고 있었다. '열두 구의 시체가 해변으로 밀려와'라는 타이틀의 뉴스였다.

화영은 노인의 말을 떠올렸다.

'열둘을 죽인 사람을, 죽여주게.'

열두 명이 한 번에 죽었다. 누군가 이들을 죽게 했다면, 노인이 말한 바로 그 사람이었다. 화영이 찾아야 하는 사람이었.

시체들은 이미 바다에서 죽은 채 파도에 밀려온 것 같으며, 확실한 부검 결과는 아직 안 나왔지만 외상이 없는 것으로 보아, 모두 익사한 것으로 짐작된다고 뉴스는 전하고 있었다. 대형 스크린 위에는 누군가가 찍은 시체들의 사진도 떠 있었다. 그중 몇 명의 차림새가 화영의 눈에 익었다. 오늘 새벽 배에 오른 사람들이었다.

    배는 13인승이다. 한 명이 살아 있다.

    그가 열둘을 죽인 거였다.

    그 한 명이 살아남는 과정에서 나머지 열둘을 죽인 거였다. 그러지 않고는 동시에 열둘을 저렇게 온전히 익사시킬 수는 없었다. 아마도, 저들은 파란 약을 먹고 잠들어 있었을 거다. 그리고 깨어 있던 한 명이 수동으로 문을 열고 바닷속에 저 열둘을 남겨둔 채 혼자 바다 위로 올라왔을 것이다.

    그 배에 대해서 안다면, 그 배를 타본 사람이라면 쉽게 추측할 수 있는 일이었다.

    어찌되었든, 그 한 사람 때문에 화영은 돌아갈 수 없게 되었다.

    그를 찾아 죽여야 했다.

(계속)

곰탕 1 - 10만 부 판매 기념 에디션

개정2판 1쇄 발행 2025년 9월 17일
개정2판 3쇄 발행 2025년 12월 24일

지은이 김영탁
펴낸이 김영곤
펴낸곳 (주)북이십일 아르테

출판기획 (주)카카오엔터테인먼트 이수현
편집진행 이영애
디자인 김단아
일러스트 권서영
문학팀 김지연 원보람
출판영업팀 정지은 한충희 남정한 장철용 나은경 강경남 황성진 김도연 이민재 이정은
제작팀 이영민 권경민

출판등록 2000년 5월 6일 제406-2003-061호
주소 (우 10881) 경기도 파주시 회동길 201(문발동)
대표전화 031-955-2100 **팩스** 031-955-2151
이메일 book21@book21.co.kr

아르테는 (주)북이십일의 문학 브랜드입니다.

ISBN 979-11-7357-503-7 04810
    979-11-7357-502-0 (세트)

※ 책값은 뒤표지에 있습니다.
※ 이 책은 ㈜카카오엔터테인먼트의 독점 연재 소설을 종이책으로 편집해 출간한 것입니다.
  ㈜북이십일과 ㈜카카오엔터테인먼트의 계약에 의해 출판된 것이므로 무단 전재 및 유포,
  공유를 금합니다. 이 책의 연재 버전은 카카오페이지 앱에서 감상하실 수 있습니다.
※ 잘못 만들어진 책은 구입하신 서점에서 교환해 드립니다.